风 诗经

陕西新华出版传媒集团

三秦出版社

果麦文化 出品 ｜ GUOMAI

版本说明

《诗经》原名《诗》，汉代儒家尊为经，遂名《诗经》。是我国第一部诗歌总集。

《诗经》的形成与周王朝的礼乐制度密切相关。诗歌收集源于周代的采诗制：专人去各地采集民间歌谣，也有官员自呈、推荐，后由乐官整理后献给天子，以"观风俗，知得失，自考正"。

本版以《毛诗正义》为底本，收录全篇 305 首。个别字词据"三家诗"修正。保留部分古汉语用字，如今不常用的生僻字亦从底本，不再强行类推简化。《诗》无达诂。两千多年来，历代注家对《诗经》各篇主旨及文义的阐释多有不同。本版解题释义，于古注有所尊重而不拘囿，综合历代名家见解而取其优。对不少争议处，提供两至三种解释供读者参考，部分无从考证处，则付之阙如。

本版收录日本江户时代学者细井徇撰绘的《诗经名物图解》二百余幅，结合现代物种学研究，对其重新整理，为读者呈现较为详细而易懂的《诗经》名物图解。

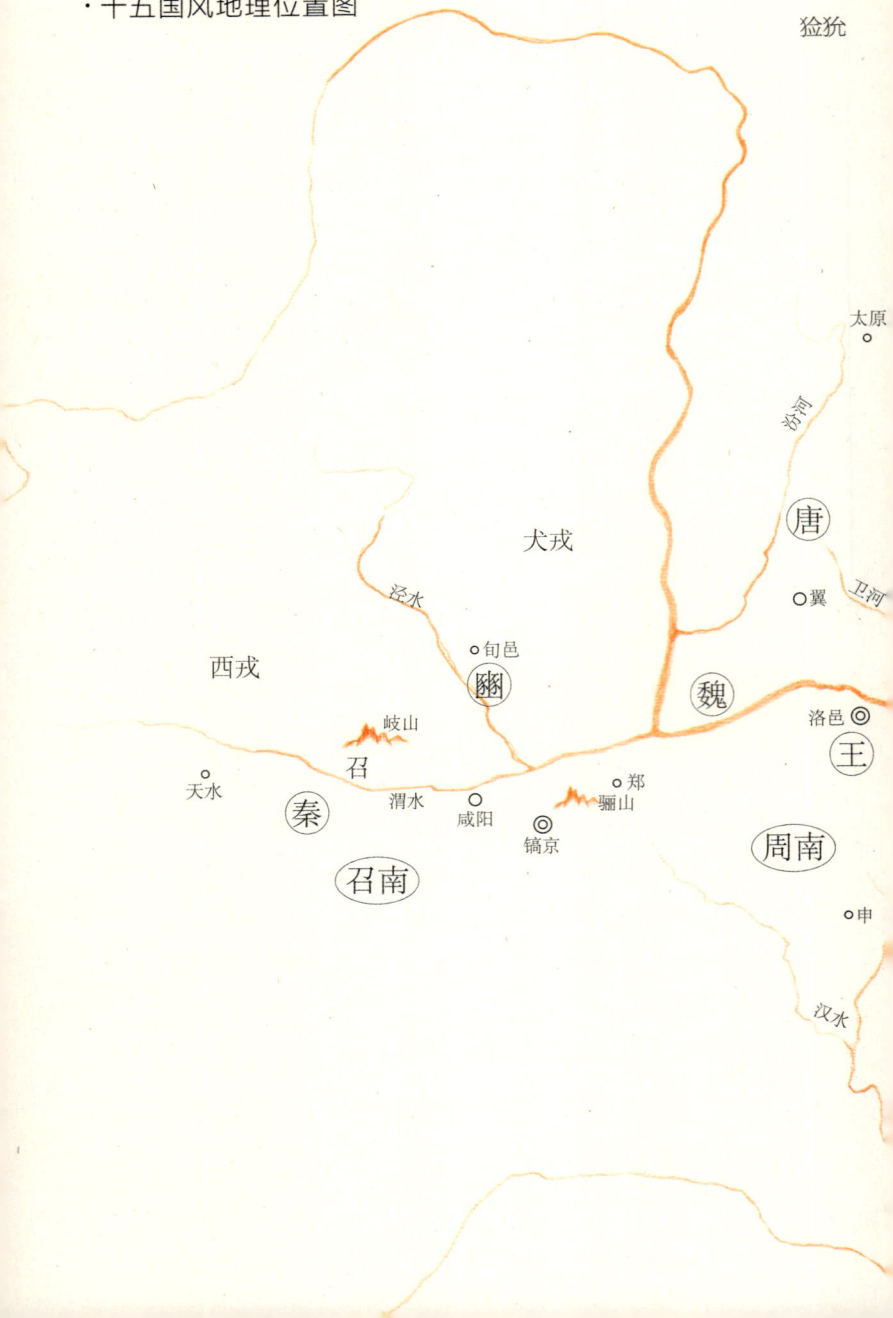

·十五国风地理位置图

猃狁

太原 ○

汾河

唐

犬戎

泾水

卫河

翼 ○

旬邑 ○

幽

魏

西戎

岐山

洛邑 ◎

召

郑

王

天水 ○

渭水

骊山

秦

咸阳 ○

镐京 ◎

周南

召南

申 ○

汉水

山戎

燕

海河

太行山

黄河

营丘

齐

邶

淇水

泰山

卫

朝歌

鲁

鄘

浚

曲阜

曹

陶丘

郑

新郑

徐

桧

宋

商丘

陈

株野

宛丘

淮夷

楚

（风）

《风》，也称为《国风》。是采集于不同地区的歌谣，共 160 篇。"风"指音乐曲调，亦兼指民情习俗。

目录 |

周南

《周南》命名多有分歧。或以为采集
于周公旦的封邑，其地域偏南。采邑
非国，不得称"国风"，故名。

关雎

写"君子"思慕"淑女"的心情，并想象得到她以后的快乐。

关关雎鸠　在河之洲
窈窕淑女　君子好逑

参差荇菜　左右流之
窈窕淑女　寤寐求之

求之不得　寤寐思服
悠哉悠哉　辗转反侧

参差荇菜　左右采之
窈窕淑女　琴瑟友之

参差荇菜　左右芼之
窈窕淑女　钟鼓乐之

关关：形容水鸟的和鸣声。　雎鸠：一种水鸟。　洲：河中沙洲。
窈窕：娴静美好的样子。　淑：善也。　好逑：佳偶。
参差：长短不齐。　荇菜：一种水草，可食。
流：通"捞"。
寤寐求之：形容日思夜想。寤，醒来。寐，睡着。
思服：思念。
悠哉：思念之深长。　辗转反侧：形容睡不着。
琴瑟：乐器，动词用，或喻和谐。　友：亲密、亲近。
芼：通"摸"，水下摸索荇菜之意。

乐：娱悦，或通"撩"，以音乐追求女子的方式。

雎鸠

对于雎鸠的物种确认，历来说法不一，主流意见为鹗。鹗，又名鱼鹰，隼形目，栖息于湖泊、河流、海岸等水域地带。主要以鱼类为食，也捕食蛙、蜥蜴等其它小型陆栖动物。雄鸟和雌鸟在繁殖期配对后常常比翼双飞，鸣声不断。目前分布广泛但一般罕见。

荇菜

今名莕菜，多年水生草本。生于城郊池沼或不怎么流动的河流湖泊中。嫩茎叶及根皆可食，古时常用的菜蔬。全草可入药。

葛覃

写一贵族女子的劳作生活，寓赞美之意。

葛之覃兮　施于中谷　维叶萋萋
黄鸟于飞　集于灌木　其鸣喈喈

葛之覃兮　施于中谷　维叶莫莫
是刈是濩　为絺为绤　服之无斁

言告师氏　言告言归
薄污我私　薄浣我衣
害浣害否　归宁父母

葛：蔓生植物，纤维可织葛布。覃：延长。
施：蔓延。中谷：山谷中。
维：语助词，或同"其"。萋萋：茂盛状。
喈喈：黄鸟的鸣叫声。
莫莫：茂密状。
刈：割。濩：煮。
絺：细葛布。绤：粗葛布。
服：穿。斁：厌烦。
师氏：指诗中女子的教习老师。
薄：语气词。污：去污。私：内衣，或家常衣。
浣：洗。衣：外衣，或礼服。
害：同"何"。否：不（不该洗的）。
归宁：回家问（父母）安。或解为回娘家，或出嫁以慰父母。

葛

今名葛藤，多年生藤本，茎可编篮做绳，纤维可织布。块根肥大，称"葛
根"，可制淀粉，亦可入药，是古人重要的生活原料。

卷耳

贵族女子登高远望而伤感。一解，首章写妇人思念远行者，二、三章写其想象远行者的辛劳。

采采卷耳　不盈顷筐
嗟我怀人　寘彼周行
（zhì）（háng）

陟彼崔嵬　我马虺隤
（zhì）（wéi）（huī tuí）
我姑酌彼金罍　维以不永怀
（léi）

陟彼高冈　我马玄黄
我姑酌彼兕觥　维以不永伤
（sì gōng）

陟彼砠矣　我马瘏矣
（jū）（tú）
我仆痡矣　云何吁矣
（pū）（xū）

采采：采了又采。卷耳：蔓生植物，嫩苗可食用，可入药。
顷筐：前低后高的斜口筐，易满。
嗟：语助词。怀：思念。
寘：通"置"，舍也，放置。或解为眺望，通"视"。周行：大道。
陟：登高。崔嵬：山高不平。
虺隤：腿软无力貌。
姑：姑且。金罍：青铜制的酒器。
永怀：长久思念。
玄黄：黑黄色，指马的毛色因疲病而变得焦黄。
兕觥：犀牛角制的酒器。
砠：有土的石山。瘏：因劳累致病。
仆：仆人。痡：疲困不能前行。吁：忧愁、叹息。

卷耳

今名苍耳，俗称羊带来，一年生草本。野生于山坡、草地、路旁，
适应力强，耐干旱薄瘠。幼苗嫩叶可食，种子可磨面，是古时常用
食物。

樛木

祝愿君子生活快乐，福禄无穷。

南有樛木　葛藟累之
乐只君子　福履绥之

南有樛木　葛藟荒之
乐只君子　福履将之

南有樛木　葛藟萦之
乐只君子　福履成之

樛：树枝下垂。
葛藟：葛类蔓生植物，类野葡萄，茎绕树。累：缠绕；挂满。
乐只：同"乐哉"。
福履：福禄。绥：安。
荒：掩盖、覆盖。
将：扶助。
萦：同"累"，缠绕。
成：成就。

螽斯

祝福他人子孙满堂，家族兴旺。

螽斯羽　诜诜兮
（zhōng）（shēn）

宜尔子孙　振振兮
（zhēn）

螽斯羽　薨薨兮
（hōng）

宜尔子孙　绳绳兮
（mǐn）

螽斯羽　揖揖兮
（jí）

宜尔子孙　蛰蛰兮
（zhé）

螽斯：一种蝗虫类昆虫，多子。羽：翅。
诜诜：螽斯群飞的声音。或鸣叫声。或解为众多聚集貌，与"薨薨"
"揖揖"略同。
宜尔：祝愿你。
振振：盛貌。
绳绳：不绝貌。
蛰蛰：形容螽斯群集而和谐相处貌。

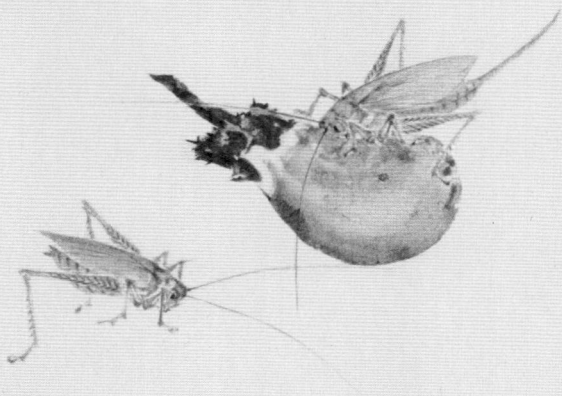

螽斯

螽斯，在《豳风·七月》中称为斯螽，北方俗称蝈蝈，直翅目螽斯科，该科物种繁多，我国共记录六百种以上。身体多为草绿色，雄虫前翅具发音器，善鸣，能发出各种美妙的声音。主要栖息于丛林、草丛，也有少数种类栖息于穴内、树洞及石下。分肉食性、植食性或杂食性，植食性昆虫一般栖息于农田，危害农作物。农林区均有分布。

桃夭

送女子出嫁的歌辞，祝福她与夫家相处和睦。

桃之夭夭　灼灼其华（zhuó huā）
之子于归　宜其室家

桃之夭夭　有蕡其实（fén）
之子于归　宜其家室

桃之夭夭　其叶蓁蓁（zhēn）
之子于归　宜其家人

夭夭：形容春天桃树繁茂、有生气的样子。
灼灼：鲜花绽放的样子。华：通"花"。
之子：这个姑娘。于归：出嫁。
宜：和睦。室家：指丈夫，或夫家。
有：语助词。蕡：形容成熟果实红白相间的纹理。
蓁蓁：叶子茂盛。

桃

桃，落叶灌木或小乔木。原产于我国，有至少三千年的栽培史，除食用外，根、叶、花、枝、皮、核皆可入药。桃木则是我国民间辟邪之物。

兔罝

赞美武士的勇猛，帮助君主保卫家园。

肃肃兔罝（suō jū）　椓之丁丁（zhuó zhēng）
赳赳武夫　　公侯干城（gān）

肃肃兔罝　　施于中逵（yì）
赳赳武夫　　公侯好仇（hǎo qiú）

肃肃兔罝　　施于中林
赳赳武夫　　公侯腹心

肃肃：形容兔网整饬严密的样子，"肃"通"梭"。
兔罝：捕野兔的网。另有解"兔"为虎。
椓：敲击。丁丁：伐木声。
公侯：指国君。干城：有屏障之义。干即垣，城即城墙。
施：设置。中逵：多岔路口。
好仇：密友、好助手。
中林：密林深处。

芣苢

女子采集车前子时的劳作短歌。

采采芣苢（fú yǐ）　薄言采之
采采芣苢　薄言有之

采采芣苢　薄言掇之（duō）
采采芣苢　薄言捋之（luō）

采采芣苢　薄言袺之（jié）
采采芣苢　薄言襭之（xié）

芣苢：即车前子，叶子可食用，果实可入药。
薄言：语首助词。或以薄为急迫之意。
有之：采得，或解为多、丰富。
掇：俯身拾取。捋：以手掌握物而脱取。
袺：用手捏着衣襟兜东西。襭：将衣襟下摆掖于腰带，兜东西。

015

芣苢

今名车前草，多年生草本。性喜光，常成群生长于牛马迹中，嫩叶可食，是一种普遍的救荒本草，全草和种子都可入药。

汉广

写樵者思慕一女子而不可得，愿在其出嫁时能有所效劳。

南有乔木　不可休思

汉有游女　不可求思

汉之广矣　不可泳思

江之永矣　不可方思

翘翘错薪　言刈其楚^{yi}

之子于归　言秣其马^{mò}

汉之广矣　不可泳思

江之永矣　不可方思

翘翘错薪　言刈其蒌^{lóu}

之子于归　言秣其驹

汉之广矣　不可泳思

江之永矣　不可方思

休：休息。因乔木高而无荫，不能休息。思：语助词，同"兮"。
汉：汉水，长江支流之一。游女：出游的女子，或解为女神。
江：江水，即长江。永：水流长也，同时有江水浩大之意。
方：桴，筏。因江长，乘筏子也不可渡。
翘翘错薪：高高杂乱的柴草。翘翘，喻杂草丛生。
言：语气词。刈：割。
楚：灌木名，即牡荆，古代嫁娶以楚薪作火把，刈楚喻嫁娶。
归：嫁。秣：喂马。
蒌：蒌蒿，嫩时可食，老则为薪。

楚

今名牡荆、黄荆，落叶灌木。生长于向阳山坡、原野路旁等，一种
较为常见的野生灌木。古人以其茎秆供刑杖之用，被视为刑罚的象
征。也作薪材之用。

蒌

今名蒌蒿，又名芦蒿，多年生草本。浅水、陆地皆可生长，嫩茎叶可食，是蒿类最可口的野菜之一，老化的根茎可作为生火的薪材。今天已被驯化成多个品种的常见蔬菜。

汝坟

写一妇人于王室危急之时见到丈夫从远方归来而喜，并告知他父母安好。

遵彼汝坟　伐其条枚
未见君子　惄如调饥
　　　　　nì　zhōu

遵彼汝坟　伐其条肆
　　　　　　　yì
既见君子　不我遐弃
　　　　　xiá

鲂鱼赪尾　王室如燬
fáng chēng　　　　huǐ
虽则如燬　父母孔迩
　　　　　　　　ěr

遵：沿。汝：汝河，今河南省东南部。坟：河堤、河岸。
条：山楸树。一说树干（枝曰条，干曰枚）。
惄：忧思貌。调饥：早晨腹内空空的饥饿感。调，通"朝"，早晨。
条肆：新生的树枝。
遐弃：远远抛弃。
鲂鱼：鳊鱼。赪：红色。
燬：火，如火焚一样。此形容周王室的危急。
父母孔迩：大意为赡养父母是更紧迫的事。孔迩，很近。

鲂

也称鳊鱼，鲤科鳊属，淡水鱼，水体中下层栖息。杂食性，以植物为主。除高原地区外，我国各大河流、湖泊中均有分布。肉味鲜美，为淡水鱼较贵重经济鱼类之一。

麟之趾

用麒麟来比喻，赞美贵族子孙诚实仁厚。

麟之趾
振振公子 zhēn
于嗟麟兮 xū jiē

麟之定
振振公姓
于嗟麟兮

麟之角
振振公族
于嗟麟兮

麟：麒麟，传说动物。被古人看作至高至美的神兽。
趾：足，指麒麟的蹄。
振振：诚实仁厚的样子。或解为纷飞散落。
公子：与公姓、公族皆指贵族子孙。
于嗟：语气词，叹词。于，通"吁"。
定："顶"之假借，即额。

召
南

《召南》命名多有分歧。或以为采集
于召公奭的封邑，其地域偏南，故名。

鹊巢

写贵族婚礼的盛大场面。男方有所成就，建成家室，迎娶夫人而居之。

维鹊有巢　维鸠居之
之子于归　百两御之

维鹊有巢　维鸠方之
之子于归　百两将之

维鹊有巢　维鸠盈之
之子于归　百两成之

维：语首助词。鹊有巢：比喻男子已造家室。
鸠居之：指鸠不筑巢，而居鹊之巢。鸠，红脚隼，一说为布谷鸟。
归：嫁。
百两：指百辆车，喻多。两，通"辆"。御：通"迓"，迎接。
方：占居。
将：送，或解为护卫、保护。
盈：充满。
成：迎送成礼、完成婚事。

鹊

俗称喜鹊，雀形目，鸦科。栖息地多样，适应能力较强，常出没于人类活动区，善营巢于高树。杂食性，食瓜果、谷物，也捕食昆虫。常三、五只小群活动，秋冬季节集成数十只大群活动，当成群时，叫声嘈杂。喜鹊在我国是吉祥的象征。

采蘩

写贵族夫人采摘白蒿（蘩）参与国君的祭祀活动。

于以采蘩 于沼于沚

于以用之 公侯之事

于以采蘩 于涧之中

于以用之 公侯之宫

被之僮僮 夙夜在公
被之祁祁 薄言还归

于以：到哪里去。一说语助词。 蘩：白蒿，古时常用于祭祀。
沼：沼泽。 沚：水中小洲。
涧：山中小溪。
宫：一说宗庙，一说养蚕室。
被："髲"之假借，古时妇女用头发编成假髻的头饰。或通"彼"。
僮僮：与下文"祁祁"皆形容祭祀之人归来安徐，进退有度。
夙夜：早晚。在公：在公侯家做事（祭祀）。

薄：语助词。一说急迫义。

蘩

今名白蒿，二年生草本。嫩茎叶可食，亦可入药。是先秦时代主要的食用野菜，重要的祭祀用品。至今，我国部分地区仍保留着农历三月份食白蒿防疫的习俗。

草虫

女子思念心上人，希望见到他就能摆脱忧伤。

喓喓草虫　　趯趯阜螽
未见君子　　忧心忡忡
亦既见止　　亦既觏止
我心则降

陟彼南山　　言采其蕨
未见君子　　忧心惙惙
亦既见止　　亦既觏止
我心则说

陟彼南山　　言采其薇
未见君子　　我心伤悲
亦既见止　　亦既觏止
我心则夷

喓喓：虫鸣声。 趯趯：跳跃貌。阜螽：蚱蜢，诗人暗示此时为秋天。
止：语助词。
觏：通"媾"，男女欢爱、交合意。
降：放下，心情渐缓。
陟：升、登。 蕨：一种可食用野菜，采蕨暗示此时为次年春天。
惙惙：心慌不安貌。
说：通"悦"，欢悦。
薇：野豌豆苗，或巢菜。
夷：平。指心情完全平静。

蕨

即今蕨菜，多年生草本。一种常见的蕨类植物。分布广泛，可入
药，其叶含毒素，以避免动物、昆虫啃食，但煮至紫色后即可食。
是传承至今的食用野菜，有"山珍之王"的盛誉。

采蘋

描述女子采摘浮萍、水藻，置办祭祀祖先的活动，为当时女子出嫁前的一种风俗。

于以采蘋　南涧之滨
于以采藻　于彼行潦^{xíng lǎo}

于以盛之^{chéng}　维筐及筥^{jǔ}
于以湘之　维锜及釜^{qí　fǔ}

于以奠之　宗室牖下^{yǒu}
谁其尸之　有齐季女^{zhāi}

于以：在什么地方。　蘋：即水生浮萍。
藻：多年生水草。与蘋皆为古时祭祀用。
行潦：流动的雨后溪水。行，通"洐"（此有争议，有读航）。
筥：圆形的筐。方称筐，圆称筥。
湘：烹煮。
锜、釜：煮食用的锅，三足锅为锜，无足锅为釜。
宗室：宗庙。　牖：窗。
谁其：倒文，其谁。　尸：主持。古人祭祀用人充当神，称尸。
齐："齌"之假借，美而恭敬貌。季女：少女。

蘋

今名田字草，多年生沼生水草。生于静水浅水、池塘、稻田中。嫩茎叶可食，可入药。先秦时代主要的食用野菜之一，也是重要的祭祀用品。

藻

今名菹草，又称虾藻，多年生沉水草本，生于流动水域。古代常见的食用植物，也有驱火避灾的象征意义，成为周代的祭品。其中《小雅·鱼藻》中的"藻"可能为金鱼藻。

甘棠

召地之人见物思人，珍惜召伯曾经憩息的甘棠树。

蔽芾甘棠
勿翦勿伐
召伯所茇

蔽芾甘棠
勿翦勿败
召伯所憩

蔽芾甘棠
勿翦勿拜
召伯所说

蔽芾：形容枝叶小而密的茂盛状。甘棠：杜梨。

翦：同"伐"，砍伐。

召伯：即召虎，封地在召，曾辅助周宣王平定淮夷。

茇：本义为草舍。作动词用，住。

败：毁也。

憩：休息。

拜：攀折。

说：通"税"，停留、住宿。

甘棠

今名棠梨、杜梨，落叶灌木或小乔木，常野生于温暖潮湿的山坡、
沼地、杂木林中。果实酸甜可食，亦可酿酒酿醋。根、叶可入药。
原产我国华东、华南，目前已栽培有多个变种。

行露

女子坚决拒绝强横男子结婚的要求。

厌浥行露　岂不夙夜

谓行多露

谁谓雀无角　何以穿我屋
谁谓女无家　何以速我狱
虽速我狱　室家不足

谁谓鼠无牙　何以穿我墉
谁谓女无家　何以速我讼
虽速我讼　亦不女从

厌浥：形容露水潮湿的样子。行：道路。
夙夜：早夜，天未明时。
谓：同"畏"，意指害怕道路多露。
角：鸟喙。
女：同"汝"，你。
家：大夫之家，产业的意思。古解家室、妻子。
速我狱：使我吃官司。速，招致。狱，官司或监狱。
室家不足：指要求结婚的理由不充足。
墉：墙。
女从：倒文，即从你。

雀

即麻雀，也称树麻雀，雀形目，雀科。主要栖息在人类活动的地方。食性较杂，以植物果实、种子、谷粒、草籽为食，繁殖期间大量捕食昆虫饲养雏鸟。性活泼机警，集群活动。

羔羊

官员赴公家宴会后退席回家，从容自得之态。

羔羊之皮　素丝五紽（tuó）
退食自公　委蛇委蛇（wēi yí）

羔羊之革　素丝五緎（yù）
委蛇委蛇　自公退食

羔羊之缝　素丝五总（zōng）
委蛇委蛇　退食自公

羔羊之皮：皮衣，或皮帽。
素丝：白色丝线。
紽：本义为两块皮缝合处，与緎、总等同义。
五紽、五緎、五总：量词，即五丝为一紽，四紽为一緎，四緎为一总。有另解为交叉缝制，五，通"午"，交错。
退食自公：君侯或官方宴请士大夫，宴后退席。

殷其雷

女子赞美丈夫勤勉于公务而又望其早归。

殷其雷　在南山之阳
（yǐn）

何斯违斯　莫敢或遑
（huáng）

振振君子　归哉归哉
（zhēn）

殷其雷　在南山之侧

何斯违斯　莫敢遑息

振振君子　归哉归哉

殷其雷　在南山之下

何斯违斯　莫或遑处

振振君子　归哉归哉

殷：雷声。

阳：山南为阳。

何斯违斯：可作"何违斯"解，即为什么要离开这里。

莫敢或遑：不敢耽搁。遑，空闲。

君子：此处指丈夫。

归：回家。或解为其工作的地方。

莫或遑处：不敢停留。或，有；处，居。

摽有梅

在收梅子的季节，女子希望及时出嫁。

摽有梅　其实七兮
（biào）

求我庶士　迨其吉兮
（shù）　（dài）

摽有梅　其实三兮

求我庶士　迨其今兮

摽有梅　顷筐塈之
（jì）

求我庶士　迨其谓之

摽：打落。或坠落。
其实七兮：树上还有七成。七，非实数。
庶士：众位青年。
迨其吉兮：趁着这美好的时光。
顷筐：撮箕之类。塈：取。
谓：表白。一说通"会"，相会、同居。一说归，指女子出嫁。

梅

今名青梅，落叶小乔木。原产于我国西南，有三千多年的栽培史。
果实除食用外，亦可酿醋。目前各地均有栽培，品种多达三百种以
上，主要分为白梅类、青梅类、花梅类，其中花梅是历史悠久的观
赏类植物。

小星

小臣行役自伤劳苦，叹命不如人。

嘒^{huì}彼小星　三五在东

肃肃宵征　夙夜在公

寔^{shí}命不同

嘒彼小星　维参^{shēn}与昴^{mǎo}

肃肃宵征　抱^{pāo}衾^{qīn}与裯^{chóu}

寔命不犹

嘒：微光闪烁。

三五：指星数量少。

肃肃：疾行貌。或形容凌晨前的清寒。　宵征：夜行。

夙夜在公：从早到夜为公家办事。

寔：实，确实。

参、昴：皆星名，黎明前出现在东方。

抱：通"抛"。衾：被子。裯：床帐。

不犹：不如。

江有汜

妻子被抛弃后指斥对方。也可理解为其他关系。

江有汜（sì）

之子归　不我以

不我以　其后也悔

江有渚（zhǔ）

之子归　不我与

不我与　其后也处（chǔ）

江有沱（tuó）

之子归　不我过

不我过　其啸（xiào）也歌

江：喻男子。汜：由主流分出而复汇合的河水。
之子归：这个男子离去了。一说指这个女子出嫁了。
不我以：倒文，不以我，不带我走。或解为女子不从我。
渚：江中小洲。
不我与：不与我。
处：忧伤。
沱：古解为支流，此处当解为江湾回流处，可泊船。
不我过：不至我处。过：至。
啸：一说蹙口出声，一说号哭。

野有死麕

一场野外邂逅的恋情。

野有死麕（jūn）　白茅包之

有女怀春　吉士诱之

林有朴樕（pú sù）　野有死鹿

白茅纯束（tún）　有女如玉

舒而脱脱兮（tuì）

无感我帨兮（hàn　shuì）

无使尨也吠（máng）

麕：獐子。鹿的一种，无角。
白茅：草名，有韧劲，此处白茅包鹿进献女子以示尊重。
吉士：男子的美称，此处指男猎人。诱：引诱。
朴樕：小槲树。叶、花、实皆类橡树。
纯束：捆扎。
舒而脱脱：缓慢而轻柔。
感：通"撼"，动摇。帨：佩巾，古人佩巾系于腰间，意指解腰带。
尨：多毛狗。

麂

麂，即獐，偶蹄目，鹿科。栖息于河岸、湖边、沼泽草滩，或茅草丛
生的环境，行动灵敏，善跳跃，能游泳，以灌木嫩叶及杂草为食。

白茅

白茅，又名茅草，多年生草本。初生曰荑（如《卫风·硕人》"手如柔荑"），白而柔，茅芽可食。老化茎叶不易腐烂，古人常取用作建造屋顶的材料，所谓"茅屋"，也有着洁白柔顺的象征意义。常用于各种庆典、祭祀等场合。

尨

即长毛狗。狗是人类最早驯化的家畜之一，由古代某种狼演化而来。《齐风·卢令》中的"卢"，《小雅·巧言》中的"犬"，《秦风·驷驖》中的"猃"等皆指狗，可见当时我国的驯化犬已有多个品种，"尨"这个品种目前已无法考证。

何彼襛矣

平王的孙女下嫁齐侯之子，气氛庄重。

何彼襛矣　唐棣之华
曷不肃雝　王姬之车

何彼襛矣　华如桃李
平王之孙　齐侯之子

其钓维何　维丝伊缗
齐侯之子　平王之孙

襛：繁盛貌。
唐棣：观赏性植物。此处或指车帷上的唐棣花图案。
华：通"花"。
曷：何。肃：庄严。雝：雍容。
钓：即钓鱼用的线。钓鱼隐喻婚姻。维：语助词。
丝伊缗：丝合股拧成钓鱼线，喻男女合婚。

046

唐棣

唐棣，又称扶栘，在《郑风·山有扶苏》中称为"扶苏"。落叶小乔木。喜肥沃土壤，不耐潮湿，多生长于海拔1000米左右的山坡上。果实甜而多浆，除食用外可酿酒制酱。木材坚硬有弹性，可制作农具。花朵盛开于早春，著名的观赏花木。

驺虞

赞美官家的猎人箭法如神。可能是春天驱逐野猪的仪式上
所用歌谣。

彼茁者葭（zhuó jiā）

壹发五豝（bā）

于嗟乎 驺虞（zōu）

彼茁者蓬

壹发五豵（zōng）

于嗟乎 驺虞

茁：茂盛。 葭：初生的芦苇。

豝：母猪。

驺虞：古牧猎官，即官家的猎人。

蓬：即飞蓬、蓬蒿，类野雏菊。

豵：小野猪。

犯

犯为母猪。家猪由野猪驯化而来，我国是最早驯化野猪的地方。诗中所指当为野猪，栖息于山林、灌丛、草地及林缘农区。善奔跑、耐力强，食性杂、适应能力强。除了青藏高原与戈壁沙漠外，我国各地皆有分布。野猪的另外称呼还包括：《小雅·渐渐之石》中的"豕"、《召南·驺虞》中的"豵"（小野猪）、《齐风·还》中的"肩"（大野猪）、《豳风·七月》中的"豜"（大野猪）等。

蓬

今名飞蓬，二年生草本菊科，品种繁多。野外常见植物，蓬花枯萎
后，种子随风而舞，随地生长。花可入药。

邶
风

《邶风》即邶地的歌谣。周武王伐纣后，以殷都朝歌（今河南鹤壁市南部淇河边）以北为邶国，不久即并于卫（三家诗中邶、鄘、卫为一卷），故"邶"仅指地名，"邶风"实为"卫风"。

柏舟

写仁者不遇之心情。

泛彼柏舟　亦泛其流
耿耿不寐　如有隐忧
微我无酒　以敖以游

我心匪鉴（fěi）　不可以茹（rú）
亦有兄弟　不可以据
薄言往愬（sù）　逢彼之怒

我心匪石　不可转也（zhuǎn）
我心匪席　不可卷也
威仪棣棣（dì）　不可选也（qiān）

忧心悄悄（qiǎo）　愠于群小（yùn）

泛：浮行，随水冲走。
亦泛其流：随波逐流之义。
耿耿：形容心中不安。
微：非，不是。
以敖以游：即遨游，出游解忧。
匪：通"非"。鉴：铜镜。
茹：容纳。
据：依靠。
愬：告诉。
棣棣：雍容娴雅貌。
选："迁"之假借，即不可移。
悄悄：忧貌。愠：怨恨。

gòu mǐn

觏闵既多　受侮不少

wù pì　　biào

静言思之　寤辟有摽

日居月诸　胡迭而微

bǐ huàn

心之忧矣　如匪浣衣

静言思之　不能奋飞

觏：遭遇。闵：忧伤。

寤辟有摽：双手交互捶打胸口。寤，交互。辟，通"擗"，捶胸。

居、诸：语助词。

迭：交替轮换。

微：指隐微无光。

如匪浣衣：喻心情不安，内心如洗衣反复揉搓。匪，通"彼"。　　　053

绿衣

绿为间色而为衣，黄为正色而为裳，选色倒错，譬行为违礼，故思古人之义。一说见衣而思人，怀念亡妻。

绿兮衣兮　绿衣黄里
心之忧矣　曷^{hé}维其已

绿兮衣兮　绿衣黄裳^{cháng}
心之忧矣　曷维其亡

绿兮丝兮　女^{rǔ}所治兮
我思古^{gù}人　俾^{bǐ}无訧^{yóu}兮

絺^{chī}兮绤^{xì}兮　凄其以风
我思古人　实获我心

衣、里、裳：上曰衣，下曰裳；外曰衣，内曰里。
曷维其已：何时能停止忧伤。曷，何。已，止。
亡：可通"忘"，完全忘怀义。
古人：故人，指亡妻。
俾：使。
訧：同"尤"，过失，引申为怨望，即怀念亡妇，使我无怨望。
絺：细葛布。绤：粗葛布。
　凄：凉义。

燕燕

卫庄公夫人庄姜送庄公之妾戴妫回陈国。因戴妫之子被杀，国内动乱，尤为伤感。一说某君主送别出嫁的妹妹。

燕燕于飞　差^{cí}池其羽

之子于归　远送于野

瞻望弗及　泣涕如雨

燕燕于飞　颉^{xié}之颃^{háng}之

之子于归　远于将之

瞻望弗及　伫^{zhù}立以泣

燕燕于飞　下上其音

之子于归　远送于南

瞻望弗及　实劳我心

仲氏任^{rén}只　其心塞^{sè}渊

终温且惠　淑慎其身

先君之思　以勖^{xù}寡人

差池其羽：形容燕燕群飞，或以为燕子尾翼如剪。
颉：上飞。颃：下飞。
将：送。
南：南郊。
仲氏任只：值得信任、善良的二妹妹，或解为任姓第二女。
塞渊：诚实而深沉。
淑慎：美好而谨慎。
先君：已故君主。或已故的父亲。
勖：勉励。寡人：寡德之人，送行者谦称。

日月

妻子抱怨丈夫中途变心，不能相爱始终。

日居月诸　　照临下土
乃如之人兮　　逝不古处
胡能有定　　宁不我顾

日居月诸　　下土是冒
乃如之人兮　　逝不相好
胡能有定　　宁不我报

日居月诸　　出自东方
乃如之人兮　　德音无良
胡能有定　　俾^{bǐ}也可忘

日居月诸　　东方自出
父兮母兮　　畜^{xù}我不卒^{zú}
胡能有定　　报我不述

居、诸：作语助。　照临下土：照耀大地。
乃如之人兮：这个人啊！乃如，发语词。
逝不古处：誓不以故旧之情与负心人相处。
定：止。指心定、心安。　不我顾：倒语，即不顾我。
冒：覆盖。
报：古俗父兄过世后，娶其妻为妻（生母外）为"报"，暗有通好
义。或解为回报、答应。
畜我不卒：即好我不终。畜，欢悦。卒，终。
报我不述：报我不失，即必须报我。述，通"坠"，失。

终风

男子性情粗暴无常，可是女子还是想念他。

终风且暴　　顾我则笑
谑浪笑敖　　中心是悼

终风且霾　　惠然肯来
莫往莫来　　悠悠我思

终风且曀^{yì}　　不日有^{yòu}曀
寤言不寐　　愿言则嚏^{tì}

曀曀其阴　　虺^{huǐ}虺其雷
寤言不寐　　愿言则怀

终：一说终日，一说既。
暴：风疾也。或为疾雨或为雷。喻男子性情。
谑浪笑敖：放浪调笑。
中心：心中。悼：哀伤。
霾：阴尘、阴霾。
曀：阴云密布有风。有曀：又曀。有，通"又"。
寤言：寤然，同"不寐"。睡不着。
愿言：愿然。
嚏：打喷嚏。相思至嚏。
虺：形容雷声。
怀：怀念。或感怀、伤感。

057

击鼓

从军之士想念妻子、怨恨不能回家的痛苦心情。一说战士的倾诉对象或为战友。

击鼓其镗　踊跃用兵

土国城漕^(cáo)　我独南行

从孙子仲　平陈与宋

不我以归　忧心有忡

爰^(yuán)居爰处　爰丧其马

于以求之　于林之下

死生契阔　与子成说

执子之手　与子偕老

于嗟阔兮^(xū)　不我活兮

于嗟洵兮^(xún)　不我信兮

镗：鼓声。
国：城墙等防护体系。漕：卫国的地名。土、城：皆动词。
孙子仲：卫国将军。平：和也，和二国之好。
不我以归：倒文，即不以我归，不让我回去。
爰居爰处：叹在哪儿扎营，在哪儿停留。爰，何处、于是。
于以求之：去哪儿寻找丢失的战马。
契阔：聚散。与子成说：与你约定。说，约定。
于嗟阔兮：指感叹离别。于嗟，叹词。阔，离别。
不我活兮：倒句，即我不活兮。一说"活"为"佸"之假借，表聚首。
洵：通"殉"，亡别。《韩诗》作"敻"，久远，指离别已久。

信：誓约有信。或通"伸"，志不得伸。

凯风

诸子自责，叹母亲辛苦而不能慰其心。一说颂母实为谏父。

凯风自南　吹彼棘心
jí

棘心夭夭　母氏劬劳
qú

凯风自南　吹彼棘薪

母氏圣善　我无令人

爰有寒泉　在浚之下
xùn

有子七人　母氏劳苦

xiàn huǎn
睍睆黄鸟　载好其音

有子七人　莫慰母心

凯风：和风。一说南风。
棘心：小棘树。棘：小酸枣树，多刺。
夭夭：少壮貌。
劬：辛苦。
棘薪：长成的棘树。
令人：善人。
爰：何处。
浚：卫国浚城。
睍睆：鸟叫声。一说美丽、好看。
载：语气词，可作"尚且"解。

雄雉

妻子怀念远出行役的丈夫，希望他无过失而得平安。一说
贤者悔其仕于乱世而遭祸害，并概括处世之道。

雄雉于飞　泄泄其羽
我之怀矣　自诒伊阻

雄雉于飞　下上其音
展矣君子　实劳我心

瞻彼日月　悠悠我思
道之云远　曷云能来

百尔君子　不知德行
不忮不求　何用不臧

雄雉：雄性的野鸡。喻丈夫。
泄泄：缓飞貌。
自诒伊阻：自讨忧愁。自诒：自取。阻：忧愁。
展：诚实。
劳：牵挂、放不下。
云：作语助词。
曷：何，何时。
百尔君子：汝众君子。
不忮不求：可解为不怒不贪。忮：嫉妒、害。
臧：善。

雉

俗名野鸡，鸡形目，雉科。生活在低山、丘陵、农田、沼泽、林
缘。以植物种子、浆果、谷类、昆虫为食。善走，不会远飞。雄鸟
羽色鲜艳华丽，人类多采集以为装饰。

匏有苦叶

女子在渡口看着种种景象，安心地等自己的爱人。

匏(páo)有苦(kū)叶　济有深涉

深则厉　浅则揭(qì)

有瀰济盈(mǐ)　有鷕雉鸣(yǎo)

济盈不濡(rú)轨　雉鸣求其牡

雝(yōng)雝鸣雁　旭日始旦

士如归妻　迨(dài)冰未泮(pàn)

招招舟子　人涉卬(áng)否(pǐ)

人涉卬否　卬须我友

匏：葫芦类之一种。

苦叶：枯叶。示匏已干可作腰舟。

济：水名。深涉：渡口。示河水已满。

深则厉：言水深则带匏于腰。厉，带之垂。

浅则揭：言水浅则负匏于背。揭，高举，或通"竭"，负举也。

瀰：大水茫茫。

鷕：雌雉鸣叫声。

不濡轨：淹不到车轴头。

牡：雄性鸟兽。此句喻女子呼唤男伴。

雝雝：群雁和谐的鸣声。

归妻：娶妻。

迨冰未泮：趁河水还未完全封冻。

招招舟子：指船夫摇船回岸问渡。舟子，船夫。招招，漾楫貌。

人涉卬否：即人走我不走之意。卬：我。

须：等待。友：指爱侣。

匏

即匏瓜，一年生攀缘草本。与《卫风·硕人》《小雅·南有嘉鱼》等篇中的"瓠"、《豳风·七月》中"壶"通称葫芦。果实颈小腹大曰匏，瘦长曰瓠，上下双球细腰葫芦形曰壶。是我国最早栽培的重要蔬菜之一，有苦者不可食。果实成熟老化晒干后可系于腰间渡水，称为腰舟。亦可作酒器，对称剖开，掏空内瓤可作瓢等各种生活器皿。

谷风

被抛弃的妻子回顾往事，述说内心的痛苦。

习习谷风　以阴以雨
黾勉同心　不宜有怒
采葑采菲　无以下体
德音莫违　及尔同死

行道迟迟　中心有违
不远伊迩　薄送我畿
谁谓荼苦　其甘如荠
宴尔新昏　如兄如弟

泾以渭浊　湜湜其沚
宴尔新昏　不我屑以
毋逝我梁　毋发我笱
我躬不阅　遑恤我后

就其深矣　方之舟之
就其浅矣　泳之游之
何有何亡　黾勉求之
凡民有丧　匍匐救之

不我能慉　反以我为雠

既阻我德　贾^{gǔ}用不售

昔育恐育鞠^{jū}　及尔颠覆

既生既育　比予于毒

我有旨蓄　亦以御冬

宴尔新昏　以我御穷

有洸有溃^{guāng kuì}　既诒我肄^{yí yì}

不念昔者　伊余来塈^{xì}

习习：象声词，风声。谷风：来自山谷的风。

黾勉：勉力。

葑、菲：芜菁、萝卜。皆主要以根茎为食，故有下句。

德音莫违：不要违背当初好听的言辞。

迟迟：迟缓，徐行貌。中心有违：心中有恨。

薄送我畿：只送我到门口。畿，门槛，指门内。

荼：苦菜。荠：荠菜。

新昏：新婚，昏，通"婚"。

泾、渭：河名。泾河流入渭河，泾浊渭清。

湜湜：水清貌。沚：一说止，沉淀。一说水底。

不我屑以：倒文，即不屑与我。

毋：不要。

梁、笱：皆与捕鱼相关，暗示婚姻。梁，捕鱼水坝。笱，捕鱼竹笼。

阅：容纳。恤：忧。

何有何亡：二句意为，家里缺了什么，就想办法努力得到。

凡民之丧：二句意为外面的凄苦之人，都会努力营救。

慉：好，爱悦。雠：同"仇"。

阻我德：拒绝我的好意。贾用不售：像卖货一样害怕难脱手。

育恐育鞠：生活担惊受怕而又贫困。鞠，穷困。

颠覆：艰难，患难。或指夫妇之事。

旨蓄：美味的干菜。

洸、溃：洸，动武打人。溃，发怒。

既：尽。

既诒我肄：诒，遗、弃、忘。肄，劳也。

伊余来塈：当初嫁进来是多么恩爱。塈，爱。

065

荼

古又名"苦"，如《唐风·采苓》之"采苦"。今名苦苣菜，又称
苦菜，一年生草本，田野、荒郊、路边均可生长。嫩叶可食，味稍
苦，全草可入药。

荠

今名荠菜，一年或二年生草本，一种食用至今的常见野菜，常野生于
田野、路边及庭园，通常三至五月份采摘，亦可栽培。全草可入药。

式微

不顾艰辛，期待所爱之人归来。或解作为君主服役而不能归家。或男女夜间幽会的调情。

式微　式微
胡不归
微君之故
胡为乎中露

式微　式微
胡不归
微君之躬
胡为乎泥中

式微：微光，天色不明，此处或为凌晨。式，发语词。
微君之故：要不是因为你。微，非。君可作多解，如君主、君子、你（友人敬称、情人昵称）等。
胡为：为何。中露：露水中。倒文以协韵。
躬：身体。

旄丘

流离之人于艰难之中盼望兄弟们前来救助，而对方安然自得，充耳不闻。或解为闺怨诗，对方是个流亡在外，离别已久而多情的贵族男子。

旄丘之葛兮　何诞之节兮
叔兮伯兮　何多日也

何其处也　必有与也
何其久也　必有以也

狐裘蒙戎　匪车不东
叔兮伯兮　靡所与同

琐兮尾兮　流离之子
叔兮伯兮　褎如充耳

旄丘：前高后低的土山。
诞之节：藤之长。诞即覃，藤。节，高，此处为长。
叔、伯：女子对其恋人的昵称。
何多日：指离别之久。
处：久居不归。
与：相与、相好的人。
以：原因。
蒙戎：蓬松，乱貌。
匪车不东：匪，彼。东，东归。
靡所与同：不与我同心。靡：非。
琐、尾：小、微。另有解为鸟鸣之声。
流离之子：流亡之人。流离，一说鸟名。
褎：态度傲慢而多笑貌。
充耳：本义为古人耳塞，一种首饰。此为双关语。

流离

今名长尾林鸮，猫头鹰之一种，与《陈风·墓门》中的"鸮"，《大雅·瞻卬》中的"枭"同物异名，鸮形目，鸱鸮科。栖息于山地林，或林缘次生林。多夜间活动，昼伏夜出。主要以田鼠为食，也吃昆虫、蛙、鸟、兔等，鸣声凄厉，令人生畏，被古人视为不祥之鸟。在特别缺食的情况下，同巢相残。我国四川及东北、华北各省均有分布。

简兮

赞美舞师英武的形象。

简兮简兮　　方将万舞
日之方中　　在前上处

硕人俣俣　　公庭万舞
有力如虎　　执辔如组

左手执籥　　右手秉翟
赫如渥赭　　公言锡爵

山有榛　　　隰有苓
云谁之思　　西方美人
彼美人兮　　西方之人兮

简：鼓声。
万舞：舞名。文舞和武舞组成的多人舞。
在前上处：在前列的位置。
硕人俣俣：硕人，魁梧高大的人。俣俣，形容人美，或形容舞姿。
执辔如组：辔，马缰，指驾驭马车之缰。组，丝带。
籥、翟：皆文舞道具。籥，三孔笛。翟，野鸡的尾羽。
赫：本义红色，此处指舞师肤色。
渥赭：厚重的深褐色。渥，厚。赭，赤褐色，赭石。
锡爵：赐酒。锡，通"赐"。爵，酒器。
榛：榛树，果实叫榛子，坚果，可食。
隰：低下的湿地。苓：古解甘草，但此处可能为莲。
西方美人：西周地区的壮美男子。

泉水

卫国女子出嫁于诸侯，思归国而不得，出游消愁。

毖^{bì}彼泉水　亦流于淇

有怀于卫　靡日不思

娈^{luán}彼诸姬　聊与之谋

出宿于泲^{jǐ}　饮饯于祢^{jiàn　nǐ}

女子有行^{xíng}　远父母兄弟

问我诸姑　遂及伯姊

出宿于干　饮饯于言

载脂载舝^{xiá}　还车言迈^{huán}

遄臻于卫^{chuán zhēn}　不瑕有害

我思肥泉　兹之永叹

思须与漕　我心悠悠

驾言出游　以写我忧^{xiè}

毖：泉水涌流貌。　淇：卫境淇水，流入卫河。

有怀：因怀念。

娈：美好的样子。诸姬：指一起陪嫁的姬姓女子，卫国姬姓。

泲、祢、干、言：均为地名。

行：嫁。

载：发语词。脂：涂车轴的油脂。舝：车轴两头的金属键。

还车：回转车，指回卫国。　迈：远行。

遄：疾速。臻：至。不瑕：不至于。或解为不无，疑之词。

肥泉、须、漕：皆卫国的城邑。肥泉，即首章"泉水"。

写：除也。与"卸"音义同。

北门

官小、钱少、差事多，在外吃苦回家还挨骂。

出自北门　忧心殷殷
终窭且贫　莫知我艰
已焉哉　天实为之　谓之何哉

王事适我　政事一埤益我
我入自外　室人交遍谪我
已焉哉　天实为之　谓之何哉

王事敦我　政事一埤遗我
我入自外　室人交遍摧我
已焉哉　天实为之　谓之何哉

窭：贫寒，艰窘。
谓之何：奈之何，无奈之义。
王事：周王的事。适：通"擿"，同"掷"。
政事：公家的事。
一埤益我：整个都强加给我。埤，通"俾"，使义。益，加给。
谪：谴责。
敦：通"丢"，指将王事推给我。
摧：挫也。讥讽。

073

北风

国家危乱，民众相约急忙逃离。或解为少妇不堪暴虐的丈夫而急与情人私奔。

北风其凉　雨雪其雱^{yù}^{pāng}
惠而好我　携手同行^{hào}^{háng}
其虚其邪　既亟只且^{shū}^{xú}^{jí}^{jū}

北风其喈　雨雪其霏^{jiē}^{yù}^{fēi}
惠而好我　携手同归
其虚其邪　既亟只且

莫赤匪狐　莫黑匪乌^{fēi}
惠而好我　携手同车^{jū}
其虚其邪　既亟只且

雨雪：下雪。雨，作动词用，下。　雱：雪盛貌。
惠而：惠然，爱慕貌。　同行：同路。
虚、邪：皆有缓意。虚，通"舒"；邪，通"徐"。
既亟：已经很紧急。　只且：作语助。
喈：疾貌。　霏：雨雪纷飞。
莫赤匪狐：没有不红的狐狸。狐狸、乌鸦比喻坏人。一说古人将
狐狸比喻为男性伴侣，将乌鸦视为吉祥鸟。
车：通"居"，坐，坐车。

乌

今名大嘴乌鸦，雀形目，鸦科。乌鸦之一种，体型较大，通体黑色。对生活环境不挑剔，既栖息于山地、旷野，也会结群活动于城市、郊区。主要以昆虫及昆虫幼虫和蛹为食，也吃植物果实、种子，甚至在人类生活区的垃圾中觅食。

静女

与美女幽会，先是着急，而后欢喜。

静女其姝　俟我于城隅

爱而不见　搔首踟蹰

静女其娈　贻我彤管

彤管有炜　说怿女美

自牧归荑　洵美且异

匪女之为美　美人之贻

静：娴雅安详。　姝：美好。

俟：等待。　城隅：城角隐蔽处。

爱：隐藏。

踟蹰：徘徊不定而不甘离去。

娈：年轻美丽。

彤管：相赠的物品，说法不一。或红杆的笔，或红色管笛。

炜：形容彤管明亮的光泽。

说怿：喜悦。

牧：野外。　归：同"馈"，赠送。

荑：白茅，茅之始生也。象征婚媾。

洵：实在，诚然。

女：同"汝"，你。

新台

卫宣公强娶其子伋之妻，国人作此诗讽刺他。

新台有泚 (cǐ)　　河水瀰瀰 (mǐ)

燕婉之求　　籧篨不鲜 (qú chú)

新台有洒 (cuǐ)　　河水浼浼 (měi)

燕婉之求　　籧篨不殄 (tiǎn)

鱼网之设　　鸿则离之 (lì)

燕婉之求　　得此戚施

泚：鲜明貌。

河水：黄河。瀰瀰：大水茫茫。

燕婉之求：希望得到一个美好的婚姻。燕，安。婉，顺。

籧篨不鲜：暗指嫁给一个丑恶的人。籧篨，癞蛤蟆一类的东西。

洒：高峻。

浼浼：水盛貌。

鸿则离之：获得一个虾蟆。鸿，虾蟆。离，获得。

戚施：蟾蜍，喻驼背。

二子乘舟

母亲送两个孩子远行，心中有些担忧。一说，"二子"指两个朋友。

二子乘舟　汎汎其景^{fàn}

愿言思子　中心养养

二子乘舟　汎汎其逝

愿言思子　不瑕有害

二子：古解卫宣公的两个异母子。或为母送二子，或送二位朋友。
汎汎其景：船渐行渐远貌。汎，通"泛"。
愿言：思念貌。
中心：心中。
养养：忧貌。
不瑕有害：不至于有祸害。祝愿之意，一帆风顺。

鄘
风

《鄘风》即鄘地的歌谣。武王伐纣后，以殷都朝歌南部地区为鄘国，不久即并于卫。故"鄘"亦仅指地名，"鄘风"实为"卫风"。

柏舟

女子钟情于初爱，不从母命，誓死不改。

汎彼柏舟　　在彼中河
髧彼两髦　　实维我仪
之死矢靡它
母也天只　　不谅人只

汎彼柏舟　　在彼河侧
髧彼两髦　　实维我特
之死矢靡慝
母也天只　　不谅人只

汎：通"泛"，漂浮。
中河：河中。
髧：头发下垂状。两髦：男子未成年时剪发齐眉。
维：为。仪：匹配、配偶。
之死矢靡它：誓死不变初心。矢，誓。靡它，无他心。
只：语助词，同"也"。
特：配偶。
慝：通"忒"，变更，引申为变心，靡慝，即不变心。

墙有茨

古解卫人讽刺其统治者生活荒唐混乱。或解为"家丑"不可外扬，不对外说长道短。

墙有茨　不可扫也
中冓之言　不可道也
所可道也　言之丑也

墙有茨　不可襄也
中冓之言　不可详也
所可详也　言之长也

墙有茨　不可束也
中冓之言　不可读也
所可读也　言之辱也

茨：蒺藜，即爬墙草。或以为充当瓦片的防雨茅草。
中冓：内室龌龊之事，意指"家丑"。
所可道：倘若传出去。所，倘若。
襄：除去。
详：细说。
长：意为道不完、传不完。
束：捆走。
读：反复念叨。

君子偕老

全诗描绘一位贵夫人服饰华丽，仪态雍容，有高贵之相。
然开头责其"不淑"（古解为不善），故一向被解释为讽刺
卫宣公夫人的诗。

君子偕老　副_{jī}笄六珈_{jiā}

委委佗佗_{tuó}　如山如河

象服是宜

子之不淑　云如之何

玼兮玼兮_{cǐ}　其之翟也_{dí}

鬒发如云_{zhěn}　不屑髢也_{dí}

玉之瑱也_{tiàn}　象之揥也_{tì}

扬且之皙也_{jū}_{xī}

胡然而天也　胡然而帝也

瑳兮瑳兮_{cuō}　其之展也

副笄六珈：副、笄、六珈皆首饰。副，步摇。笄，不定冠的簪子。六
珈，簪子上的珠宝。
委委佗佗：雍容自得之貌。有以为原文当为"委佗委佗"。
象服：华丽的礼服。
不淑：古解不善。或解为不幸。如之何：奈之何。
玼：花纹绚烂。翟：绣着山鸡的象服。
鬒：黑发。髢：假发。
玉之瑱：玉做的瑱。瑱，两耳饰。象之揥：象牙做的发钗。
扬且之皙：额头方正白皙。扬，眉上广。
胡然而天：感叹天生的美貌。或解惊为天人。
瑳：玉色鲜明洁白，此处形容衣服光鲜。其之展：展，古代后妃或命
妇的一种礼服。

蒙彼绉绤 是绁袢也

子之清扬 扬且之颜也

展如之人兮 邦之媛也

蒙彼绉绤：外罩里的内衣。绉绤，细葛布内衣。绁袢：词有多解，或夏天穿的薄衫。

清扬：目光明亮。

展如之人：正如她本人。媛：美女。

桑中

想象和不同的贵族美女幽会的歌谣。

爱采唐矣　沬之乡矣

云谁之思　美孟姜矣

期我乎桑中　要我乎上宫

送我乎淇之上矣

爱采麦矣　沬之北矣

云谁之思　美孟弋矣

期我乎桑中　要我乎上宫

送我乎淇之上矣

爱采葑矣　沬之东矣

云谁之思　美孟庸矣

期我乎桑中　要我乎上宫

送我乎淇之上矣

爱：于何，在什么地方。唐：植物名。即菟丝子，寄生蔓草，喻女
方依靠男方。

沬：卫邑名。

谁之思：倒文，思之谁，即思念的是谁。

孟姜：泛指贵族阶层的美女人名。孟：排行最长。姜、弋、庸，皆
贵族姓。

期：约会。桑中：地名，或桑树林中。

要：邀约。上宫：地名，或桑林中宫室，或楼。

淇：淇水。

麦：此麦应非指小麦。当指野生麩麦。

葑：芜菁。

葑

今名芜菁，又称大头菜等。二年生草本，喜阴，多长于寒凉之地。古代重要菜蔬。《图经本草》曰："芜菁四时仍有，春食苗，夏食心，秋食茎，冬食根。"直至现代，仍是制泡酸菜的常用菜蔬。

鹑之奔奔

卫人对宣公表示不满，以为其不足为兄长，不足为国君。

鹑之奔奔　鹊之彊彊
chún　　　　jiāng

人之无良　我以为兄

鹊之彊彊　鹑之奔奔

人之无良　我以为君

鹑之奔奔：鹑，即鹌鹑。奔，通"贲"，形容其性好斗，勇猛而貌丑。
鹊之彊彊：鹊，喜鹊，彊，通"僵"，强而有力，义同"奔"。
我：诗人自称，或通"何"。
君：指卫宣公。

鹑

今名鹌鹑，鸡形目，雉科。栖息于平原、荒地、溪边的灌丛或茂密
的野草中。主要食草籽、豆类、谷物及浆果、嫩叶等，夏天吃大量
昆虫及幼虫。分布于我国的种群大多是候鸟，在新疆、内蒙古等地
繁殖，然后迁徙到南方地区越冬。鹌鹑翼羽短，不能高飞、久飞，
往往昼伏夜出，夜间群飞迁徙。

定之方中

卫为狄人所灭，文公得齐桓公之助，于楚丘营造宫室，重建卫国，卫人作此诗赞美之。

定之方中　作于楚宫
揆之以日　作于楚室
    kuí
树之榛栗　椅桐梓漆　爰伐琴瑟
    zǐ

升彼虚矣　以望楚矣
望楚与堂　景山与京
降观于桑　卜云其吉　终然允臧
    bǔ

灵雨既零　命彼倌人
星言夙驾　说于桑田
    shuì
匪直也人　秉心塞渊　騋牝三千
    sè   lái pìn

定：星名，营室星。十月之交，定星昏中而正，宜定方位，造宫室。
作于楚宫：开始营造位于楚丘的宫室。楚，地名，即楚丘。
揆之以日：按照日影定方向。揆，测定。
榛、栗、椅、桐、梓、漆：皆木名，制作琴瑟等乐器的好材料。
虚：一说故城为虚，一说大丘。
堂：楚丘旁邑。
景山与京：指奔赴大山之间勘测。景，远行。京，高丘。
臧：好，善。
灵雨即零：好雨淋漓。零，徐徐降落。
倌：驾车小臣。
星言夙驾：早上披星驾车前去。星言，雨止见星，披星前去。
说于桑田：指文公关心农桑。说，通"舍"，停留驻足。
匪直：不仅仅为此。直，特也。
秉心塞渊：心底真诚而深谋远虑。
騋：七尺以上的马。牝：母马。

榛

又名榛子，灌木或小乔木，生长于海拔200~1000米的山地阴坡灌
丛中。榛子的利用在我国有超过5000年的历史，榛果在周代已普
遍栽种，是重要的供祭食品。目前分布于华北、东北、西北各省。

栗

今名板栗，落叶乔木，多生于低山丘陵缓坡及河滩地带。板栗的利用在我国已超过6000年，"诗经"时代已经广泛栽种，成为比较常见的干果树种，重要的粮食来源。

漆

今名漆树，落叶乔木。高山种，性耐寒，生于海拔800~3800米的
向阳山坡，我国最古老的经济树种之一，木材通直耐腐，是制作器
具的上等木料。果实可制肥皂，种子油可制油墨。

蝃蝀

反对自由恋爱，斥女子不守礼制而败坏婚姻之道。

蝃蝀在东　莫之敢指
女子有行　远父母兄弟

朝隮于西　崇朝其雨
女子有行　远兄弟父母

乃如之人也　怀昏姻也
大无信也　不知命也

蝃蝀在东：彩虹现于东方。虹，爱情与婚姻的象征。
莫之敢指：没人敢指指点点。
有行：指出嫁。或指为妇之道。
朝隮：早上的彩虹。
崇朝：终朝，早上结束后。
怀：欲，想。一说通"坏"。昏姻：即婚姻，昏，通"婚"。
无信：不守信誉。
不知命：当解为不遵天命、不顺其自然。

相鼠

严斥为人无礼者。

相鼠有皮　人而无仪
人而无仪　不死何为

相鼠有齿　人而无止
人而无止　不死何俟

相鼠有体　人而无礼
人而无礼　胡不遄死

相：看。
仪：礼仪。
止：容止。指守礼法的行为。或通"耻"。
俟：等待。
遄：速。

鼠

鼠是地球上生存能力最强的哺乳动物，超过五百个品种，繁殖力强，数量几百亿只。《诗经》所指应为常见的褐家鼠，始终生活在人类居住区，历史上数次通过携带的病原体传播给人类引发瘟疫，对人类危害极大。

干旄

赞美贤者，述向慕之情。或解为贵族男子欲向美女献殷勤。

孑孑干旄 素丝纰之 彼姝者子	在浚之郊 良马四之 何以畀之
孑孑干旟 素丝组之 彼姝者子	在浚之都 良马五之 何以予之
孑孑干旌 素丝祝之 彼姝者子	在浚之城 良马六之 何以告之

孑孑：特出之貌。
干旄：饰有牦牛尾的旗杆。干，通"杆"。
浚：卫国地名，浚城。
纰：连缀。旗帜上镶边。
彼姝者子：那美好的姑娘。古解子为贤士。姝，顺从貌。
畀：给，予。
旟：画有鸟隼的旗。
都：近郊。
旌：五彩鸟羽装饰的旗。
祝：通"属"，表连属。
告：通"造"，有赠予之意。

载驰

卫懿公女嫁为许穆公夫人。卫为狄人所灭，许穆夫人伤许国弱小不能救，欲至漕邑慰问卫君，作诗纪其事。

载驰载驱　归唁卫侯

驱马悠悠　言至于漕

大夫跋涉　我心则忧

既不我嘉　不能旋反

视尔不臧　我思不远

既不我嘉　不能旋济

视尔不臧　我思不閟

陟彼阿丘　言采其蝱

女子善怀　亦各有行

许人尤之　众稚且狂

归唁卫侯：回卫国慰问卫侯。唁，吊失国曰唁。

悠悠：道路漫长貌。

言至于漕：言，发语词，无义，或解为乃。漕，卫地名。

大夫跋涉：大夫辛苦赶路。或解为许国大夫前来阻止。

嘉：善、赞同。

旋反：即回卫国，反，通"返"。

视尔不臧：视，比。臧，好、良策。

閟：通"毖"，远。或通"闭"，引申为止。

阿丘：有一边偏高的山丘。

蝱：贝母草。采蝱治病，喻设法救国。

行：道路。

许人尤之：许国人指责我的过错（反对回卫国的主张）。尤，过错。

我行其野　芃^{péng}芃其麦

控于大邦　谁因谁极

大夫君子　无我有尤^{yòu}

百尔所思　不如我所之

芃：草茂盛貌。

控于大邦：请求于大国。

谁因谁极：即有谁可以依靠，有谁能来援助。因，依。极，致。

无我有尤：不要反对我的主张。无，毋。有，同"又"。尤，谋。

不如我所之：大意为，不如我亲自去一趟卫国。

蝱

今名川贝母。多年生草本，百合科。主产于我国西南、西北的高山
高原地带。是润肺止咳之名贵中药材，其花、叶具有观赏价值。

卫
风

《卫风》即卫地的歌谣。卫国第一代国君为周文王之子康叔，周成王二年，因平定"三监之乱"有功，获封殷商故地，都朝歌。公元前660年为狄人所破，两年后于楚丘（今河南滑县东）重新建国。前254年被魏国兼并，国灭。所存诗篇应作于前660年之前。

淇奥

赞美"君子"有非常好的气质与修养。因颂扬之意甚为隆重，古注认为是赞美卫武公之作。

瞻彼淇奥　绿竹猗猗

有匪君子　如切如磋　如琢如磨

瑟兮僩兮　赫兮咺兮

有匪君子　终不可谖兮

瞻彼淇奥　绿竹青青

有匪君子　充耳琇莹　会弁如星

瑟兮僩兮　赫兮咺兮

有匪君子　终不可谖兮

瞻彼淇奥　绿竹如箦

有匪君子　如金如锡　如圭如璧

宽兮绰兮　猗重较兮

善戏谑兮　不为虐兮

淇奥：淇水边弯曲处。猗猗：长而美。

匪：通"斐"，有文采貌。切、磋、琢、磨：治骨曰切，治象曰磋，治玉曰琢，治石曰磨。均指文采好，有修养。

瑟：庄严貌。僩：宽大貌。赫：威严貌。咺：有威仪貌。

谖：忘。

充耳琇莹：充耳即玉制耳塞。琇，宝石。莹，形容玉之光泽。

会弁：鹿皮帽。会，鹿皮会合处，缀宝石如星。

箦：积的假借。茂密的样子。

绰：旷达。猗：通"倚"。重较：有两重横木的车子，贵族所乘。

戏谑：开玩笑。虐：刻薄伤人。

竹

绿

绿

今名荩草，古又称王刍，一年生禾本。生长于山坡、草地和阴湿
处。全草可入药，也可用于染织，在古代是黄色、绿色的染料来源
之一。

竹

今名萹蓄、扁竹，一年生草本。多生于郊野道旁、沟边湿地。嫩叶
可食，但味不佳，古时用于充饥的救荒本草，叶可入药。

考槃

写隐士离群索居而胸怀坦荡安适。

考槃在涧 硕人之宽
独寐寤言 永矢弗谖

考槃在阿 硕人之薖
独寐寤歌 永矢弗过

考槃在陆 硕人之轴
独寐寤宿 永矢弗告

考槃：此词多解，有解为筑木屋，或解为叩击乐器。
硕人之宽：硕人，美人、贤人。宽，心宽。
独寐寤言：独睡独醒独语，离群索居的隐士状态。
永矢弗谖：矢，发誓。谖，忘，或解为欺诈。
阿：山阿，山的曲隅。
薖：空，指心境。或解为和乐。
弗过：意为不与外人交往。
陆：高平曰陆。
轴：徘徊往复。或解为通"由"，悦也。

102

硕人

写庄姜（卫庄公夫人）始嫁之情形。述其人身份高贵，相貌美丽，车马整饬，随从众盛。

硕人其颀　衣锦褧衣

齐侯之子　卫侯之妻

东宫之妹　邢侯之姨

谭公维私

手如柔荑　肤如凝脂

领如蝤蛴　齿如瓠犀

蓁首蛾眉

巧笑倩兮　美目盼兮

硕人敖敖　说于农郊

四牡有骄　朱幩镳镳

硕人其颀：硕人，美人。颀，修长貌。
衣锦褧衣：穿着锦制的披风。第一个"衣"为动词。褧衣，出嫁时御风尘的罩衣。
东宫：指太子。
谭公维私：谭国国君是她的妹夫。
荑：白茅之芽。
蝤蛴：天牛的幼虫，色白身长。
瓠犀：瓠瓜子儿。
蓁：似蝉而小，头宽广方正。
盼：眼睛黑白分明的样子。
敖敖：身长貌。
说：停车。
幩：装在马口上的朱帛装饰。　镳镳：马嚼子。一说盛美貌。

翟茀以朝

大夫夙退　无使君劳

河水洋洋　北流活活
施罛濊濊　鳣鲔发发
葭菼揭揭　庶姜孽孽
庶士有朅

翟茀：以雉羽为饰的车围子。
无使君劳：不要让君主过于劳累。
施罛：张开渔网。罛，大渔网。　濊濊：撒网入水声。
鳣、鲔：鳣鱼、鲔鱼。或皆为鲤鱼的一种。
发发：鱼尾击水之声。或鱼跳动貌。
葭、菼：初生的芦苇和荻。　揭揭：长貌。
庶姜：指随嫁的姜姓众女。　孽孽：盛饰貌。
庶士：从嫁的媵臣。　朅：勇武貌。

蛴螬

蛴螬为天牛的幼虫，鞘翅目天牛科，天牛科种类繁多，我国已知物种超过三千种，成虫通称天牛。食性较广，喜食嫩树皮，钻蛀于各种乔木或灌木。

蟪

学者多以为宽头宁蝉或雨春蝉，同翅目蝉科，比另一种常见的蚱蝉（知了）体型稍小，绿褐色或褐色，这两种蝉如今都不常见。

蛾

蚕蛾，鳞翅目蚕蛾科的通称，是桑蚕的成虫。桑蚕吃桑叶，化蛹前吐丝作茧，成为蚕蛹，十天后破茧而出，羽化为蛾。我国已有四千七百年以上的养蚕史，驯养家蚕取其丝，作为丝绸制作原料。蚕蛾触须弯曲而细长，古人以此比喻女子美丽的眉毛，称为蛾眉。

氓

女子由恋爱而成婚后被弃，斥丈夫有始无终，自悔遇人不淑，并劝告其他女子不要沉湎于感情而上男人的当。

氓之蚩蚩　抱布贸丝

匪来贸丝　来即我谋

送子涉淇　至于顿丘

匪我愆期　子无良媒

将子无怒　秋以为期

乘彼垝垣　以望复关

不见复关　泣涕涟涟

既见复关　载笑载言

尔卜尔筮　体无咎言

以尔车来　以我贿迁

桑之未落　其叶沃若

氓：对诗中男子的称谓。居于城外的流民，含"乡下人"之意。

抱布贸丝：抱布匹来换丝，即来城中贸易。

匪：非。来即我谋：来找我商量婚姻之事。

淇：淇水。顿丘：地名。

愆期：拖延婚期。愆，误、拖延。

将：愿，请。

垝垣：城墙。垝即垣，或为高，高垣，亦即高大的城墙。

不见复关：男子并未出现在复关。复关，城外关卡。

尔卜尔筮：指占卜婚姻是否相合。卜，用龟甲卜吉凶。筮，用蓍草占吉凶。

体无咎言：占卜显示无灾祸。体，占卜之体。咎言，不吉之言。

以我贿迁：把我的嫁妆运去，指赴婚。贿，财物、嫁妆。

108

于嗟鸠兮　无食桑葚（shèn）

于嗟女兮　无与士耽

士之耽兮　犹可说（tuō）也

女之耽兮　不可说也

桑之落矣　其黄而陨（yǔn）

自我徂（cú）尔　三岁食贫

淇水汤汤（shāng）　渐车帷裳（jiān）（cháng）

女也不爽　士贰（tè）其行（háng）

士也罔极　二三其德

三岁为妇　靡室劳矣

夙兴夜寐　靡有朝（zhāo）矣

言既遂矣　至于暴矣

兄弟不知　咥（xī）其笑矣

无食桑葚：不要贪吃桑葚。传说斑鸠吃桑葚过多会醉。

无与士耽：不要过于恋他而沉湎于爱情。耽，极爱、沉湎。

犹可说也：终究可以摆脱其中。说，通"脱"。

徂尔：往你家，嫁与你。　三岁食贫：过了三年的贫困生活。

淇水汤汤：此二句大意为再次渡过浩荡的淇河，水沾湿了车帷和衣裳。描写遭弃返回娘家的状态。

不爽：没有差错。

贰：同"貣"，过错，通"忒"，与"爽"义略同。

罔极：没有准则，不可测。　二三其德：三心二意。

靡室劳矣：没有埋怨过持家的辛劳。

夙兴夜寐　靡有朝矣：早起晚睡，没有一天不如此。

言既遂矣：既然已遂心。言，语助词。

兄弟不知　咥其笑矣：指娘家兄弟们不知内情，反而讥笑自己。

咥，大笑貌。

静言思之　躬自悼矣

及尔偕老　老使我怨
淇则有岸　隰则有泮
总角之宴　言笑晏晏
信誓旦旦　不思其反
反是不思　亦已焉哉

躬自悼矣：自己独自悲伤。躬，自身。
隰则有泮：洼地总有岸边。隰，低洼处湿地，也有学者认为隰为水名，即漯水或洹水，与淇水对应。泮，通"畔"，岸，水边。
总角：古时儿童两边梳辫，如双角。指童年时代。
宴：一说当为"丱"字之误，指儿童所束的两只角辫。下句"宴宴"当为"丱丱"，描摹儿童角辫之貌。
不思其反：没想到如今反覆，违背誓言。
反是不思：指男子从不想自己违背誓言之事。
110　亦已焉哉：就这样吧，无可奈何之语。

鸠

古人以鸠泛指某几种鸟类，不同的诗篇各有所指，此篇指山斑鸠，鸽形目，鸠鸽科。体型较家鸽为小，栖息于多树地区的平原、丘陵或灌丛中。也飞临栽培地带觅食，以杂草种子、植物果实、农作物种子为食，偶食昆虫幼虫。斑鸠品种较多，我国仅有五种。

竹竿

卫女嫁异国，思归不得，出游以解忧。

籊籊竹竿　以钓于淇
岂不尔思　远莫致之

泉源在左　淇水在右
女子有行　远兄弟父母

淇水在右　泉源在左
巧笑之瑳　佩玉之傩

淇水滺滺　桧楫松舟
驾言出游　以写我忧

籊籊：形容竹竿长而尖削貌。
岂不尔思：倒句，岂不思尔。哪能不想你。
远莫致之：远而无法抵达。
瑳：玉色洁白。
傩：通"娜"，婀娜。
滺滺：河水荡漾之状。
楫：船桨。
桧楫松舟：桧木桨的松舟。
以写我忧：以消除心中忧愁。写，消除。

桧

今名圆柏，常绿乔木，兼松、柏两种植物特性，即柏叶松身，性耐寒。木材芳香，耐久力强，属于上等木料。树形枝干优雅，多被引进园林、庭院作景观植物。

113

芄兰

写一童子威仪俨然，埋怨他不和自己相好，当属戏谑之作。古注以为讽刺卫惠公骄慢于大臣。

芄兰之支　童子佩觿

虽则佩觿　能不我知

容兮遂兮　垂带悸兮

芄兰之叶　童子佩韘

虽则佩韘　能不我甲

容兮遂兮　垂带悸兮

芄兰：植物名。其果实结荚形状似觿，以此喻觿。
觿：象骨制的解结用具，形同锥。成人佩饰。
能不我知：难道就不再跟我相匹合？知，匹合、匹交，男女交合意。
容兮遂兮，垂带悸兮：此二句形容"童子"穿戴成年男子衣饰的架势。容，佩刀，或解为仪容。遂，佩玉，或解为老成貌。悸，带下垂貌。
韘：象骨制的钩弦用具，著于右手拇指，射箭时用于钩弦。
甲：通"呷"，欲也，亦有男女交合意。

芄兰

今名萝藦，多年生草质藤本，嫩叶可食，枝、叶、果实均可入药。其果实呈纺锤形羊角状，似觿，是华中、华北一带较为常见的野生植物。

河广

宋人在卫，遥望故乡。

谁谓河广　　一苇杭之
谁谓宋远　　跂予望之

谁谓河广　　曾不容刀
谁谓宋远　　曾不崇朝

河：黄河。卫国在戴公之前，都于朝歌，和宋国隔河相望。
一苇杭之：一枝芦苇就能渡过。杭，通"航"。
跂予望之：踮起脚尖就能看到。跂，踮起脚。
曾不容刀：意指一条小船就能过去。曾，尝。刀，小船。
崇朝：终朝，整句大意指一个早上就能到宋国。

伯兮

思念出征的丈夫，既为他感到骄傲又担忧他的安危。

伯兮朅兮　邦之桀兮
伯也执殳　为王前驱

自伯之东　首如飞蓬
岂无膏沐　谁適为容

其雨其雨　杲杲出日
愿言思伯　甘心首疾

焉得谖草　言树之背
愿言思伯　使我心癠

伯：女子对丈夫的昵称。
朅：英武高大。
桀：通"杰"，才智出众。
殳：古兵器，杖类。长丈二，无刃。
首如飞蓬：指不梳洗而头发散乱。
膏沐：妇女润发的油脂。適：专。整句意为，专为谁美容。
其雨其雨：前一"雨"为动词，下雨。杲：明亮的样子。
谖草：萱草，又名忘忧草，俗名黄花菜。
言树之背：把它种于北堂后院。树，动词用。背，北堂。
癠：忧思成病。

117

谖草

今名萱草，花色鲜艳，极具观赏性，赏花而忘忧，故又名忘忧草。
多年生宿根草本，花蕾可食，全草和根可入药。原产于秦岭以南各
省，现全国各地广泛栽培。另，黄花菜是萱草同属但不同种植物。

有狐

看到一匹孤零零的狐狸，想到那男子也是孤零零的。

有狐绥绥　　在彼淇梁
心之忧矣　　之子无裳

有狐绥绥　　在彼淇厉
心之忧矣　　之子无带

有狐绥绥　　在彼淇侧
心之忧矣　　之子无服

狐：古人以狐皮制衣。或喻男性。
绥绥：从容独行的样子。
淇梁：淇河水坝。
厉：水深及腰，可以涉过之处。一说水边有砂石的沙滩。

狐

俗称狐狸，有多个亚种，栖息于森林、草原、半沙漠、丘陵地带。
居树洞或土穴，通常昼伏夜出觅食。

木瓜

所赠之物虽薄，其情不薄；所报之物虽厚，用意仍在两情之好。

投我以木瓜　报之以琼琚
匪报也　永以为好也

投我以木桃　报之以琼瑶
匪报也　永以为好也

投我以木李　报之以琼玖
匪报也　永以为好也

木瓜：今名榠楂。
琼琚：佩玉。琼，泛指美玉。
匪：非。
木桃：毛叶木瓜，灌木，观赏类植物，果实酸涩。
瑶：美玉。一说似玉的美石。
木李：木梨，今名榠楟。灌木或小乔木，果实可食。
玖：浅黑色玉石。

121

木瓜

又名楙楂，落叶小乔木，与今水果木瓜非同物种。原产我国，果质坚硬，长期散发香气，在古代被用作空气清新剂，水煮后可食用。果实、种子、根、枝叶均可入药。分布于华中及西北各省。

王风

《王风》即东都王城一带的歌谣。周
幽王死后，鉴于内忧外患、镐京残破，
周平王迁都于东都洛邑（洛阳），是
谓东周。王国之风故称《王风》。

黍离

古解东周大夫行役至西周旧都，见宗庙宫室荒废，内心悲切。亦可解为自己的为心之忧不能为他人所懂得。

彼黍离离　　彼稷之苗

行迈靡靡　　中心摇摇

知我者　谓我心忧

不知我者　谓我何求

悠悠苍天　此何人哉

彼黍离离　　彼稷之穗

行迈靡靡　　中心如醉

知我者　谓我心忧

不知我者　谓我何求

悠悠苍天　此何人哉

彼黍离离　　彼稷之实

行迈靡靡　　中心如噎

知我者　谓我心忧

不知我者　谓我何求

悠悠苍天　此何人哉

黍、稷：两种农作物。黍，黍米。稷，高粱。

离离：黍之形貌，或行列貌。

靡靡：行步迟缓貌。摇摇：形容心神不安。

此何人哉：致乱世者为谁。或解为"我为谁"。

噎：忧深气逆不能呼吸。

君子于役

黄昏时分禽畜归来，气氛宁静，妻子思念服役的丈夫，忧心愈深。

君子于役　不知其期

曷^{hé}其至哉

鸡栖于埘^{shí}　日之夕矣

羊牛下来

君子于役　如之何勿思

君子于役　不日不月

曷其有佸^{huó}

鸡栖于桀^{jié}　日之夕矣

羊牛下括

君子于役　苟无饥渴

君子于役：君子，对丈夫的敬称。于役，服役中。
曷其至哉：何时能归家。曷，通"何"。
埘：墙壁上挖洞做成的鸡舍。鸡栖于埘，喻天黑。
如之何勿思：如何不思。
不日不月：没法用日月来计算时间。言时长。
曷其有佸：何时才能相会。有佸，相会。
桀：鸡栖木。
下括：汇集归来。
苟无饥渴：愿他平安无饥渴。

鸡

家鸡由野生的原鸡驯化而成，在我国至少有三千五百年以上的驯化
史，是人类重要的肉食来源之一，目前已培育有多个品种。

君子阳阳

酒宴上相邀起舞的快乐情形。

君子阳阳

左执簧　右招我由房

其乐只且

君子陶陶

左执翿　右招我由敖

其乐只且

阳阳：洋洋得意。
簧：笙簧。这里指笙。
由房、由敖：遨游或舞蹈。
只且：语助词。
陶陶：和乐貌。
翿：歌舞所用道具，羽毛做成。

扬之水

将士辗转戍守，怀念亲人而不得归，因发怨叹。

扬之水　不流束薪
彼其之子　不与我戍申
怀哉怀哉　曷月予还归哉

扬之水　不流束楚
彼其之子　不与我戍甫
怀哉怀哉　曷月予还归哉

扬之水　不流束蒲
彼其之子　不与我戍许
怀哉怀哉　曷月予还归哉

扬之水：激扬之水，喻夫。
不流束薪：漂不走一捆柴。束薪，也喻婚姻。
戍申：在申地防守。
曷月予还归哉：何月才能回去。曷，通“何”。
甫、许：皆国名。
束楚、束蒲：楚，荆条。蒲，旱柳。

蒲

今名旱柳，落叶乔木，常生长于黄河沙地，在河滩、沟谷、低湿地
也能成林。品种多，木料可制作各种器具，古人常用的经济树种。

中谷有蓷

女子遭离弃而生活艰难，悲慨人生。可能发生于荒乱之年。

中谷有蓷　　暵其干矣
有女仳离　　嘅其叹矣
嘅其叹矣　　遇人之艰难矣

中谷有蓷　　暵其脩矣
有女仳离　　条其歗矣
条其歗矣　　遇人之不淑矣

中谷有蓷　　暵其湿矣
有女仳离　　啜其泣矣
啜其泣矣　　何嗟及矣

蓷：药草名，即益母草，又名夏枯草。
暵其干：失水而干。暵，枯貌。
仳离：流离，或离弃。
嘅：感慨，叹息之貌。
遇人之艰难矣：同"遇人不淑"。指没嫁到好人。
脩：干肉。这里引申为干枯。
条其歗：愤而长啸。条，长也。歗，通"啸"。
暵其湿：湿，"曝"的假借字，晒干之意。
啜：泣貌。
何嗟及矣：后悔不及。

130

菴

今名益母草，一年或二年生草本。喜光，生长于向阳处的多种环境。至夏季果实成熟，全株干枯，也称夏枯草。常用的药用植物，全草可入药。

兔爰

诗人伤时感事，厌倦人生。

有兔爰爰　雉离于罗

我生之初　尚无为

我生之后　逢此百罹

尚寐无吪

有兔爰爰　雉离于罦

我生之初　尚无造

我生之后　逢此百忧

尚寐无觉

有兔爰爰　雉离于罿

我生之初　尚无庸

我生之后　逢此百凶

尚寐无聪

爰：通"缓"，逍遥自在。

雉离于罗：野鸡却不幸入网。离，同"罹"，陷、遭难。罗，网。

我生之初：指其早年。

无为：无事，安逸的生活。为、造、庸皆为劳役之事。

百罹：多难。

尚寐：只愿一觉睡去。

无吪、无觉、无聪：无话、无知觉、无听觉。

罦：一种装设机关的网，能自动掩捕鸟兽，又叫覆车网。

罿：捕鸟的网。

兔

据考古证实，家兔由欧洲穴兔驯化而来，至少在周代之前传入我
国，我国的野生穴兔则由早期家兔放养而成。《诗经》中分别有五
篇诗歌提到"兔"，可见在"诗经"时代已是常见物种。

葛藟

流亡他乡，失去家族依靠，以诗自叹。

绵绵葛藟^{lěi}　在河之浒
终远兄弟　谓他人父
谓他人父　亦莫我顾

绵绵葛藟　在河之涘^{sì}
终远兄弟　谓他人母
谓他人母　亦莫我有

绵绵葛藟　在河之漘^{chún}
终远兄弟　谓他人昆
谓他人昆　亦莫我闻^{wèn}

绵绵：长而不绝之貌。
葛藟：野葡萄，藤类蔓生植物。喻依附他人。
浒、涘、漘：皆为水边。浒，离水稍远。漘，临崖。
终远兄弟：有学者疑前两章中的"终远兄弟"当为"终远父母"。
顾、有、闻：皆亲爱之意也。
昆：兄。

采葛

对所爱之人相思迫切。

彼采葛兮　　一日不见　　如三月兮

彼采萧兮　　一日不见　　如三秋兮

彼采艾兮　　一日不见　　如三岁兮

葛：藤蔓植物，织布原料，见《周南·葛覃》注。
萧：蒿的一种，即牛尾蒿。有香气，古时用于祭祀。
艾：植物名，作为中草药艾叶可治百病，艾叶需用陈久者，故"如
三岁兮"。

艾

即艾草，多年生草本。嫩叶可食，全草入药。香气浓郁，有很强的抗菌作用，作为中草药可治百病。端午节悬艾草于门框用以消毒气、辟邪的风俗沿用至今。还可用于染织、制印泥。

大车

少女的爱情誓词，哪怕对方顾虑，不能生而同室，也要死在一起。

大车槛槛（kǎn）　毳衣如菼（cuì）（tǎn）

岂不尔思　畏子不敢

大车啍啍（tūn）　毳衣如璊（mén）

岂不尔思　畏子不奔

榖则异室（gǔ）　死则同穴

谓予不信　有如皦日（jiǎo）

大车：古解大夫之车，或以为牛车。

槛槛：车轮的响声。

毳衣：兽毛做的衣服。或以为车之帷帐。

菼：初生的荻苇，形容嫩绿色。

岂不尔思：倒句，即岂不思尔。

啍啍：重滞徐缓的样子。

璊：赤色玉，喻红色。

奔：私奔。

榖：通"谷"，引申为"生"，活着。

皦：同"皎"，光亮。

丘中有麻

用女子口吻想象和不同男子幽会的歌谣。

丘中有麻　彼留子嗟

彼留子嗟　将其来施

丘中有麦　彼留子国

彼留子国　将其来食

丘中有李　彼留之子

彼留之子　贻我佩玖

麻：即大麻，皮可织布。

留：一说留客的留，一说指姓，通"刘"。

子嗟、子国：均为人名。

将：请、愿、希望。

施：男女交合之隐语。

食：隐喻性行为。

贻：赠送。

佩玖：佩玉。

麻

今名大麻，一年生直立草本。大麻是古代最重要的植物纤维原料之一，麻皮需浸泡腐蚀后获取纤维。麻籽可食，亦为中医名药。原产于印度、中亚细亚。

李

又名李子，落叶灌木或小乔木。原产我国，已有三千年以上的栽培
史，品种极多。果实除食用外，也可酿酒制酱。根皮、树胶、叶、
花、核皆可入药。

郑
风

《郑风》即郑地的歌谣。前806年，周宣王封弟王子友于郑（今陕西华县之东），是为郑国。后迁都于新郑（今郑州），版图不断扩大，成为春秋早期最早称霸中原的大国，前375年被韩国所灭。所存诗篇当产生于郑国东迁后社会稳定、经济繁荣、国力鼎盛的时期。

缁衣

妻子关心做官的丈夫，使其衣食周全。

缁衣之宜兮 [zī]

敝　予又改为兮

适子之馆兮

还　予授子之粲兮 [huán] [càn]

缁衣之好兮

敝　予又改造兮

适子之馆兮

还　予授子之粲兮

缁衣之蓆兮 [xí]

敝　予又改作兮

适子之馆兮

还　予授子之粲兮

缁衣之宜兮：黑色的衣服是那么合身。缁衣：黑衣。

敝：坏。

改为、改造、改作：这是随着衣服的破烂程度而言，以见其关心。

适：往。

馆：客舍、官署，言即大夫去官署须穿黑衣。

还：回来。

粲：鲜明貌，形容新衣。有解为"餐"之假借，饭食，与《狡童》
"不与我食兮"之"食"为同一种隐语，指男女间性行为。

蓆：宽大舒适。

142

将仲子

女子在恋爱中，受周围反对力量的压迫而有所畏惧。

qiāng
将仲子兮

无逾我里　无折我树杞

岂敢爱之　畏我父母

仲可怀也　父母之言亦可畏也

将仲子兮

无逾我墙　无折我树桑

岂敢爱之　畏我诸兄

仲可怀也　诸兄之言亦可畏也

将仲子兮

无逾我园　无折我树檀

岂敢爱之　畏人之多言

仲可怀也　人之多言亦可畏也

将仲子：将，愿、请。仲子，相当于称为二哥，或为男子之字。
逾：越。
里：里墙。周代民居组织五家为邻，五邻为里，里外围有墙。
无折我树杞：意为不要翻墙来约会，以免折断树枝被人发现。
树杞、树桑、树檀：倒文，即杞树、桑树、檀树。
岂敢爱之：意为岂是吝啬那些树木。爱，吝啬。
仲可怀也：心里怀恋着仲子。

叔于田

少女夸奖所爱之人无论做什么都胜过他人。

叔于田　巷无居人
岂无居人
不如叔也　洵美且仁

叔于狩　巷无饮酒
岂无饮酒
不如叔也　洵美且好

叔适野　巷无服马
岂无服马
不如叔也　洵美且武

叔于田：叔去打猎。叔，排行三曰叔，可解为少女对恋人的昵称。
洵：真正的、的确。
狩：冬猎。野：郊外。
服马：骑马之人。一说用马驾车。

大叔于田

描写一贵族男子田猎时豪迈勇武的形象。古解诗中所赞之"大叔"为郑庄公之弟共叔段。

叔于田　乘乘马 (chéng shèng)
执辔如组 (pèi)　两骖如舞 (cān)
叔在薮 (sǒu)　火烈具举
襢裼暴虎 (tǎn xī bó)　献于公所
将叔无狃 (qiāng) (niǔ)　戒其伤女 (rǔ)

叔于田　乘乘黄
两服上襄 (xiāng)　两骖雁行 (háng)
叔在薮　火烈具扬
叔善射忌　又良御忌
抑磬控忌 (yì qìng)　抑纵送忌

乘乘马：乘着四马的战车。前一"乘"为动词。乘马，四马的战车。
骖：车辕外侧两马。
薮：沼泽地带。
襢裼暴虎：赤膊伏虎。襢裼，赤膊上阵。
公所：君王的宫室。
狃：反复做某事。
戒其伤女：要提防伤到你自己。
乘乘黄、乘乘鸨：黄，黄马。鸨，有黑白杂毛的马。
服：中央驾辕的马。
忌、抑：皆作语助。
良御：善于驾驭战车。
磬、控、纵、送：骋马曰磬，止马曰控，发矢曰纵，从禽曰送。皆言御者驰逐之貌。

叔于田　乘乘鸨

两服齐首　两骖如手

叔在薮　火烈具阜

叔马慢忌　叔发罕忌

抑释掤忌　抑鬯弓忌

阜：旺盛。

发罕：射箭频率渐少。

释掤：揭开箭筒盖收拾箭矢。掤，箭筒盖。

鬯弓：将弓放入弓囊。鬯，弓囊，这里作动词用。

清人

写驻守清邑的将领训练军队的场景。古解讽刺卫国守边将领高克。

清人在彭　驷介旁旁^{péng}

二矛重英^{chóng}　河上乎翱翔

清人在消　驷介麃麃^{biāo}

二矛重乔　河上乎逍遥

清人在轴　驷介陶陶^{dào}

左旋右抽　中军作好

清：郑国之邑。

彭、消、轴：皆地名，都在黄河边上。

驷介：驾车的四匹战马披着铠甲。介，甲。

旁旁：盛貌。

二矛：两种兵器，酋矛、夷矛。

重英：以二重朱羽为矛饰。

麃麃：威武貌。

重乔：以二重雉羽为矛饰。

陶陶：乐而自适貌。或解为驰驱貌。

左旋右抽：形容军队训练的场景。旋，转车。抽，拔刀。

中军：军中统帅。

作好：做表面功夫。

羔裘

赞美贤者仪表美好而品行端直。

羔裘如濡　洵直且侯
彼其之子　舍命不渝

羔裘豹饰　孔武有力
彼其之子　邦之司直

羔裘晏兮　三英粲兮
彼其之子　邦之彦兮

羔裘：羔羊皮裘。古大夫的朝服。
濡：润泽。
洵直且侯：真是正直而又美好。洵，诚然、的确。侯，美。
彼其之子：他那个人啊。
不渝：不变、不违背原则。
豹饰：用豹皮做衣服的边。
孔武：非常勇武。孔，很、甚。
司直：负责正人过失的官吏。
晏：鲜盛貌。
三英粲兮：三道镶边璀粲鲜明。
彦：士之美称。

遵大路

女子拉着情人的手，希望他回心转意，不要离去。

遵大路兮
掺执子之祛兮
无我恶兮
不寁故也

遵大路兮
掺执子之手兮
无我魗兮
不寁好也

遵大路兮：沿着大路往前走。
掺执子之祛兮：拉着你的袖口。掺，牵、拉。祛，袖口。
无我恶兮：不要讨厌我。
寁：迅速。引申为速离、忘却。故：故人。
魗：同"丑"。
好：旧好。

女曰鸡鸣

一对年轻夫妇在清晨的对话，亲爱而和睦。

女曰鸡鸣　士曰昧旦

子兴视夜　明星有烂

将翱将翔　弋_{yì}凫_{fú}与雁

弋言加之　与子宜之

宜言饮酒　与子偕老

琴瑟在御　莫不静好

知子之来之　杂佩以赠之

知子之顺之　杂佩以问之

知子之好_{hào}之　杂佩以报之

鸡鸣：喻天亮。女子督促语。

昧旦：天色将明未明之际。言天未亮。

子兴视夜：你起来看看那夜空。

将翱将翔：男子语，言出去走一走。或解为下句中的凫与雁要飞起
来了。

弋凫与雁：射野鸭和大雁。弋，以丝做绳系于箭上射。

弋言加之，与子宜之：射雁献给你以备求婚，与你结为连理。言，
语助词。加，通"嘉"，婚礼。宜，匹配。

宜言饮酒：婚礼上喝了交杯酒。

御：奏。

知子之来之：知道你（妻）体贴我。来，慰勉，一说读"劳"。

杂佩：多种玉集饰的佩玉。

雁

今名豆雁，也称野鹅，外形大小类家鹅，雁形目，鸭科。栖息于平原、草地、农田、湖泊、海滩等地，集群迁飞，呈"一"字形或"人"字形飞翔，以植食性为主，偶食少量软体动物。迁飞路经我国大部分北方地区，在福建、广东、海南等地过冬。另《小雅·鸿雁》中的"鸿雁"，《邶风·新台》中的"鸿"，今名鸿雁，与豆雁属于不同品种，外形小异，体格稍大，迁徙路径、生态习性等类似。

有女同车

娶新娘回家，称赞她仪容华贵，美丽而善良。

有女同车　　颜如舜华^{huā}

将翱将翔　　佩玉琼琚

彼美孟姜　　洵美且都

有女同行^{háng}　　颜如舜英

将翱将翔　　佩玉将将^{qiāng}

彼美孟姜　　德音不忘

同车：或解为男子驾车到女家迎娶。

舜华、舜英：即木槿花。华、英皆为"花"。

孟姜：本义姜姓长女，泛指美女。

都：闲雅。

将将：即锵锵。

152

舜

今名木槿，落叶灌木，喜光，对土壤和气候要求不严，有很强的适应能力。花朵大而美，花期长，著名的观赏花卉。白木槿花可煮羹，亦可入药，嫩叶可作茶。

山有扶苏

戏谑的歌谣，女子嘲戏男子配不上自己。

山有扶苏　隰有荷华
不见子都　乃见狂且

山有桥松　隰有游龙
不见子充　乃见狡童

扶苏：唐棣。或解为小桑树。
隰：洼地。
子都、子充：美男子的统称。
狂且：狂愚之人。且，其古字形月，类男性生殖器，或带贬义的俚
语。或语助词。
游龙：植物名，即马蓼。

荷华

即荷花，又名莲、水芙蓉等，多年生宿根水生草本。观赏植物，各部位有特定名称，或可食或可入药。叶柄称茄，叶为蕅，花苞称菡萏，茎为藕，果实为莲，种子为菂。

游龙

今名红蓼，一年生高大草本。生长于水边沼泽等湿地，除供观赏外，全草及果实皆可入药，嫩苗可食，古时荒年救急野草。

蘀兮

见节令变化、时光流失而伤感，欲歌唱以抒发之。

蘀(tuò)兮蘀兮　风其吹女(rǔ)
叔兮伯兮　倡(chàng)　予和(hè)女(rǔ)

蘀兮蘀兮　风其漂女
叔兮伯兮　倡　予要(yāo)女

蘀：落叶。女：通"汝"，你。
叔兮伯兮：小伙子们。
倡，予和女：唱吧，我来应和你。
漂：飘。
予要女：即我和你。要，成、和。

狡童

女子感叹情人不能善待自己。

彼狡童兮　不与我言兮
维子之故　使我不能餐兮

彼狡童兮　不与我食兮
维子之故　使我不能息兮

狡童：相谑之言，如"小滑头""臭小子"。
维子：有解为维兹，即为此。或可解为，因为你。
食：或暗喻性行为。
息：寝息，不能息即睡不着。

褰裳

戏谑的歌谣。女子说，你不对我好自有他人，傻吧？

子惠思我　褰裳涉溱
qiān cháng　zhēn

子不我思　岂无他人

狂童之狂也且
jū

子惠思我　褰裳涉洧
wěi

子不我思　岂无他士

狂童之狂也且

子惠思我：大意为，如果你想我了。惠：爱，或为语助词。
褰裳涉溱：揭起衣裳过河（来看我）。褰：揭起。溱：水名。
子不我思：倒句，即子不思我。
且：语气助词，或口语中的俚语表达。
洧：水名。即今河南省双洎河。

159

丰

涉及婚变的诗。男方来迎娶，女子很满意，但家中拒绝迎婚。而后写女子希望家人能够成全这段婚事。

子之丰兮　俟我乎巷兮

悔予不送兮

子之昌兮　俟我乎堂兮
　　　　　　sì

悔予不将兮

　　jiǒng　　　cháng　　　cháng
衣锦褧衣　裳锦褧裳
　　　　　　　　　　háng
叔兮伯兮　驾　予与行

裳锦褧裳　衣锦褧衣

叔兮伯兮　驾　予与归

丰：俊逸、容貌丰美。
俟我乎巷兮：在巷口等我。俟，等候。
悔予不送兮：后悔没能跟你一起走。予，我，引申为我家。送，送女出嫁。
昌：盛壮貌。
将：出嫁时的迎送。或顺从、相随。
衣锦褧衣：穿上锦缎外衣。首字"衣"为动词。褧衣，罩衣。
160　　予与行：我和你一同前往。

东门之墠

对唱。男子感慨女子所居虽近而远，女子希望对方不要光说不做。

东门之墠^{shàn}　茹藘^{rú lú}在阪^{bǎn}
其室则迩^{ěr}　其人甚远

东门之栗　有践家室
岂不尔思　子不我即

东门之墠：城东门外的土坪。墠，平坦之地。
茹藘：草名。即茜草，染料植物，可染红色，另可入药。阪：坡。
其室则迩：那人住的房子就在眼前。迩，近。
栗：栗树，或以为小池塘。
践：成行成列，或解为善、安稳、宁静。
岂不尔思：倒句，即岂不思尔。
即：就。或引申为"即食"，男女交接。

161

茹藘

今名茜草，多年生草质藤本。生长于林缘、灌木丛、草地。根部可作为红色染料供染织之用，是自古盛行栽培的染料植物，同时也是重要的中药材。

风雨

乱世之中唯有德君子给人带来稳定和希望。有解为妻子与
丈夫久别重逢。

风雨凄凄　鸡鸣喈喈^{jiē}
既见君子　云胡不夷

风雨潇潇　鸡鸣胶胶
既见君子　云胡不瘳^{chōu}

风雨如晦　鸡鸣不已
既见君子　云胡不喜

喈喈：鸡叫的声音。
云胡不夷：怎么会不平静。胡，怎么。夷，平静。
瘳：病好，病痊愈。
晦：昏暗。

163

子衿

女子赴幽会，一面等待，一面嗔怪对方对自己不够用心。

青青子衿　悠悠我心
纵我不往　子宁不嗣音

青青子佩　悠悠我思
纵我不往　子宁不来

挑^{tāo}兮达^{tà}兮　在城阙^{què}兮
一日不见　如三月兮

子：男子的美称。衿：衣领。
嗣音：传音讯。
挑兮达兮：往来轻疾貌。
城阙：城正面夹门两旁之楼。

扬之水

只有兄弟两人，千万不要听信他人谎言而彼此疏远。

扬之水　不流束楚

终鲜兄弟　维予与女

无信人之言　人实迋女

扬之水　不流束薪

终鲜兄弟　维予二人

无信人之言　人实不信

扬之水：激扬之水，或悠扬之水。

鲜：少。

女：通"汝"，你。

言：流言。

迋：通"诓"，骗。

人实不信：指那些人不值得信任。

出其东门

漂亮女子那么多，我爱的只有你一个。

出其东门　有女如云
虽则如云　匪我思存
缟衣綦巾　聊乐我员
<small>gǎo　qí</small>　　<small>yún</small>

出其闉闍　有女如荼
<small>yīn dū</small>
虽则如荼　匪我思且
<small>cú</small>
缟衣茹藘　聊可与娱
<small>rú lú</small>

匪我思存：大意为"非我思念之人"。

缟、綦：缟，白色，素白绢。綦，暗绿色。

聊乐我员：大意为"才是我喜爱之人"。员，通"云"，语助词。

闉闍：城外曲城的重门，泛指城门。

荼：白茅花，喻多。

思且：思之所往。且，通"徂"，存或往。

茹藘：茜草。

166

野有蔓草

郊外邂逅一位明媚的女子，感到满足而快乐。

野有蔓草　零露溥^{tuán}兮
有美一人　清扬婉兮
邂逅相遇　适我愿兮

野有蔓草　零露瀼^{ráng}瀼
有美一人　婉如清扬
邂逅相遇　与子偕臧^{zāng}

溥：形容露水盛多。
清扬婉兮：形容目光明亮而貌美。婉，美好。
邂逅：一说为佳偶意。
瀼瀼：形容露水多。
臧：好，善。

溱洧

写民间习俗，于上巳节春光明媚之时，青年男女游玩于溱、洧两水之间，互相戏谑，或因此而定情。

溱与洧　方涣涣兮
士与女　方秉蕑兮
女曰观乎　士曰既且
且往观乎
洧之外　洵訏且乐
维士与女　伊其相谑
赠之以勺药

溱与洧　浏其清矣
士与女　殷其盈矣
女曰观乎　士曰既且
且往观乎
洧之外　洵訏且乐
维士与女　伊其将谑
赠之以勺药

溱、洧：河名。涣涣：春水盛貌。

秉：执。蕑：一种兰草，又名泽兰。或以为莲。

既且：大意为"已经云过了"。且，通"徂"，往。

且往观乎：大意为"再去看看"。且，再。

洵訏：洵，实在。訏，大。

伊其相谑：互相开着玩笑。伊，语助词，同"维"。

勺药：芍药。一说与今之芍药不同，一种香草。

浏：水深而清。

168　殷其盈：形容人多。殷，众多。盈，满。

蕳

今名泽兰，多年生草本。多生长于大泽旁。叶微香，古人视为香草，以喻君子。全草可入药，古人常用来沐浴，并佩戴以驱邪。

勺药

即芍药，又名别离草，多年生草本。喜光照、耐旱。著名的观赏
花卉，号花中宰相，也是最早被栽种的观赏性花卉之一。野生芍
药分布于东北海拔480~700米的山地，以及江苏、陕西等省海拔
1000~2300米的山坡草地。

齐
风

《齐风》即齐地的歌谣。武王灭商后，封太公望吕尚（后世习称姜太公）于齐，都营丘（今临淄），是为齐国。后疆域濒临大海，以其优越的地理位置成为整个西、东周时代富庶的强国。前386年，田氏夺政，遂为田姓之齐。前221年，降于秦，国灭。

鸡鸣

古解贤妃劝国君早起勤政，不要招人指责，或有讽时政之意。也可解为妻子催促丈夫早起上朝，或解为幽会中的女子催促男子早点离开以免被人发现。

鸡既鸣矣　　朝既盈矣

匪鸡则鸣　　苍蝇之声

东方明矣　　朝既昌矣

匪东方则明　月出之光

虫飞薨薨　　甘与子同梦

会且归矣　　无庶予子憎

朝：旧以为朝堂。或解为朝阳。

盈：人满。或以为已日出。

匪鸡则鸣：那不是公鸡的啼鸣声。匪，非。则，之、的。

昌：人多。或以为日明。

薨薨：虫聚飞貌。

甘：愿。

会：或指朝堂集会。或指幽会。

无庶予子憎：不要让大家憎恶我们。庶，众。

苍蝇

苍蝇，双翅目蝇科昆虫的总称。其幼虫为蛆，种类繁多，全球三千种以上，我国已知约五百种，根据栖息场所不同而分门别类。最常见的为家蝇、金蝇、绿蝇、麻蝇，皆栖息于人类居住区，因常与人或其它动物频繁接触，是传播疾病的重要媒介。但在生态系统中，蝇的幼虫扮演动植物分解者的重要角色，成虫也能代替蜜蜂用于农作物的授粉和品种改良。

173

还

两位猎人山中相遇，彼此赞美对方身手不凡。

子之还^{xuán}兮

遭我乎 猱^{náo}之间兮

并驱从两肩兮

揖^{yī}我谓我儇^{xuān}兮

子之茂兮

遭我乎 猱之道兮

并驱从两牡兮

揖我谓我好兮

子之昌兮

遭我乎 猱之阳兮

并驱从两狼兮

揖我谓我臧兮

还：同"旋"。轻捷貌。
遭我乎：与我相遇。
猱之间：猱山中。
从：逐。肩：三岁的兽（大野猪）。
揖我谓我儇兮：拱手称赞我的敏捷。揖，作揖。儇，敏捷。
茂：美。
牡：公兽。
猱之阳：猱山之山南。

著

女子想象结婚之日夫婿在不同地点以不同装饰迎接自己。

俟我于著乎而
充耳以素乎而
尚之以琼华乎而

俟我于庭乎而
充耳以青乎而
尚之以琼莹乎而

俟我于堂乎而
充耳以黄乎而
尚之以琼英乎而

俟：等待、迎候。
著：通"宁"，门屏之间，古代婚娶亲迎的地方。
乎而：方言。作语助词。
充耳：饰物，悬在冠之两侧。以玉制成，下垂至耳。
素、青、黄：各色丝线。
尚之：缀之、加。琼：赤玉。
华、莹、英：均指玉之色泽。一说琼华、琼莹、琼英皆美石之名。　　175

东方之日

男女幽会非常亲密的样态。或解为新婚夫妇的内室之乐（汉、魏前，古人没有椅子，席地而坐，故会踩到膝）。

东方之日兮
彼姝者子　在我室兮
在我室兮　履我即兮

东方之月兮
彼姝者子　在我闼兮
在我闼兮　履我发兮

姝者子：美貌的女子。
履我即：踩我膝。履，踩。即，"膝"之借字。
闼：门内。
发：即足，本字为"癹"，本指两足张开。

东方未明

写一位官员不能把握时间，应召办公事总是手忙脚乱，衣服也穿不好。

东方未明　颠倒衣裳（cháng）
颠之倒之　自公召之

东方未晞（xī）　颠倒裳衣（cháng）
倒之颠之　自公令之

折柳樊圃　狂夫瞿瞿（jù）
不能辰夜　不夙则莫（sù）（mù）

公：指国君，或官家。
晞：破晓，天刚亮。
折柳樊圃：折了柳条作菜园的篱笆。或解为折了菜园篱笆的柳条做漏箭（古时计时用）。樊，藩篱、篱笆。圃，菜园。
瞿瞿：惊顾貌。
辰夜：掌握夜里时间。
夙：早。莫：同"暮"。

177

柳

今名杨柳、垂柳，高大落叶乔木，生命力极强的常见树种之一，插
枝即可成活。因成长迅速，根系发达，古人常栽种在河之两侧、池
塘堤岸等以固堤防。

南山

刺鲁桓公不能制止夫人文姜与齐襄公兄妹私通。

南山崔崔　雄狐绥绥（sui）

鲁道有荡　齐子由归

既曰归止　曷又怀止

葛屦（jù）五两　冠緌（rui）双止

鲁道有荡　齐子庸止

既曰庸止　曷又从止

蓺（yì）麻如之何　衡从（zòng）其亩

取妻如之何　必告父母

既曰告止　曷又鞫止

析薪如之何（xi）　匪斧不克

取妻如之何　匪媒不得

既曰得止　曷又极止

崔崔：山势高峻貌。　绥绥：求偶貌。

荡：平坦。　齐子：指齐国公主文姜。　由归：从这条路上嫁出去。

曷又怀止：曷，何。怀：思，或解为回来。止，语助词。

葛屦五两：葛鞋两双（喻婚姻）。五：通"伍"，行列。两，一列。

冠緌双止：冠带打结成双。緌，帽带。

庸：用，指文姜嫁与鲁桓公。曷又从止：为何又相从齐侯。

蓺：种植。　衡从：横纵之异体。

鞫：放任无束。

曷又极止：又怎能放任她。极，放任、放纵。

179

甫田

前二章说思远人而心苦，末章说久未见的孩童再见时已经成年。主题不甚明确，古解文姜在齐，思念其子鲁庄公。除母子外，诗人与对象关系也可解为亲人、青梅竹马的恋人。

无田甫田　维莠骄骄^{yǒu}

无思远人　劳心忉忉^{dāo}

无田甫田　维莠桀桀^{jié}

无思远人　劳心怛怛^{dá}

婉兮娈兮　总角丱兮^{guàn}

未几见兮　突而弁兮^{biàn}

无田甫田：不要耕种大田。前一"田"为动词，耕种。甫，大。
莠：杂草；狗尾草。 骄骄、桀桀：高大貌。
远人：远方的人，或远离的人。
忉忉：忧劳貌。
怛怛：悲伤。
婉兮娈兮：小而美好貌。形容上次相见时对方的孩童形象。
总角：童子将头发梳成两个髻。
丱：形容总角翘起之状。
弁：冠。男子二十而冠。

莠

今名狗尾草，一年生禾草。生存力极强，随处可见，也常杂生于庄
稼地成为害草。在平原野地可作牧草，全草与种子可入药。

卢令

那个带着大黑犬出猎的人健壮而美。

卢令令　　其人美且仁

卢重环　　其人美且鬈

（chóng）（quán）

卢重鋂　　其人美且偲

（méi）（cāi）

卢：猎犬，大黑犬。令令：铃声。
重环：子母环。
鬈：长发卷曲而柔。或为勇壮。
重鋂：一个大环套两个小环。
偲：须多而美。或为多才。

敝笱

诗写齐国公主出嫁时随从其盛，气派很大。然以敝笱不能
捕鱼起兴，古解刺文姜骄奢不守礼。或解齐子所嫁非偶。

敝笱在梁　其鱼鲂鳏

齐子归止　其从如云

敝笱在梁　其鱼鲂鱮

齐子归止　其从如雨

敝笱在梁　其鱼唯唯

齐子归止　其从如水

敝笱：破旧鱼网。梁：捕鱼水坝。
鲂、鳏、鱮：鳊鱼、鲲鱼、鲢鱼。几种大鱼。破网捕美鱼或喻齐子
所嫁非偶。
齐子归止：齐国公主出嫁。或解为齐子回故国。
唯唯：游鱼相随行貌。

183

鳡

今名鲢鱼，鲤科鲢属，淡水鱼，水体中上层栖息。杂食性，以植物
为主。生长快、产量高、疾病少，我国主要的淡水养殖鱼类之一。

载驱

写齐襄公无礼义，盛其车服、驰于大道，与文姜相会，而
文姜亦欣然以往。

载驱薄薄（bó）　　簟茀朱鞹（diàn fú　kuò）

鲁道有荡　　齐子发夕

四骊济济（lí）　　垂辔濔濔（pèi　nǐ）

鲁道有荡　　齐子岂弟（kǎi tì）

汶水汤汤（shāng）　　行人彭彭（páng）

鲁道有荡　　齐子翱翔

汶水滔滔　　行人儦儦（biāo）

鲁道有荡　　齐子游敖

薄薄：车疾行声。或策马的鞭声。

簟茀：用竹席做成的车帘，挂在车后。朱鞹：红色兽皮做成的车
帘，挂在车前。

鲁道有荡：指通往鲁国的大道平坦。

发夕：从傍晚出发。

骊：黑马。　济济：美貌。

辔：马缰。　濔濔：众多或柔和。

岂弟：欢乐。

汤汤：水大貌。

彭彭：多貌。

滔滔：水流浩荡。

儦儦：行貌。一说众多貌。

猗嗟

诗中描写一贵族青年英俊而善射。古解是写齐姜之子鲁庄公。

猗嗟昌兮　顾而长兮
（yī）　　　（qǐ）

抑若扬兮　美目扬兮

巧趋跄兮　射则臧兮
（qiāng）

猗嗟名兮　美目清兮

仪既成兮　终日射侯

不出正兮　展我甥兮

猗嗟娈兮　清扬婉兮

舞则选兮　射则贯兮

四矢反兮　以御乱兮

猗嗟：叹词、赞美词。昌：盛壮貌。
顾而长：形容身材修长高大。
抑若：美貌。扬：额角三满。
美目扬：目光明亮而神采飞扬。
巧趋：轻巧地疾走。跄：趋步摇曳生姿。
射则臧：善射，技艺高超。
名：明，昌盛之意。一说目上为名。
射侯：射箭靶。侯，靶。
不出正兮：从未射出靶心。正，靶中心彩画处。
展：诚然，真是。
舞则选：舞，射礼中的一项程序。选，合拍。
贯：中而穿革。
四矢反兮：四箭正中靶心。反，复也，指箭射中原处。
以御乱：以此抵御叛乱。

魏

风

《魏风》即魏地的歌谣。古魏国（非
战国之魏）为西周成王时分封的姬姓
伯国，中心位于今山西芮城一带。前
661 年为晋国所灭。

葛屦

缝衣女子辛苦制成的衣服给一个贵族妇女穿去，在那里把
身子转来转去。但她是一个心地狭窄的人，让人不喜欢。

纠纠葛屦（jù）　　可以履霜

掺掺（xiān）女手　可以缝裳（cháng）

要之襋之（jì）　　好人服之

好人提提

宛然左辟（pì）　　佩其象揥（tì）

维是褊心（biǎn）　是以为刺

纠纠：缠绕交错的样子。　葛屦：葛藤编织的鞋。
履霜：指以夏季所穿的葛鞋御冬，形容女子之苦。
掺掺：同"纤纤"。
要、襋：均可作动词。要，通"腰"。襋，衣领。
提提：一说腰细貌，一说安舒貌。
宛然：回转貌。　左辟：衣服左侧的裳缝。有解为往左扭转腰身。
象揥：象牙制的簪子。
褊心：心地狭窄。

刺：讽刺。

汾沮洳

在汾水边上采桑采野菜的女孩想着心上人。他虽然地位不高，但很美很有气质，比那些有官职的贵族子弟强多了。

彼汾沮洳　言采其莫
彼其之子　美无度
美无度　殊异乎公路

彼汾一方　言采其桑
彼其之子　美如英
美如英　殊异乎公行

彼汾一曲　言采其藚
彼其之子　美如玉
美如玉　殊异乎公族

汾沮洳：汾河低湿的地方。
莫：草名。即酸模，又名羊蹄菜。多年生草本，有酸味。
度：衡量。
殊异乎公路：比“公路”还要出众。公路，官名，掌国君车马之官。
公行：官名。掌诸侯的兵车。
汾一曲：汾河弯曲处。
藚：植物名，即泽泻草。
公族：官名。掌诸侯的属车。

189

藚

今名泽泻草，多年生草本，生于沼泽边缘，水边处比较常见，适应
性强。秋天开白花，有观赏价值，全株有毒性，块茎可入药，中药
之上品。

园有桃

士不为人知，深觉无奈。

园有桃　　其实之殽（yáo）

心之忧矣　　我歌且谣

不知我者　　谓我士也骄

彼人是哉　　子曰何其

心之忧矣　　其谁知之

其谁知之　　盖（hé）亦勿思

园有棘　　其实之食

心之忧矣　　聊以行国（xíng）

不知我者　　谓我士也罔极

彼人是哉　　子曰何其

心之忧矣　　其谁知之

其谁知之　　盖亦勿思

其实之殽：它的果实可以吃。殽，通"肴"，菜肴，作动词用。
歌、谣：曲合乐曰歌，徒歌曰谣。
谓我士也骄：意为说我这个士人太傲慢。
彼人是哉：那人说的就是这样。
子曰何其：你认为如何呢。
盖亦勿思：何不就这样，不去想它。盖，同"何"。
棘：指酸枣。
行国：行于国，指到处流浪。
罔极：无极，妄想。

191

棘

今名酸枣、野枣等，灌木或小乔木，生长于海拔1700米以下的山区、丘陵或平原。果实较栽培枣小，酸甜，以安眠药功能被列为中药上品，核仁、根皮、花、棘皆可入药。

陟岵

役人登高遥望故乡，想起父母兄长对自己的叮嘱与牵挂。

陟彼岵兮　瞻望父兮

父曰　嗟予子　行役夙夜无已

上慎旃哉　犹来无止

陟彼屺兮　瞻望母兮

母曰　嗟予季　行役夙夜无寐

上慎旃哉　犹来无弃

陟彼冈兮　瞻望兄兮

兄曰　嗟予弟　行役夙夜必偕

上慎旃哉　犹来无死

陟：登。岵：多草木的山。

予子：我的儿子。

行役：远出务役（征战）。夙夜无已：早晚不得休息。

上慎旃哉：千万要谨慎啊。上，通"尚"。旃，语助词，如"之"。

犹来无止：能叵来就不要滞留。

屺：无草木的山。

予季：我的小儿子。

夙夜必偕：早晚必定一起（指在队伍里不要落单）。

193

十亩之间

桑林幽会之后，一对人儿各自回家。

十亩之间兮

桑者闲闲兮

行　与子还兮
^{xíng}

十亩之外兮

桑者泄泄兮
^{yì}

行　与子逝兮

桑者：采桑之人。闲闲：缓、悠闲。
泄泄：人多貌。或解为悠闲。
逝：往、回去。

194

伐檀

伐木工人一面劳作一面责问：那些不劳而获的人，是不是无功而食禄？

坎坎伐檀兮

置之河之干兮

河水清且涟猗

不稼不穑　胡取禾三百廛兮

不狩不猎　胡瞻尔庭有县貆兮

彼君子兮　不素餐兮

坎坎伐辐兮

置之河之侧兮

河水清且直猗

不稼不穑　胡取禾三百亿兮

不狩不猎　胡瞻尔庭有县特兮

彼君子兮　不素食兮

坎坎：伐木声。

河之干：河岸。

涟：大波。猗：语助词，同"之"。

稼、穑：播种、收割。

胡：为什么。廛：计量单位，束。有另解三百廛为三百家之税。

县：古"悬"字，悬挂。

貆：獾，或小貉。

素餐：白吃饭。

辐：车轮的辐条。

直：水流直波。

亿：计量单位，束。有另解十万为亿，言多。

特：大兽。

195

坎坎伐轮兮

置之河之漘兮

河水清且沦猗

不稼不穑　胡取禾三百囷兮

不狩不猎　胡瞻尔庭有县鹑兮

彼君子兮　不素飧兮

轮：做车轮用的木头。
漘：河坝。
沦：微波。
囷：计量单位，束。有另解圆形谷仓为囷。
鹑：鹌鹑。
飧：晚餐。

檀

檀树有多个品种，诗中所指为青檀。青檀，落叶乔木，我国特有品种，被称为摇钱树。木材坚硬，纹理直、结构细、密度高、耐磨损，属于贵重木材，茎皮纤维是我国书画宣纸的优质材料。

硕鼠

魏国之人怨恨国君重敛无度，贪婪如鼠，想象可以逃奔到某个"乐土"。

硕鼠硕鼠　无食我黍

三岁贯女　莫我肯顾

逝将去女　适彼乐土

乐土乐土　爰得我所

硕鼠硕鼠　无食我麦

三岁贯女　莫我肯德

逝将去女　适彼乐国

乐国乐国　爰得我直

硕鼠硕鼠　无食我苗

三岁贯女　莫我肯劳

逝将去女　适彼乐郊

乐郊乐郊　谁之永号

硕鼠：旧谓大鼠，或厓鼠、土耗子、蝼蛄。

无食：不要吃。

三岁贯女：侍奉你三年。贯，"宦"之假借，侍奉、养活之意。

莫我肯顾：倒文，即莫肯顾我，不肯顾惜我。

逝将去女：发誓要离开你。逝，通"誓"。

适彼乐土：去那乐土。适，往。

乐土乐土：《韩诗》作"适彼乐土"，有认为原文当从《韩诗》。下二章"乐国乐国""乐郊乐郊"同。

直：同"值"。一说为"止"之假借，"我止"义同"我所"。

谁之永号：谁还会痛苦叹息。号，叹。

唐
风

《唐风》即唐地的歌谣。古唐国相传为帝尧旧都。位于今太原、平阳一带。周初，周成王封其弟叔虞于唐。后改国号为晋，唐风也是晋风。后赵、魏、韩三家分晋地，晋国遂灭。所存诗篇可能产生于春秋早期及以前。

蟋蟀

感伤岁月易逝，同时告诫自己谨慎尽责，适当享乐而不过度。

蟋蟀在堂　岁聿其莫（mù）
今我不乐（lè）　日月其除
无已大康　职思其居
好乐（hào）无荒　良士瞿瞿（jù）

蟋蟀在堂　岁聿其逝
今我不乐　日月其迈
无已大康　职思其外
好乐无荒　良士蹶蹶（guì）

蟋蟀在堂　役车其休
今我不乐　日月其慆（tāo）
无已大康　职思其忧
好乐无荒　良士休休

岁聿其莫：已到年终。聿，语助词。莫，古"暮"字，将尽义。
今我不乐：如不及时行乐。或解为一年到头不得快乐。
日月其除：美好时光一去不返。日月，光阴。除，去。
无已大康：不要过于安乐。无，勿。大康：大乐。
职思其居：在其位谋其事。职，职事。居，所处的社会地位或环境。
好乐无荒：大意为行乐而不荒废人生。
瞿瞿：惊顾貌，有警惕、自省、收敛之意。
逝、迈：义同。去。蹶蹶：动而敏于事。
役车其休：服役的车子将会得到休整。指行役之人当归，喻年终。
慆：逝去。
休休：安闲自得，乐而有节貌。

蟋蟀

蟋蟀是对直翅目蟋蟀科昆虫的通称，种类繁多，我国最常见的是中华蟋蟀。中华蟋蟀，又名蛐蛐、促织、夜鸣虫等，雄虫性孤僻，独立生活，善鸣好斗，斗蟋蟀作为传统娱乐活动在我国已有上千年历史。栖息于山坡、田野、乱石堆、草丛中，杂食性，成虫能活一百五十天左右。

山有枢

主张及时享乐。你一旦死了，好东西都是别人的。

山有枢　隰有榆
子有衣裳　弗曳弗娄
子有车马　弗驰弗驱
宛其死矣　他人是愉

山有栲　隰有杻
子有廷内　弗洒弗扫
子有钟鼓　弗鼓弗考
宛其死矣　他人是保

山有漆　隰有栗
子有酒食　何不日鼓瑟
且以喜乐　且以永日
宛其死矣　他人入室

枢、榆：木名。枢，旧解刺榆树，或为臭椿树。榆，榆树、白榆。
弗曳弗娄：有好衣裳而不穿。弗，不、何不。曳，拖。娄，搂。古时裳
拖地，需揍着走。
宛：死貌。他人是愉：他人来享受这些东西。愉，悦，或解"偷"。
栲、杻：木名。栲即臭椿树。杻或为椵树。
廷内：庭院，指好房子。
鼓、考：指敲打乐器。
保：占有。
漆、栗：木名。漆树，栗树。
鼓瑟：指宴请宾客。古时贵族宴宾时有奏乐之礼，故云。
202　永日：终日，即终日行乐。

枢

今名刺榆，落叶乔木，耐干旱，易生长，在古代是常见的经济类树种。嫩叶可食，木材质坚，可制作农具，茎皮纤维可制绳及织袋，根皮、树皮可入药。生长迅速，古人也用作绿篱树种，现代作为固沙绿化的推广树种。

榆

今名榆树、白榆，与《陈风·东门之枌》中的"枌"为同一物种。落叶乔木，生长于低湿处的一种常见树种。果为翅果，俗称"榆钱"，可蒸食、煮羹、酿酒，嫩叶、榆皮皆可食，都是古代荒年的重要食源。木材耐湿耐腐，也是制作器具的重要木料。

扬之水

诗有多解，诗人知桓叔将谋叛，一方面对之恭维，一方面心存忧惧。或可解为女子应邀与情人在河边幽会，若此，"我闻有命"当为调笑语。

扬之水　白石凿凿
素衣朱襮（bó）　从子于沃
既见君子　云何不乐

扬之水　白石皓皓（hào）
素衣朱绣　从子于鹄（hú）
既见君子　云何其忧

扬之水　白石粼粼
我闻有命　不敢以告人

扬之水：激扬之河水。有解"扬"为河名。凿凿：鲜明貌。
朱襮：绣有黼文的红色衣领（古贵族服饰）。
沃：古解为曲沃，即晋国都城之一。或可解为"泽"。
皓皓：洁白。
绣：刺方领绣。
鹄：同"皋"。古解曲沃的城邑。或可解为水岸、沼泽。
粼粼：清澈貌。形容水清石净。
有命：接到命令。

椒聊

诗中赞美某人势力壮盛而厚实，影响广大。旧注以为指曲沃晋桓叔。或以赞椒聊之实喻女子多子多福。

椒聊之实　蕃衍盈升
彼其之子　硕大无朋
　　　jì
椒聊且　远条且
　jū

椒聊之实　蕃衍盈匊
　　　　　　yǎn　　jū
彼其之子　硕大且笃
　　　　　　dǔ
椒聊且　远条且

椒聊：花椒多子成串。或以此喻妇人多子。
蕃衍：繁盛。
朋：比。
且：语助词。
远条：指香气远扬。或解为长长的枝条。
匊：通"掬"，两手合捧。
笃：厚、厚实。

······

《海经》《北国集》《南元词》

天泽新版中国经典诗词

《诗》 一汪以墙之日 前无声

诗

经

椒

今名花椒，落叶灌木或小乔木，耐旱、喜光，原产于我国。果实是著名的调味香料，亦可入药，能驱寒去湿，也作皮肤麻醉之用。嫩叶可食，亦可作食品香料、茶等。花椒因辛香、多子也蕴含美好寓意，古代以"椒房"借指皇后。

绸缪

因偶然机缘得一意中人，欣喜得不知如何是好。

绸缪束薪　三星在天

今夕何夕　见此良人

子兮子兮　如此良人何

绸缪束刍　三星在隅

今夕何夕　见此邂逅

子兮子兮　如此邂逅何

绸缪束楚　三星在户

今夕何夕　见此粲者

子兮子兮　如此粲者何

绸缪：缠绕，捆束。

束薪：一捆捆柴草，婚礼所用之物。此句喻夫妇同心，情意缠绵。

三星：即参星，主要由三颗星组成。

良人：好人，这里指新郎。

子兮：你呀。诗人兴奋自呼。

刍：喂牲口的青草。

邂逅：本义汇合，引申为"爱悦"，这里指志趣相投的人。有学者认为邂逅为"佳婧"或"佳偶"的借音字。

粲者：指新娘。粲，鲜明而美。

杕杜

远行之人孤独无助，叹同父或同族的兄弟才真正靠得住。

有杕之杜　其叶湑^{xǔ}湑

独行踽^{jǔ}踽　岂无他人

不如我同父

嗟^{xíng}行之人　胡不比焉

人无兄弟　胡不佽^{cì}焉

有杕之杜　其叶菁^{jīng}菁

独行睘^{qióng}睘　岂无他人

不如我同姓

嗟行之人　胡不比焉

人无兄弟　胡不佽焉

杕：独特，孤零零的样子。杜：木名，棠梨。
湑：形容草木茂盛。
踽踽：孤独无依的样子。
同父：指兄弟。
行之人：道路上的人，即路人、陌生人。
比：亲近。或辅助。
佽：资助，帮助。比上句"比"更近一层。
菁菁：树叶茂盛的样子。
睘睘：孤独无依的样子。
同姓：同族兄弟。

羔裘

在豪门受到贵族无礼的对待，但因另一个人对自己很好，不舍得离去。一说女子对丈夫（情人）的斗气语。

羔裘豹袪　自我人居居
岂无他人　维子之故

羔裘豹褎(xiù)　自我人究究
岂无他人　维子之好(hào)

羔裘、豹袪：羊皮袄、豹皮袖口。
自我人居居：或解为，（穿羔裘豹袪之人）对我们态度傲慢。
究究：略同"居居"，傲慢无礼貌。
褎：同"袖"。

鸨羽

公家的徭役没有尽头，丢下父母不能照顾。刺时之作。

肃肃鸨羽　集于苞栩
王事靡盬　不能蓺稷黍
父母何怙
悠悠苍天　曷其有所

肃肃鸨翼　集于苞棘
王事靡盬　不能蓺黍稷
父母何食
悠悠苍天　曷其有极

肃肃鸨行　集于苞桑
王事靡盬　不能蓺稻粱
父母何尝
悠悠苍天　曷其有常

肃肃：鸟翅扇动的响声。
鸨：鸟名，似雁。性不善栖木，栖木喻危困。
苞栩：丛密的栎树。栩，栎树。
王事靡盬：公事（指徭役）忙碌没有闲暇。盬，止息。
蓺：种植。
父母何怙：父母依靠谁。怙，依靠、凭恃。
曷其有所：何时才能回家。所，住所、住处。
极：尽头。
鸨行：有以为"行"为"羽"之借字。
常：指正常的生活。

鸨

鸨，鹤形目，鸨科。有大鸨、小鸨之分，诗中为大鸨。体型似雁而大于雁，栖息于平原、草地、湖泊地区草地和半荒漠地区。无后脚趾，故不树栖，而栖于灌木丛。常成群活动，善奔跑，不善高飞，性胆小。植食性为主，也吃少量昆虫、蛙类。大鸨种群在我国新疆为留鸟，东部种群为候鸟。

栩

今名麻栎，与白栎、柞树、橡树等同为栎属的不同品种。落叶或常
绿乔木，生长于丘陵或低山疏林中，因材质坚重、耐朽、耐磨成为
建筑、车辆、船舶的主要用材来源。树叶可养蚕，果壳可作燃料，
果实（橡子）可作橡酒、酒精、淀粉、油，亦是古代荒年充饥食物。 213

梁

稻

稻

即水稻，古又名稌。一年生草本。水稻原产于我国长江流域，至少有7000年以上的栽培史，最迟在"诗经"时代，黄河流域已有栽培，成为当时的主食之一。除食用外，也用于酿酒，祭祀用酒以稻米酿制者为尊。

梁

今名小米，也称作粟、粟米等。一年生草本，由狗尾草栽培而来。原产我国的黄河中上游流域，至少有8000年以上的栽培史，夏商两代被认为是粟文化，直到秦汉都是种植最多的谷物。

无衣

自己也有衣服，但比不上您赐给的那么好。感激之辞。

岂曰无衣　七兮

不如子之衣　安且吉兮

岂曰无衣　六兮

不如子之衣　安且燠^{yù}兮

岂曰无衣：难道我没有衣服。

七：虚数，言我之衣多。下章"六"同。

燠：暖。

有杕之杜

喜欢的那个人，希望他来看自己，希望自己有机会招待他。

有杕之杜　　生于道左
彼君子兮　　噬肯适我
中心好之　　曷饮食之

有杕之杜　　生于道周
彼君子兮　　噬肯来游
中心好之　　曷饮食之

杕：孤零零的样子。杜：木名，棠梨。
道左：道路左侧。或路东，古人以左为东。
噬肯适我：大意为"可肯来与我相约"。噬，发语词。适，匹配。
中心：心中。
饮食：或隐喻男女欢爱。

葛生

悼念所爱之人，誓言死后与之同穴。

葛生蒙楚　蔹蔓于野
_{liǎn}

予美亡此　谁与 独处
_{wú}

葛生蒙棘　蔹蔓于域

予美亡此　谁与 独息

角枕粲兮　锦衾烂兮
_{qīn}

予美亡此　谁与 独旦

夏之日　冬之夜

百岁之后　归于其居

冬之夜　夏之日

百岁之后　归于其室

蒙楚：覆盖于荆棘。
蔹：白蔹或乌蔹。同"葛"都属于攀缘性蔓生植物。
予美：我的爱人。亡：消失、逝去。
谁与：谁与我一起。
域：坟地。
角枕、锦衾：牛角枕，锦缎褥，敛尸的物品。
粲、烂：灿烂。
夏之日，冬之夜：夏之日长，冬之夜长，言长也。
其居、其室：亡人的墓穴。

莪

今名乌莪莓，其中果实为白色者称为白莪，多年生草质藤本，一种
常见的蔓生植物，果实如野葡萄，但不可食，全草可入药。

采苓

别人说的逸言假话不要当真也不要理它。（苓、苦、葑皆非
首阳山所宜生，或所生环境不合，故以此作喻。）

采苓采苓　首阳之巅
人之为言　苟亦无信
　　wěi
舍旃舍旃　苟亦无然
　　zhān
人之为言　胡得焉

采苦采苦　首阳之下
人之为言　苟亦无与
舍旃舍旃　苟亦无然
人之为言　胡得焉

采葑采葑　首阳之东
人之为言　苟亦无从
舍旃舍旃　苟亦无然
人之为言　胡得焉

苓：古解甘草，此处当解为莲。莲生于首阳之巅谓人言妄不可信。
首阳：山名，即首阳山。位于今山西省济县南。
为言：伪言。为通"伪"。
苟亦无信：不要轻信。
舍旃：舍之，即抛弃谎言。旃，之。
无然：不要以为然。
胡得：何所取。
苦：苦菜。
无与：勿用也。指不要理会。
葑：芜菁。

219

苓

苓的解释有争议，过去多解为甘草，本图所绘亦为甘草。甘草，多
年生草本，多生于干燥且排水良好的地方，嫩芽可食，根茎可入
药。广泛分布于北方山地。《邶风·简兮》中"隰有苓"并不符合
甘草生长习性。本篇中生于"首阳之巅"亦不符合其文意，当今学
者多解为"莲"。

秦
风

《秦风》即秦地的歌谣。秦本东方部
族，后生活于甘肃、陕西一带。周孝
王时被分封于秦地（今甘肃天水），
为周养马抵御西戎。周东迁后，关中
地区皆为秦所有。前221年秦统一六
国。所存诗篇可能产生于西周末到春
秋时期。

车邻

君主诚邀君子，与之同乐，有礼贤之意。旧注以为是赞美
秦仲公。

有车邻邻　有马白颠
未见君子　寺人之令

阪有漆　隰有栗
既见君子　并坐鼓瑟
今者不乐　逝者其耋

阪有桑　隰有杨
既见君子　并坐鼓簧
今者不乐　逝者其亡

邻邻：同"辚辚"，车行声。
白颠：白额马，一种良马。
寺人之令：因寺人没有传令。或解为，命令寺人快马加鞭。寺人，
古解小臣，宦者。或解为侍人，侍御之人。
阪：山坡。
隰：湿地。
逝者其耋：时光飞逝，转眼老迈。逝者，将来。耋，八十岁老人。

驷驖

记述秦襄公狩猎的情形。

sì tiě　　fù　　　pèi
驷驖孔阜　六辔在手

公之媚子　从公于狩

奉时辰牡　辰牡孔硕

公曰左之　舍拔则获

游于北园　四马既闲
yóu　luán biāo　　　xiǎn
輶车鸾镳　载猃歇骄

驷驖孔阜：四匹铁色马非常强壮肥盛。驖，铁色（即青灰色）马。
孔，很。阜，肥硕。
辔：马缰。
媚子：亲信、宠爱的人。
奉时辰牡：兽官放出供猎的野兽。奉，供奉。时，是、此。辰牡，
五岁公兽，有解为母鹿和公兽。
硕：肥大。
左之：从左面射它。
舍拔：放箭。拔：箭末。
闲：悠闲。或通"娴"，熟练。
輶车鸾镳：輶车，轻便车。鸾，马嚼子上的铃铛。镳，马嚼子。
载猃：车载猎狗。
歇骄：指猎狗休息以足力。

小戎

写秦人准备兵甲战车以伐西戎，古注以为赞美秦襄公之作。每章前大半部分描绘战车兵甲，后四句以妇人口吻写对亲人的赞美与牵念，雄壮与柔美并存。

小戎俴收　五楘梁辀
游环胁驱　阴靷鋈续
文茵畅毂　驾我骐馵
言念君子　温其如玉
在其板屋　乱我心曲

四牡孔阜　六辔在手
骐骝是中　騧骊是骖
龙盾之合　鋈以觼軜
言念君子　温其在邑

小戎：小战车。俴收：小车厢。俴，浅。收，轸，四面束舆之木。
五楘梁辀：皮带交错缠绕车辕。五楘，用皮革缠在车辕上成X形。五，古文作X。梁辀，曲辕。
游环：活动的环，设于辕马背上。
胁驱：一皮条，上系于衡，后系于轸，控制骖马之用。
阴靷：系骖马的革带。鋈续：白铜做的环。鋈，白铜。
文茵：虎皮坐垫。
畅毂：长毂。毂，车轮中心的圆木，有圆孔用以插轴。
骐：青黑色相杂有花纹的马。　馵：左后蹄白或四蹄皆白的马。
板屋：临时搭建的简陋住所。或解为军营。
四牡孔阜：四匹公马很强壮。孔，很。阜，肥硕。
騧、骊、骝：皆马。骝，赤身黑鬣马。騧，黄马黑喙。骊，黑马。
骖：驾车时两边的马为骖马。
龙盾：画龙的盾牌。
觼軜：有舌的环，以舌穿过皮带，使骖马内辔绳固定。
在邑：在自己的封地，意"在家"。有解为在敌邑。

224

方何为期　胡然我念之

　　　　　　　qiú　　duì
俴驷孔群　厹矛鋈錞
　yūn　　　chàng　yīng
蒙伐有苑　虎韔镂膺
　　　　　　　gǔn　téng
交韔二弓　竹闭绲縢

言念君子　载寝载兴

厌厌良人　秩秩德音

胡然：为何这样。

俴驷孔群：俴驷，披薄金甲的四匹马。孔群，群马很协和。

厹矛鋈錞：厹矛，三棱刃的矛。鋈錞，矛载柄端的平底金属套。

蒙伐有苑：大盾牌上绘着纹饰。蒙伐，大盾。苑，花纹。

虎韔镂膺：虎韔，虎皮弓囊。镂膺，在弓囊前刻金。

竹闭绲縢：闭，弓檠。竹制，弓卸弦后缚在弓里防损伤的用具。

绲，绳。縢，缠束。

载寝载兴：睡起貌。

厌厌：安静。

秩秩：智也。

蒹葭

所思慕之人，视之则近，求之则远。

蒹葭苍苍　白露为霜
（jiān jiā）

所谓伊人　在水一方

溯洄从之　道阻且长
（sù）

溯游从之　宛在水中央

蒹葭萋萋　白露未晞
（xī）

所谓伊人　在水之湄

溯洄从之　道阻且跻
（jī）

溯游从之　宛在水中坻
（chí）

蒹葭采采　白露未已

所谓伊人　在水之涘
（sì）

溯洄从之　道阻且右

溯游从之　宛在水中沚
（zhǐ）

蒹葭：芦苇。
伊人：那人，言心上人。　在水一方：大意为在河对岸的那一边。
溯洄从之：逆流而上去找她。　溯游：顺流而下。
晞：干。
湄：水、草交接之地，即岸边。
跻：本义为升，这里指道路陡高。
坻：水中小沙洲。
采采：茂盛貌。
涘：水边。
右：不直，指道路绕弯。
沚：水中的小沙滩，比坻稍大。

葭

今名芦苇，初生曰葭，长大曰苇，多年生高大禾草。多生于水边湿地。嫩芽可食，亦作牛马饲料，茎可织席，秆可作薪材或筑屋材料，花絮可作扫帚。

终南

赞美秦襄公威仪堂堂。

终南何有　有条有梅
君子至止　锦衣狐裘
颜如渥丹　其君也哉
　　　　wò

终南何有　有纪有堂
　　　　　　qǐ
君子至止　黻衣绣裳
　　　　　fú　　cháng
佩玉将将　寿考不忘
　qiāng

条、梅：皆木名。条，山楸，一说柚树。梅，梅花树，旧解楠树。
至止：指来到此地。
渥丹：指脸色红润。渥，涂。
其君也哉：仪貌尊严也。
纪、堂：假借字，即杞（枸杞）、棠。
黻衣：黑色与青色花纹相间的衣服。
将将：佩玉相击之声。
寿考不忘：即万寿无疆。寿考，长寿。忘，通"亡"。不忘，不已。

梅

今名梅花，花梅类，品种繁多，落叶小乔木。重要的观赏型花卉树
种，多个品种于冬季或早春盛开，在我国传统文化中被赋予高洁、
坚强、谦虚的象征性品格特征。全国各地均有栽培。《诗经》中的
"梅"多为果树类"青梅"，本篇中当指梅花。

黄鸟

《左传》载：秦穆公卒，"以子车氏之三子奄息、仲行、
鍼虎为殉，皆秦之良也。国人哀之，为之赋《黄鸟》"。

交交黄鸟　止于棘

谁从穆公　子车奄息
jǔ

维此奄息　百夫之特

临其穴　惴惴其慄
zhuì　　lì

彼苍者天　歼我良人

如可赎兮　人百其身

交交黄鸟　止于桑

谁从穆公　子车仲行
háng

维此仲行　百夫之防

临其穴　惴惴其慄

彼苍者天　歼我良人

如可赎兮　人百其身

交交黄鸟　止于楚

谁从穆公　子车鍼虎
qiǎn

交交：飞而往来之貌。或解为鸟叫声。
止于棘：指黄鸟飞落于灌木丛中。喻不得其所。
从穆公：即从秦穆公殉葬。从，从死。
子车奄息：子车是氏。奄息及下文中"仲行""鍼虎"皆为名。
百夫之特：即百里挑一之人。百夫，一百个战士。特，杰出。
穴：指穆公坟墓。
惴惴其慄：因恐惧而发抖。慄，战栗，发抖。
人百其身：愿死一百次来抵偿。
百夫之防：即以一挡百。

维此鍼虎　百夫之御
临其穴　惴惴其慄
彼苍者天　歼我良人
如可赎兮　人百其身

黄鸟

即黄雀，又名金雀、芦花黄雀，雀形目雀科。栖息于山区、平原的杂木林以及河滩的灌丛，主要以植物果实和种子为食，也吃农作物及少量昆虫。有群集性，性活泼、飞行快，叫声清脆，是可供饲养的观赏鸟。野生黄鸟夏居东北、华北，秋迁江浙、闽粤等地。

晨风

诗人非常想念这位"君子",但对方似乎已经完全把他忘了。

鴥彼晨风　　郁彼北林

未见君子　　忧心钦钦

如何如何　　忘我实多

山有苞栎　　隰有六驳

未见君子　　忧心靡乐

如何如何　　忘我实多

山有苞棣　　隰有树檖

未见君子　　忧心如醉

如何如何　　忘我实多

鴥彼晨风：鴥，疾飞貌。晨风，鸟名，燕隼。

郁：茂盛貌。

钦钦：忧貌。

忘我实多：大意为把我忘记了。

苞栎：茂盛的栎树。苞，茂盛。

六驳：树名，即梓榆。或解为满藤聚集的小瓜，六，通"蓼"，聚

也。驳，通"瓝"，小瓜也。

靡乐：不乐。

棣：木名。即郁李。一说为山樱桃。

树檖：直立的山梨树。树，通"尌"，立。檖，木名，即山梨。

晨风

今名燕隼，隼形目，隼科，小型猛禽，栖息于接近林地的开阔原野、耕地、疏林及林缘地带，有时也到村庄附近。常单独或成对活动，飞行快速而敏捷。捕食小鸟和大型昆虫。

驳

今名鹿皮斑木姜子，樟树类，常绿乔木。因树皮青白斑驳，似马
纹，故称"驳"。喜温暖湿润气候，生长快，寿命长。　　　　235

棣

《小雅·常棣》中之"常棣"，《豳风·七月》中"六月食郁"之
"郁"与棣应为同一物种。今名郁李，落叶小乔木或灌木，早春开
花，色彩缤纷，浓艳适度，繁花压树，近代常栽培以供观赏。初夏
结果，红实满枝，甘酸而香，稍有涩味，可食，根、仁皆可入药。

樆

今名山梨，也称豆梨、赤梨等，落叶乔木。多生长于温暖潮湿的中
低海拔山区，果实似梨而小，果味酸，可食，亦可酿酒。木材坚硬
致密，纹理细致，可用来制作高档家具、雕刻等。 237

无衣

述将士慷慨从军、同仇敌忾、患难与共之情怀。有解为刺秦王平时不关心百姓疾苦，战时却强迫百姓出征。

岂曰无衣　与子同袍
王于兴师　修我戈矛
与子同仇

岂曰无衣　与子同泽
王于兴师　修我矛戟
与子偕作

岂曰无衣　与子同裳
王于兴师　修我甲兵
与子偕行

袍：长衣服的统称。
王于兴师：秦王要起兵打仗。于，语助词。
同仇：共同对敌。
泽：里衣。
偕作：互相协作。
甲兵：甲，铠甲。兵，兵器。

渭阳

晋文公由秦国返回晋地，秦康公（时为太子）往送之，二
人为舅甥。

我送舅氏　　曰至渭阳
何以赠之　　路车乘黄
^{shèng}

我送舅氏　　悠悠我思
何以赠之　　琼瑰玉佩

曰至渭阳：曰，语词，无实义。渭阳，渭水之北。
路车、乘黄：大车、黄马。
琼瑰：美玉。

权舆

富贵人变穷了，于是很伤感。

於 我乎　夏屋渠渠

今也每食无馀

于 嗟乎　不承权舆

於 我乎　每食四簋

今也每食不饱

于 嗟乎　不承权舆

於：叹词。
夏屋渠渠：夏屋，大屋，或解为大的食器。渠渠，盛也。
于：叹词，同"吁"。
每食无馀：意即每次吃的都一点不剩。
不承权舆：意谓不比当初。权舆，本谓萌芽，引申为起始、初时。
簋：古代食器。青铜或陶制。

陈
风

《陈风》即陈地的歌谣。陈国君妫姓，为帝舜后裔。武王灭商后，将大女儿嫁给妫满，分封于陈，都株野（今河南柘城），后迁都于宛丘（今河南淮阳），位于今河南东部、安徽西北。前478年为楚所灭。

宛丘

诗意不详，或解为讽刺统治者放荡游乐。或描述一位翩翩
起舞的女巫。

子之汤兮　宛丘之上兮

洵有情兮　而无望兮

坎其击鼓　宛丘之下

无冬无夏　值其鹭羽

坎其击缶　宛丘之道

无冬无夏　值其鹭翿

汤：同"荡"。放荡，或坦荡。

宛丘：四周高中间低的土山。

洵有情：确实是多情之人。洵，确实。

无望：指没有声望，或没有希望。

坎：击鼓声。

无冬无夏：指日复一日，没有时间概念。

值其鹭羽：手持鹭羽。值，持。鹭羽，鹭鹚羽毛，舞蹈道具。

缶：瓦器。

　鹭翿：舞蹈道具。翿，聚鸟羽于柄。

东门之枌

写陈国民间不好劳作而好歌舞游乐的情形。或某种社祭活动的民俗之歌，农忙已过，舞蹈于集市，男女互相赠答。

东门之枌　宛丘之栩

子仲之子　婆娑其下

穀旦于差　南方之原

不绩其麻　市也婆娑

穀旦于逝　越以鬷迈

视尔如荍　贻我握椒

枌、栩：皆木名。枌，白榆。栩，栎树。

子仲：陈国的姓氏。

婆娑：舞蹈。

穀旦于差：选个好日子前去。穀旦，良辰、好日子。差，往也，与下文"逝"同。

市也婆娑：即在闹市中舞蹈。

越以鬷迈：大意为，大伙儿一起前往。越以，发语词。鬷，众。

荍：锦葵，观赏类植物。指视你美如荍。

握椒：成束花椒。

荍

今名锦葵，二年至多年生草本，性喜光，抗寒耐旱。著名的观赏类
植物，嫩叶虽可食，但微苦，不属常用野菜。花、叶可入药。

衡门

隐者安贫乐道之意。

衡门之下　可以栖迟
泌之洋洋　可以乐饥

岂其食鱼　必河之鲂
岂其取妻　必齐之姜

岂其食鱼　必河之鲤
岂其取妻　必宋之子

衡门：横木为门，简陋的门。
栖迟：游息。
泌：水名。
洋洋：水流貌。
乐饥：消除爱欲。乐，通"疗"。饥，指情欲。一说乐而忘饥。
岂其：问句发语词，如"难道"。
鲂：鱼之美者，喻异性。
齐之姜、宋之子：齐国姜姓女子、宋国子姓女子。皆诸侯姓氏。泛指
美貌的大家闺秀。

东门之池

从事劳作的人们想象着，和美丽而贤淑的女子唱唱歌，说说话。

东门之池　　可以沤麻
　　　　　　　　òu
彼美淑姬　　可与晤歌
　　　　　　　　wù

东门之池　　可以沤纻
　　　　　　　　zhù
彼美淑姬　　可与晤语

东门之池　　可以沤菅
　　　　　　　　jiān
彼美淑姬　　可与晤言

池：护城河。

沤麻：浸泡麻。把麻皮制成麻布的一道工序。

彼美淑姬：有解"淑"通"叔"，淑姬即叔字姬姓，女子贵族身份。全句俗言，那美貌的姬家三姑娘。

晤歌：用歌声互相唱和。

纻：纻麻。

菅：芒草。茅属，叶子细长，可做索。

苎

今名苎麻，常绿亚灌木或小灌木，我国古代最重要的纤维作物之
一，优质的麻布原料，用于织布、编绳已有五千年历史，在欧美被
称为"中国丝草"。原产亚洲热带，温带、亚热带均可栽培。

东门之杨

相约在黄昏，但启明星都已升起。写幽会爽约。

东门之杨　其叶牂牂

昏以为期　明星煌煌

东门之杨　其叶肺肺

昏以为期　明星晢晢

牂牂：风吹树叶的响声。一说茂盛貌。

昏以为期：以黄昏为相约之期。

明星：启明星。煌煌：明亮。

肺肺：略同"牂牂"。

248　晢晢：略同"煌煌"。

杨

杨树种类繁多，以陈地、秦地均有分布的情况推论，当为白杨。落叶乔木，喜光，对土壤要求不严，生长快，常见的一种树，是我国较早栽培的经济型树种之一。

墓门

对一个居高位的人屡有劝谏而不听，知道他终究要完蛋。

墓门有棘　斧以斯之

夫也不良　国人知之

知而不已　谁昔然矣

墓门有梅　有鸮萃止

夫也不良　歌以讯之

讯予不顾　颠倒思予

墓门：墓地之门。一说陈国城门名。

斯：砍。

不已：不改。

谁昔：往昔，由来已久。

墓门有梅：一说原文应从《鲁诗》"墓门有棘"。

有鸮萃止：有猫头鹰在此栖聚。鸮，猫头鹰，象征恶鸟。萃，聚集。

歌以讯之："讯之"原文应作"谇止"，即以诗谴责。讯，通"谇"，警告、责骂。下句"讯"亦同。

讯予不顾：倒句，予讯不顾，即我的劝谏他不听。

颠倒：反复。或可解为国家纷乱，灾难降临。

思予：倒句，予思，整句意即我反复思索。或可解为才想起我。

250

防有鹊巢

怨恨谗言破坏了自己与所爱之人的关系。

防有鹊巢　　邛有旨苕
_{qióng}　　_{tiáo}

谁侜予美　　心焉忉忉
_{zhōu}　　_{dāo}

中唐有甓　　邛有旨鹝
_{pì}　　_{yì}

谁侜予美　　心焉惕惕
_{tì}

防：水坝、堤岸。

邛有旨苕：土丘上有美味的苕草。邛，土丘。旨，美。苕，凌霄花。

谁侜予美：谁挑拨了我的爱人。侜，诳骗。

唐：朝堂前的大路。

甓：砖。鹊巢筑于防、以砖铺地皆喻无常也。

鹝：绶草，常生于低湿环境，高丘生苕、鹝亦有喻。

惕惕：忧惧。

鹝

今名绶草，多年生草本。高度不及膝盖的地生兰，常生长于中低海拔的湿地环境。根或全草可入药。全国各地几乎都有分布，其大小、叶形、花色因分布地区不同而有较大差异。

月出

看着一位美人在皎洁的月光下缓缓走动的身影禁不住内心忧伤。

月出皎兮　　佼人僚兮
舒窈纠兮　　劳心悄兮

月出皓兮　　佼人懰兮
舒懮受兮　　劳心慅兮

月出照兮　　佼人燎兮
舒夭绍兮　　劳心惨兮

佼人僚：大意为美人是那么美。佼人，美人。僚，美。
舒窈纠：舒缓而体态优雅。舒，缓慢。窈纠，形容体态之美。
劳心悄：思念至忧伤。劳心，形容思念之苦。悄，深忧貌。
懰：妩媚。
懮受：形容女子走路舒迟婀娜的样子。懮，体态轻盈。
慅：忧愁，心神不安。
燎：明也。一说姣美。
夭绍：体态柔美。
惨："懆"之讹字，忧愁貌。

253

株林

讽刺陈灵公私通夏姬。

胡为乎株林　从夏南
匪适株林　从夏南

驾我乘^{shèng}马　说^{shuì}于株野
乘^{chéng}我乘^{shèng}驹　朝^{zhāo}食于株

胡为乎株林：为什么到株林。株林，陈大夫夏徵舒的食邑。
夏南：即夏徵舒。夏姬之子，这里隐指夏姬。
我：指陈灵公。
说：停车休息。

朝食：早餐。或解为性行为，即私通的隐喻。

泽陂

女子思慕一位高大漂亮的男子，却难以接近，内心难受。

彼泽之陂   有蒲与荷

有美一人   伤如之何

寤寐无为   涕泗滂沱

彼泽之陂   有蒲与蕳

有美一人   硕大且卷

寤寐无为   中心悁悁

彼泽之陂   有蒲菡萏

有美一人   硕大且俨

寤寐无为   辗转伏枕

陂：堤防，堤岸。
蒲、荷：蒲草、荷花。有认为此分别喻男、女。
伤：因思念而忧伤。或以为伤即阳，用于女性第一人称代词。
涕、泗：眼泪、鼻涕。
蕳：莲。此处《鲁诗》为莲。
卷：通"鬈"。形容头发卷曲，引申为须发美。
悁悁：郁郁不乐。
菡萏：含苞欲放的荷花。
俨：庄重貌。《韩诗》作嫣，重颐貌，即双下巴。

255

蒲

今名水烛、香蒲、蒲草，多年生泽生草本。生长于浅水处、沼泽、
湿地。除景观价值外，也是常用的野生蔬菜，嫩茎和草芽可食，花
粉可入药，蒲绒可填床枕，叶片可用于编织，茎叶可造纸。另，
《王风·扬之水》中的"蒲"为蒲柳。

桧
风

《桧风》即桧地的歌谣。桧地在今河

南密县一带。桧人，据传为祝融后裔。

后为郑国所灭，有以为"桧风"即"郑

风"。所存诗篇应为国亡前作品。

羔裘

女子所思之人在公在私都有高贵的气质，使她深深迷恋。

羔裘逍遥　狐裘以朝^{cháo}

岂不尔思　劳心忉忉^{dāo}

羔裘翱翔　狐裘在堂

岂不尔思　我心忧伤

羔裘如膏　日出有曜^{yào}

岂不尔思　中心是悼

羔裘逍遥：游逛时穿着羔裘，指所恋男子的便服衣着。

狐裘以朝：上朝时穿着狐裘，指所恋男子的官服衣着。

岂不尔思：倒句，即岂不思尔。

翱翔：义同"逍遥"。

膏：脂膏。形容羔裘色泽、触感。

曜：发光。

素冠

诗人安慰一个穿孝服而消瘦哀伤的人，表示自己跟他心意相通。

庶见素冠兮
棘人栾栾兮
劳心愽愽兮

庶见素衣兮
我心伤悲兮
聊与子同归兮

庶见素韠兮
我心蕴结兮
聊与子如一兮

庶：幸，希冀之辞。

素冠：素冠之人。可解为清贫之人，或解为服孝之人。

棘人：瘠。一说哀戚之人。

栾栾：瘦瘠貌。憔悴。

愽愽：忧，不安貌。

韠：古人服饰，朝服的蔽膝，似裙。

隰有苌楚

人活得很烦恼，还不如一棵树无忧无虑。

隰有苌楚　猗傩其枝
夭之沃沃　乐子之无知

隰有苌楚　猗傩其华
夭之沃沃　乐子之无家

隰有苌楚　猗傩其实
夭之沃沃　乐子之无室

苌楚：羊桃，即猕猴桃。
猗傩：同"婀娜"，轻盈柔美貌。
夭：少好、嫩美。
沃沃：光泽貌。
乐子之无知：大意为，羡慕你没有知识、觉悟，也没有烦恼。
无家：指没有封邑、没有产业。
无室：指没有成家。

匪风

思乡不能归之人见大道上马车疾驰，希望有人带信给亲人。

匪风发兮　　匪车偈兮
顾瞻周道　　中心怛兮

匪风飘兮　　匪车嘌兮
顾瞻周道　　中心吊兮

谁能亨鱼　　溉之釜鬵
谁将西归　　怀之好音

匪风发：那风儿吹动。匪，彼。发，风声。
偈：疾驰貌。
周道：大路。或解为通往周京之路。
中心怛兮：倒句，即心中怛兮。怛，悲伤。
嘌：轻捷之状。一说疾速貌。
亨：通"烹"。
溉：洗。釜：锅。鬵：大锅。
怀之好音：指托人带个平安信。

鲤

鲤鱼，我国最常见的淡水鱼之一，水体下层栖息。杂食性，适应性强、耐寒、耐碱、耐缺氧。经人工培育后的锦鲤，是我国传统的观赏鱼类。

曹风

《曹风》即曹地的歌谣。西周初，武王封其弟叔振铎于曹，都陶丘（今山东定陶西北）。曹地位于今山东菏泽、定陶一带，国力弱小，前487年为宋所灭。所存诗篇应产生于春秋早期。

蜉蝣

蜉蝣生命短暂，羽翅却很美丽；人也是，衣裳楚楚，日子不长。

蜉蝣之羽　衣裳楚楚
心之忧矣　于我归处

蜉蝣之翼　采采衣服
心之忧矣　于我归息

蜉蝣掘阅　麻衣如雪
心之忧矣　于我归说^{shui}

蜉蝣：昆虫名，成虫生命期极短。以此喻人生之短暂。
于我归处：大意为，何处才是我的归宿。于，何处。
掘阅：即穿穴，穿地而出。阅，通"穴"。
说：通"税"。止息。

蜉蝣

蜉蝣目昆虫通称蜉蝣，最原始的有翅昆虫。幼虫栖于水中，捕食小虫，历经三年数次蜕皮化为成虫。成虫体形细长而软，色彩多柔嫩鲜艳，常飞于河畔或湖塘上进行交尾，不取食，后即死去。寿命很短，最短仅一天，所谓朝生暮死。

候人

讥刺曹共公任用小人，让他们无所事事而享有厚禄，而辛苦任职如候人，女儿却饿着。一说怀春的少女调笑心上人——候人，不主动出击就不会有爱情的收获。

彼候人兮　　何戈与祋^{duì}
彼其之子^{jì}　　三百赤芾^{fú}

维鹈在梁^{tí}　　不濡其翼
彼其之子　　不称其服

维鹈在梁　　不濡其咮^{zhòu}
彼其之子　　不遂其媾^{gòu}

荟兮蔚兮^{wèi}　　南山朝隮^{zhāo jī}
婉兮娈兮　　季女斯饥

候人：管迎宾送客的小武官。
何戈与祋：扛着戈与祋。何，通"荷"。 戈、祋，两种兵器，祋，即殳。
三百赤芾：言穿赤芾的人很多。或可解为多次受到嘉奖。赤芾，冕服之称。
维鹈在梁：鹈鹕站在鱼梁上。
不濡其翼：没沾湿翅膀，指没有主动出击去捕鱼。濡：沾湿。
不濡其咮：鸟嘴未湿，指不曾吃到鱼。
不遂其媾：没能婚媾。
荟、蔚：云雾弥漫貌。
朝隮：早上的彩虹。
婉、娈：温婉柔美貌。
饥：或可解为情欲。

266

鹈

今名鹈鹕，鹈形目，鹈鹕科。品种繁多，本图所绘为白鹈鹕，诗中
所指应为斑嘴鹈鹕。栖息于河流、湖泊和沼泽地带。以鱼类为食，
也吃蛙、蜥蜴、蛇等，喉囊发达，适于捕鱼，但不贮存。善游泳也
善飞翔，营巢于高树。主要为留鸟，部分候鸟。   267

鸤鸠

赞美曹君行事公正而始终如一，足以引导四方国家。也有人认为这是说反话，以赞美为讽刺。

鸤鸠在桑　其子七兮
淑人君子　其仪一兮
其仪一兮　心如结兮

鸤鸠在桑　其子在梅
淑人君子　其带伊丝
其带伊丝　其弁伊骐

鸤鸠在桑　其子在棘
淑人君子　其仪不忒
其仪不忒　正是四国

鸤鸠在桑　其子在榛
淑人君子　正是国人
正是国人　胡不万年

鸤鸠：布谷鸟。古有鸤鸠养子平均的传说，故以此喻。
其仪一兮：指仪容始终如一。或可解为对其子公平如一。
结：固而不散。
其带伊丝：带以素丝缘边。
其弁伊骐：皮弁青黑色。
忒：差错。
正是四国：指四方国家行事的法则。正，法则。
胡：何。

下泉

此诗主题不明。或叹周室衰乱，颂郇伯能助力于天子。

冽彼下泉　　浸彼苞稂
忾我寤叹　　念彼周京

冽彼下泉　　浸彼苞萧
忾我寤叹　　念彼京周

冽彼下泉　　浸彼苞蓍
忾我寤叹　　念彼京师

芃芃黍苗　　阴雨膏之
四国有王　　郇伯劳之

冽彼下泉：奔流而下的清凉泉水。
稂：童粱，田间害草。或以为狗尾草。
忾我寤叹：大意为醒来一声叹息。忾，叹息。
周京：指周室京师。
萧：蒿的一种，即牛尾蒿。
蓍：蓍草，古人用于占卜。
芃芃：茂盛。
膏：润泽。
四国有王：四国，四方之国。有王，有周天子。
郇伯：郇国君。

269

蓍

今名蓍草，又名蜈蚣蒿、锯草等，多年生草本。喜阳、耐寒，喜温暖湿润，多生长于山坡草地或灌丛中。古人用蓍草占卜，全草可入药。多分布于黄河以北的地区。

豳
风

《豳风》即豳地的歌谣。豳亦作邠，
故城在今陕西旬邑县西。周族祖先公
刘率族人由邰（今陕西武功县西南）
迁居于此，获得发展，后乃再迁岐山。
豳遂成为周民族的发祥地。所存诗篇
应产生于西周早期。

七月

本篇是现存最早的一篇农事诗，以很长的篇幅列述农人一年的劳作生活，反映了劳动者与统治者之间的关系，对于了解西周早期的社会结构与生活景象，具有珍贵的价值。

七月流火　九月授衣

一之日觱发　二之日栗烈

无衣无褐　何以卒岁

三之日于耜　四之日举趾

同我妇子　馌彼南亩　田畯至喜

七月流火　九月授衣

春日载阳　有鸣仓庚

女执懿筐　遵彼微行　爰求柔桑

春日迟迟　采蘩祁祁

七月：指夏历七月，与周朝人使用的周历有区别。本篇同时使用了夏历与周历两种历法计时，如下文"一之日"即为周历计时。另，夏历在一年之始的月份上与今农历（始于汉代的历法）略同。

流火：火星在七月开始自西而下，谓流火，指天气转凉。火，星名。

授衣：分发寒衣。一说女工裁寒衣。

一之日：周历正月，夏历十一月。"二之日"等依次类推。

觱发：风寒盛。

栗烈：凛冽。

无衣无褐 何以卒岁：没有厚衣服如何度过年终。褐，粗麻或粗毛衣。

于耜：整修农具。

举趾：举足耕耘。

馌彼南亩：送饭食到田间。南亩，向阳的耕地。

田畯：西周公田的田官。至喜：很高兴。一说"喜"通"馐"，酒食。

仓庚：黄莺。

懿筐：采桑用的深筐。遵彼微行：沿着小路走。微行，小路。

迟迟：缓慢。指白日渐长。

272

女心伤悲　殆及公子同归

七月流火　八月萑苇^{huán}

蚕月条桑　取彼斧斨^{qiāng}

以伐远扬　猗彼女桑^{yǐ}

七月鸣鵙　八月载绩^{jú}

载玄载黄　我朱孔阳　为公子裳^{cháng}

四月秀葽^{yāo}　五月鸣蜩^{tiáo}

八月其获　十月陨萚^{yǔn tuò}

一之日于貉^{hé}　取彼狐狸　为公子裘

二之日其同　载缵武功^{zuǎn}

言私其豵^{zōng}　献豜于公^{jiān}

殆：将。同归：可视为嫁，古俗女子出嫁因远离父母而悲。

萑苇：成熟的芦苇。或为动词，即收割芦苇。

蚕月条桑：即三月修剪桑枝。蚕月，养蚕之月，即三月。条，修剪。

斨：斧，受柄之孔方形。

远扬：又长又高的桑枝。

猗彼女桑：用索拉着高枝采嫩桑。

鵙：鸟名。又名伯劳。体态华丽，嘴大锐利，鸣声洪亮。

载绩：开始纺麻。

玄、黄：指丝织品所染颜色，即黑红色、黄色。

我朱孔阳：朱，红色，此处为动词。孔阳，甚为鲜明。

秀葽：不开花而结实的葽草。秀，不开花而实。葽，草名，可入药。

蜩：蝉。

陨萚：草木之叶陨落。

于貉：往取貉子。貉，即狗獾。

狐狸：两种动物，狐为狐狸，狸为狸猫。

二之日其同，载缵武功：指十二月聚集，继续去狩猎。缵，继续。

言私其豵：此二句指猎物中的小兽自己留着，大兽献于公。豵，一岁野猪。豜，三岁野猪。

273

五月斯螽动股　六月莎鸡振羽

七月在野　八月在宇　九月在户

十月蟋蟀入我床下

穹窒熏鼠　塞向墐户

嗟我妇子　曰为改岁　入此室处

六月食郁及薁　七月亨葵及菽

八月剥枣　十月获稻

为此春酒　以介眉寿

七月食瓜　八月断壶　九月叔苴

采荼薪樗　食我农夫

九月筑场圃　十月纳禾稼

斯螽、莎鸡：皆昆虫名。斯螽，类蝈蝈，以股鸣。莎鸡，即纺织娘。
宇：房宇。户：内室。
穹窒熏鼠 塞向墐户：堵上墙洞熏老鼠，用泥抹平墙和门窗。言整理
修补屋子。穹窒，塞堵、填满。向，北窗。墐，用泥涂抹。
曰为改岁 入此室处：话说快过年了，要搬到这个屋子里来住。
郁、薁：皆木名。郁，郁李。薁，野葡萄。
亨：通"烹"。
葵、菽：皆蔬菜名。葵，有秋葵、冬葵等。菽，豆类总称。
剥枣：打枣。剥，打落。
为此春酒 以介眉寿：以此为冬酿春成之酒，以祈长寿。眉寿，高寿。
断壶：摘葫芦。
叔苴：拾取麻籽。叔，拾取。苴，大麻之开雌花者。
采荼薪樗：采苦菜、砍椿树。荼，苦菜。樗，木名，臭椿树。
食我农夫：养活我们农夫。
274　　筑场圃：筑打谷场。

黍稷重穋^(tóng lù)　禾麻菽麦

嗟我农夫　我稼既同　上入执宫功

昼尔于茅　宵尔索绹^(táo)

亟^(jí)其乘^(jí)屋　其始播百谷

二之日凿冰冲冲　三之日纳于凌阴

四之日其蚤　献羔祭韭

九月肃霜　十月涤场

朋酒斯飨^(xiǎng)　曰杀羔羊

跻^(jí)彼公堂　称彼兕觥^(sì gōng)

万寿无疆

黍稷重穋 禾麻菽麦：言各种农作物。重，早种晚熟作物。穋，晚种早熟的农作物。禾为谷类，麻为纤维类，菽为豆类。前句以农作物特性陈述，后句以类别陈述。另，有以为"菽麦"原文当为"麦菽"方合叶韵。

我稼既同 上入执宫功：大意为，庄稼收割完，还要去缴纳公粮。同，聚。上，同"尚"。宫，宫室。功，事。

于茅、索绹：割茅草、搓麻绳。

亟其乘屋：抓紧时间翻修屋顶。亟：急。

纳于凌阴：指将存储的食物藏于冰窖。

四之日其蚤 献羔祭韭：二月份取出食物，用羔羊和韭菜祭祀。蚤，取，一说早。

肃霜：下霜。一说天肃爽。

涤场：农事毕，收拾好打谷场。

朋酒：两樽酒。

兕觥：犀牛角酒具。

仓庚

即黄莺，又名黄鹂，雀形目。栖息于平原至低山的森林地带或村落附近的高大乔木上，主要以昆虫、浆果为食，性机警，羽色艳丽，鸣声悦耳动听，常被饲养为观赏鸟。在我国为夏候鸟，分布于温带与亚热带地区。

鵙

今名伯劳，雀形目，伯劳科。栖息于低山丘陵和山脚平原，常见于林旁、农田、果园、河谷、路旁的乔木和灌丛。性凶猛，捕杀小鸟、蛙、田鼠及昆虫，偶食植物种子。鸣声悠扬、婉转悦耳，还能模仿其它小鸟如黄鹂的鸣声，古人认为伯劳夏至开始鸣叫，冬至而止，是候时之鸟。主要分布于长江流域及其以南广大地区，甘肃、陕西也有分布，为留鸟。

貉

又名狗獾，与《魏风·伐檀》中的"貆"为同物，犬科。外形似狐
而略小，较肥。穴居，或营巢于树洞、石隙。栖息于山地、平原、
丘陵、河谷的丛林中。昼伏夜出，杂食性，性温顺，动作迟缓，能
攀树能游泳。

狸

狸为猫科动物，有多个亚种，本篇应指皮毛有价值的豹猫。豹猫，大小似家猫，栖息于山地林区或郊野灌丛，居于近水、远离干燥的区域，善攀树，能游泳。多昼伏夜出，杂食性。有时会迁入村舍，盗食家禽。

郁

今名郁李，落叶小乔木或灌木，早春开花，色彩缤纷，浓艳适度，繁花压树，近代常栽培以供观赏。初夏结果，红实满枝，甘酸而香，稍有涩味，可食，根、仁皆可入药。

蘡

今名蘡薁，又名野葡萄、山葡萄等，落叶木质藤本。耐旱怕涝，多
生长于山坡、灌丛中。果实比葡萄小，可食，并用于酿酒。

葵

今名冬葵、野葵，一年生草本。喜冷凉湿润气候，不耐高温和严寒。幼苗及嫩叶可食，先秦时代的主要蔬菜，唐宋以后食者渐少。种子、根、叶可入药。原产于亚洲热带地区，在我国分布于亚热带及温带的山区、平原。

莎鸡

俗称纺织娘，螽斯科昆虫之一种。常栖于草丛，夏秋之交，至夜则
鸣，音韵悠长，如"轧织"之声，故名纺织娘，常被作鸣虫玩养。

283

枣

又名大枣，落叶小乔木。原产我国，由野生酸枣栽培而来，在周代
已成为常见果品，也是祭品之一。经过数千年育种，如今品种多达
七百余种。

瓜

今名香瓜，一年生蔓性草本。《诗经》中的"瓜"可能是瓜类统
称。本图所绘为甜瓜，原产热带非洲，"诗经"时代我国已有栽
植，是最早利用为果品的瓜类。

韭

即韭菜，多年生草本。原产于亚洲东南部。适应性强，抗寒耐热，
是可连续割采的蔬菜。"诗经"时代，不光食用，也用于祭祀。

鸱鸮

寓言诗。以小鸟口吻写筑巢之极度艰辛，要求猫头鹰不要毁坏它。古注认为是周公救乱，写给成王的诗。

chī xiāo
鸱鸮鸱鸮

既取我子　无毁我室

恩斯勤斯　鬻子之闵斯

dài
迨天之未阴雨

彻彼桑土　绸缪牖户

rǔ
今女下民　或敢侮予

予手拮据　予所捋荼　予所蓄租

cuì tú
予口卒瘏　曰予未有室家

qiáo　　　xiāo　　　qiáo
予羽谯谯　予尾翛翛　予室翘翘

xiāo
风雨所漂摇　予维音哓哓

鸱鸮：即猫头鹰。古人以此鸟为恶鸟，喻坏人。
恩斯勤斯 鬻子之闵斯：言育子之艰辛。鬻，养育。闵，忧病貌。
迨：趁着。
彻彼桑土 绸缪牖户：言挖桑树以根皮筑牢门窗。彻，剥取。
今女下民：女，通"汝"，你、你们。
拮据：因操劳而手指发僵。
捋荼、蓄租：言捋取芦苇花、收集干草，以此来筑窝。蓄租，积聚。
卒瘏：病苦貌。
谯谯：羽毛残敝。　翛翛：羽毛枯焦。　翘翘：高而危。
予维：原文当为"维予"，维，语助词。
哓哓：因恐惧发出的凄苦的叫声。

鸱鸮

今名斑头鸺鹠，鸮形目，鸱鸮科。猫头鹰之一种，也俗称猫头鹰。
生活在低山、丘陵或平原的疏林中，也出现于村庄、农田、城郊附
近的树木上，多夜晚活动，但不甚畏光，可在白天飞行或捕食。以
啮齿类、小鸟、蛙、蜥蜴和昆虫为食。营巢于树洞或天然洞穴中。
古人视为"恶鸟"。

东山

一个长期服役的士兵终于能够归乡。在旅途上，他回想军中的生活，想象久别的家和妻子，良多感慨。

我徂东山　　慆慆不归

我来自东　　零雨其蒙

我东曰归　　我心西悲

制彼裳衣　　勿士行枚

蜎蜎者蠋　　烝在桑野

敦彼独宿　　亦在车下

我徂东山　　慆慆不归

我来自东　　零雨其蒙

果臝之实　　亦施于宇

伊威在室　　蟏蛸在户

町畽鹿场　　熠燿宵行

徂：往。慆慆：久。

我来自东：言自东归。蒙：微雨貌。

西悲：向西而悲。指思念故乡。

制彼裳衣：指做家常的衣服穿。

勿士行枚：指不要再出去行军打仗。行枚，即裹腿，指脱下戎装换上平民服装。

蜎蜎者蠋　烝在桑野：以桑野伏地蠕动的蚕比喻野外行军之貌。蜎，虫蠕动貌。蠋，野桑蚕。烝，乃，一说放置。

敦彼独宿：二句意为独自在战车下卷曲着身子睡觉。敦，卷成一团。

果臝：栝楼。蔓生植物。

亦施于宇：蔓延攀至屋檐上。施，蔓延。

伊威：一名鼠妇，又名潮虫。　蟏蛸：长脚蜘蛛。

町畽：田舍旁空地。

熠燿宵行：熠燿，萤光。燿，同"耀"。宵行，萤火虫。

不可畏也　伊可怀也

我徂东山　慆慆不归

我来自东　零雨其蒙

鹳鸣于垤　妇叹于室

洒扫穹窒　我征聿至

有敦瓜苦　烝在栗薪

自我不见　于今三年

我徂东山　慆慆不归

我来自东　零雨其蒙

仓庚于飞　熠燿其羽

之子于归　皇驳其马

亲结其缡　九十其仪

其新孔嘉　其旧如之何

不可畏 伊可怀：本章言看到家园荒凉，不觉可怕，只是感伤。

鹳鸣于垤：鹳，水鸟名。垤，土堆。

穹室：指收拾屋子。

我征聿至：大意为盼着丈夫征战归来。我，征人之妻口吻自称。

聿：语助词。

有敦瓜苦：敦，圆的。瓜苦，一说瓠。

烝在栗薪：一排排挂在木架上。烝，多。

仓庚：鸟名。黄鹂，黄莺。

皇、驳：两种马。皇，黄白相间的马。驳，赤白相间马。

亲结其缡 九十其仪：言归来的年轻人大多都进行了婚礼。缡，古时女子的佩巾，出嫁时由母亲亲手为女儿系于腰间。

其新孔嘉 其旧如之何：大意为新婚的当然幸福，而久别重逢的老夫妻又当如何。

果蠃

今名栝楼，又名天瓜、吊瓜，多年生攀缘藤本。适于温暖潮湿气候，耐寒，不耐干旱。根可食，果皮、种子等可入药，历代药书登载的重要药材。

鹳

鹳，是鹳科鸟类的总称，品种繁多，本篇所指应为白鹳。白鹳，生活于开阔的平原、沼泽、浅水湖泊、溪流及潮湿草地。喜群集，性安详温顺，飞行、行走皆缓慢，常在沼泽地上觅食，主要吃蛙、蛇、蜥蜴、小鱼、蚯蚓等。营巢于高树。白鹳在古代仍栖息于中原地区，现在仅新疆南部可见。

蠋

即野桑蚕。体型较家蚕小。幼虫像家蚕而色暗，成虫体质暗褐色，
更接近桑枝颜色。

伊威

俗名鼠妇、潮虫、地虱等，等足目的节肢动物。一般生活在残叶或树根下、石块下、潮湿的木板下，在庭院或室内的花盆下也常见到，属世界型广布种。大部分种类都可入药。

蟏蛸

俗称喜蛛，蜘蛛目蟏蛸科中的一种长腿蜘蛛，种类众多，常生活于水田或芦苇的植株上。

宵行

今名萤火虫，鞘翅目萤科的小型昆虫。虫卵在水草根部发育，幼虫栖于水边草丛，捕食小虫。成虫常在夜里活动，飞舞时光斑闪烁。萤火虫体内含有专门的发光细胞，呼吸时，氧气与其体内的荧光素发生反应产生氧化荧光素，从而释放出光子，反应中95%以光的形式释放能量，到目前为止人类还无法制造出如此高效的光源。萤火虫是世界性物种，在我国也广泛分布。

破斧

以从征将士的口吻，赞美周公率军出征平定叛乱的功业，同时庆幸自己能够生还。

既破我斧　又缺我斨^{qiāng}
周公东征　四国是皇
哀我人斯　亦孔之将

既破我斧　又缺我锜^{qí}
周公东征　四国是吪^é
哀我人斯　亦孔之嘉

既破我斧　又缺我銶^{qiú}
周公东征　四国是遒^{qiú}
哀我人斯　亦孔之休

斨：方孔斧。
四国是皇：四国，古解管、蔡、商、奄四大诸侯国，或以为四方之国。皇，通"匡"，匡正，或通"遑"，惶恐。
哀我人斯 亦孔之将：大意为可怜我们这些人啊，也算大幸。孔，很。将，大也。
锜：长柄锯类兵器。
吪：化，教化。
銶：独头斧。
遒：稳定。
休：美好，与将、嘉义略同。

伐柯

凡事都有规矩，会见贵客更是如此。

伐柯如何　匪斧不克
取妻如何　匪媒不得

伐柯伐柯　其则不远
我觏之子　笾豆有践
<small>biān</small>

柯：斧柄。

其则不远：大意为手持斧子做斧柄，其样式就在你的手中。则，样式、法则。

我觏之子：觏，婚媾，或解为"见"。之子，所追求的女子。

笾、豆：皆古代祭祀宴会所用的盛器。笾，盛果品的竹器。豆，盛肉的木器。

践：成行成列之状。

九罭

周公平叛后将归朝，驻地人士宴请并表示挽留。这是一种形式。也有解为女子的情人是位高爵位的贵族，千方百计地想把他留在身边，缠绵之情溢于言表。

九罭之鱼　鳟鲂

我觏之子　衮衣绣裳

鸿飞遵渚　公归无所　于女信处

鸿飞遵陆　公归不复　于女信宿

是以有衮衣兮

无以我公归兮

无使我心悲兮

九罭：有学者认为，本诗第一章应为《伐柯》篇第三章。本篇诗题按惯例当为《鸿飞》，全篇为后二章。

九罭之鱼：小网捕到的鱼。九罭，捕小鱼用的细网。

鳟、鲂：皆指大鱼。细网捕大鱼喻主卑而客尊。

衮衣、绣裳：君侯服饰，指客所穿。衮衣绣有龙纹。

鸿飞遵渚：天鹅沿着沙洲盘旋。鸿，天鹅，或大雁。

于女信处：大意为在这里再住两宿。一信为两宿。

有衮衣：即藏起客所穿的衣服。有，收藏。

鳟

今名赤眼鳟，鲤科，江河中层鱼类，杂食性，生长较慢，但适应性
强，是贵重的优质经济鱼类。

狼跋

主题不明，或为戏谑之作。写一位肥胖的贵公子，行动不便，但名誉不错。

狼跋其胡　载疐其尾
公孙硕肤　赤舄几几

狼疐其尾　载跋其胡
公孙硕肤　德音不瑕

狼跋其胡：跋，践踏，或解为拔。胡，兽颔下垂肉，或为颔下皮毛。
载疐其尾：载，又。疐，被绊倒，或解为被断尾。
硕肤：体胖之象。
赤舄几几：言鞋之华丽。赤舄，以金为饰的红鞋。
德音不瑕：指名誉不差。瑕，瑕疵，过错。

狼

狼是犬科动物中体型最大者，性凶暴，多群居，有严格的等级制度，在自然界是控制生态平衡的主要角色。在1940年以前我国各省区皆有野狼出没，目前只少量分布于东北、西北和华北等少数几个省。

《风》卷终

雅 诗经

陕西新华出版传媒集团

三 秦 出 版 社

果麦文化 出品 | GUOMAI

雅

雅，正也，即正声雅乐。为周王
朝直辖地区的曲调。《大雅》《小
雅》之分源于乐调之不同，可能
也跟表演场合、演唱规模相关。
共存诗 105 篇。

目录 |

小
雅

《小雅》存诗 74 篇，大部分创作于西周晚期。内容除反映国事及贵族生活外，多怨诽之辞，其中也包含了部分民歌。

鹿鸣

周天子宴群臣嘉宾之歌，表达礼贤之意。

呦呦鹿鸣　　食野之苹

我有嘉宾　　鼓瑟吹笙

吹笙鼓簧　　承筐是将

人之好我　　示我周行

呦呦鹿鸣　　食野之蒿

我有嘉宾　　德音孔昭

视民不恌　　君子是则是效

我有旨酒　　嘉宾式燕以敖

呦呦鹿鸣　　食野之芩

我有嘉宾　　鼓瑟鼓琴

鼓瑟鼓琴　　和乐且湛

我有旨酒　　以燕乐嘉宾之心

呦呦：鹿鸣声。鹿有食则鸣以招呼同伴，以此喻招待嘉宾欢聚。

瑟、笙、簧：皆乐器。

承筐是将：古代用筐盛币帛当作礼物送宾客。

示我周行：为我指路。周行，大路。

德音孔昭：指嘉宾们都有美好的声誉。孔昭，甚明。

视民不恌：待人宽厚不轻佻。恌，轻佻，引申为刻薄傲慢。

君子是则是效：为君子们做出了原则和榜样。

旨酒：美酒。

式燕以敖：指宴饮尽兴、欢乐融洽。式，语词。燕，安。敖，遨游，乐。

芩：蒿类植物。

湛：深、尽兴。

鹿

鹿是鹿科动物的统称，在古籍中一般单指梅花鹿。梅花鹿通常生活
于森林边缘或山地草原地区。栖息地随季节不同而改变。历史上，
野生梅花鹿曾广布我国各地，目前总量不足一千只。

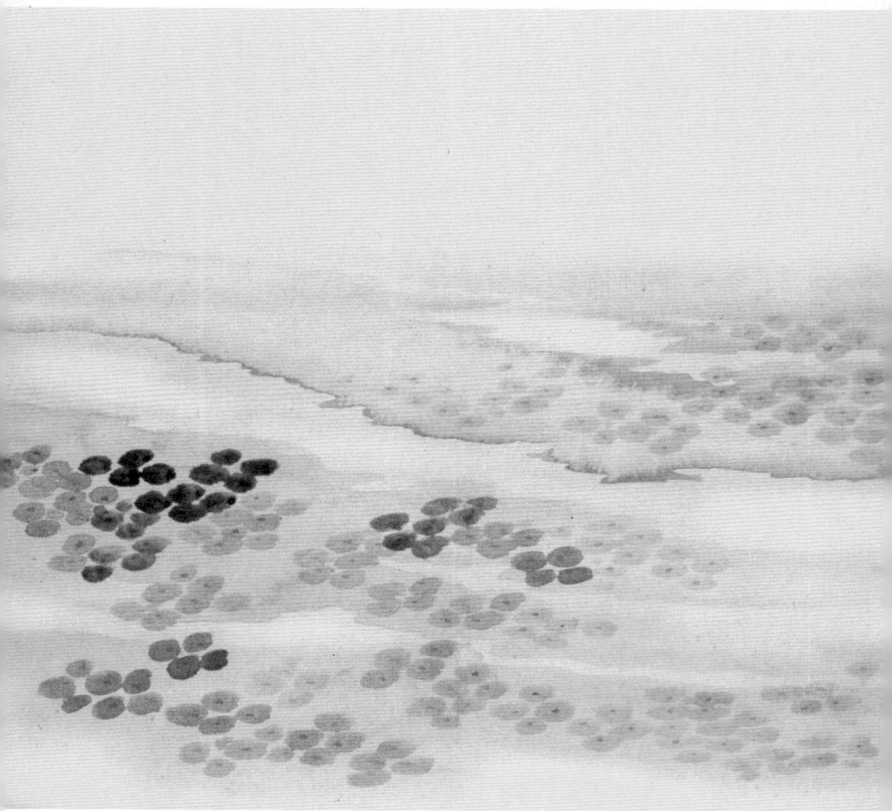

苹

今名珠光香青、山萩，多年生半亚灌木。多生长于海拔300~3400米的林缘草丛。嫩枝叶可食，可入药，是鹿所喜欢取食的种类之一。（本图所绘为浮萍，水面浮生植物，喜温暖潮湿气候，忌严寒。生长于水田、沼池、湖泊，可作动物饲料，全草可入药。）

蒿

即今青蒿，一年生草本。生长于低海拔、湿润的河岸、林缘、路旁。嫩叶可食，古人采集供为野菜，枝叶可作香料，全草可入药，野生动物喜食之。

芩

芩的物种考证多有分歧，本图所绘为蔓芩。蔓芩，多年生高草类，类芦苇，生长于近水处。可作牧草，鹿、牛等动物喜食，无食用及药用价值。

307

四牡

使臣在途中自咏。劳于公务时思念父母，宴饮时慰劳使臣。

四牡騑騑　周道倭迟

岂不怀归　王事靡盬　我心伤悲

四牡騑騑　啴啴骆马

岂不怀归　王事靡盬　不遑启处

翩翩者鵻　载飞载下　集于苞栩

王事靡盬　不遑将父

翩翩者鵻　载飞载止　集于苞杞

王事靡盬　不遑将母

驾彼四骆　载骤骎骎

岂不怀归　是用作歌　将母来谂

四牡騑騑：四牡，四匹公马。騑騑，马行走不停貌。

倭迟：同"逶迤"，迂回遥远貌。

靡盬：不坚固，引申为事情还没做完。

啴啴：喘息貌。

骆：白毛黑鬣的马。

不遑启处：没有时间休息。遑，闲暇。启处，安居。

鵻：鹁鸪。

苞栩：栎树丛。苞，草木丛生。

将父：侍奉父亲。

载骤骎骎：骤，马飞奔。骎骎，马速行貌。

谂：思念。

雏

今名火斑鸠，斑鸠之一种，鸽形目，鸠鸽科。体型较小，生活在低
山、丘陵、平原、村庄、果园。常成对或成群活动，主要吃植物果
实、种子，偶食昆虫。

皇皇者华

使臣在途中自咏。其任务为广泛访问筹谋。宴饮时歌之用
于慰劳使臣。

皇皇者华^{huā}　于彼原隰^{xí}
駪駪^{shēn}征夫　每怀靡及

我马维驹　六辔如濡^{rú}
载驰载驱　周爰咨诹^{zōu}

我马维骐　六辔如丝
载驰载驱　周爰咨谋

我马维骆　六辔沃若
载驰载驱　周爰咨度^{duó}

我马维骃^{yīn}　六辔既均
载驰载驱　周爰咨询

皇皇者华：鲜艳的花朵。皇皇，形容花朵光彩耀眼。华，花。
原隰：高平曰原，下湿曰隰。
駪駪：众多貌。
每怀靡及：大意为唯恐办事不够周全。
驹、骐、骆、骃：皆骏马。
濡：光泽貌。
周爰咨诹：广泛地咨询讨论。周，广泛。咨诹，有访问义。
咨谋：咨询商议。
沃若：濡，光泽。
咨度：询问裁度。
均：协调。

常棣

宴兄弟之歌。赞美兄弟和睦协力，可以抵御危难。

常棣之华　　鄂不韡韡

凡今之人　　莫如兄弟

死丧之威　　兄弟孔怀

原隰裒矣　　兄弟求矣

脊令在原　　兄弟急难

每有良朋　　况也永叹

兄弟阋于墙　　外御其务

每有良朋　　烝也无戎

丧乱既平　　既安且宁

常棣之华：常棣即今郁李。华，花。

鄂不韡韡：鄂，花萼。韡韡，光明貌。

死丧之威：指死丧给人带来的悲伤情绪。

兄弟孔怀：只有兄弟才特别惦记。孔，很。

原隰裒矣：原、隰是平原、湿地两种自然环境。裒，聚集或减少义。此句或可引申为因动乱而流离失所。或因动乱被聚葬于野外。

脊令：鸟名。落单时则飞鸣求其类，喻兄弟。

况也永叹：意为也只能为你一声长叹。

兄弟阋于墙：兄弟相争于内。阋，恨也。

外御其务：务，通"侮"。

烝也无戎：意为人再多也不会来帮忙。烝，众。戎，助。

虽有兄弟　不如友生

俅尔笾豆　饮酒之饫
兄弟既具　和乐且孺

妻子好合　如鼓瑟琴
兄弟既翕　和乐且湛

宜尔室家　乐尔妻帑
是究是图　亶其然乎

友生：友人、朋友。
俅尔笾豆：俅，陈设。笾、豆，设宴时两种盛食物的器皿。
饫：满足。
具：通"俱"，指兄弟聚齐。
孺：相亲。
翕：合，聚。
湛：亦作"耽"，通"媅"，安乐。
帑：儿女。
是究是图：深思熟虑。指好好想想这些道理。
亶其然乎：诚然如此。亶，诚然、确实。

脊令

今名鹡鸰鸟，是鹡鸰科各种鸟类的统称，生活在湖泊、河流、水库、水塘附近的农田、沼泽、湿地等处。主要以昆虫或昆虫的幼虫为食，偶尔吃植物种子或浆果。营巢于岩洞、土坎、灌丛或草丛。分布于我国东部或中部的为夏候鸟，在南方的为留鸟。

313

伐木

宴朋友故旧之诗。包括父党、母党的长辈与同辈。

伐木丁丁(zhēng)　鸟鸣嘤嘤

出自幽谷　迁于乔木

嘤其鸣矣　求其友声

相彼鸟矣　犹求友声

矧(shěn)伊人矣　不求友生

神之听之(shèn)　终和且平

伐木许许(hǔ)　酾酒有藇(shī)(xù)

既有肥羜(zhù)　以速诸父

宁适不来　微我弗顾

於粲洒扫(wū)　陈馈八簋(guǐ)

既有肥牡　以速诸舅

宁适不来　微我有咎

丁丁：伐木声。

迁于乔木：指鸟儿飞到高大的树上。

矧伊人矣：何况是人呢。矧，况且、何况。伊人，是人。

神之听之：神，通"慎"。听，听从。

许许：众人共力之声，或锯木声。

酾酒有藇：滤过酒糟的酒是那么美味。酾酒，滤酒。藇，美。

羜：五个月的小羊。

以速诸父：快请来叔伯长辈们。

微我弗顾：不是我没有顾及到。微，非。

於粲：干净整洁。於，发语词。粲，鲜明。

陈馈八簋：摆好丰盛的食物。馈，食物。簋，盛食物的器皿。

伐木于阪　醑酒有衍
　biān
笾豆有践　兄弟无远
　　　　　　hóu　qiān
民之失德　干糇以愆
　　xǔ
有酒湑我　无酒酤我
　　　　　cún
坎坎鼓我　蹲蹲舞我
dài
迨我暇矣　饮此湑矣

衍：满溢。

笾豆有践：指摆好宴席。

干糇以愆：为了食物而导致交恶，或因招待不周而犯下过错。干糇，干粮。愆，过错。

有酒湑我：指有酒就过滤了拿出来招待。湑，用茅草过滤。我，指"我"之兄弟，承上文而省去"兄弟"二字。或以为倒句，即有酒我湑。

酤：买酒。或以为速成的酒，即赶紧酿酒。

坎坎：鼓声。

蹲蹲：舞貌。

饮此湑矣：饮这清醇的美酒。湑，名词用，引申为过滤好的酒。

天保

酒宴中群臣回报天子，多祝颂之意。可与《鹿鸣》对照。

天保定尔　亦孔之固
俾尔单厚　何福不除
俾尔多益　以莫不庶

天保定尔　俾尔戬榖
罄无不宜　受天百禄
降尔遐福　维日不足

天保定尔　以莫不兴
如山如阜　如冈如陵
如川之方至　以莫不增

吉蠲为饎　是用孝享

天保定尔 亦孔之固：大意为上天保佑国家安定，政权稳固。
俾尔单厚：使你心胸宽厚。俾，使。单，同"厚"。
除：予，赐。
以莫不庶：怎么能不富庶。以，发语词。
庶：众。
戬榖：福禄。
罄：尽，指所有的事。
遐福：即长久的福气。遐，远。
维日不足：大意指因幸福而让人感到时光的短暂。维，通"惟"。
阜、冈、陵：高丘、山冈、丘陵。
如川之方至 以莫不增：如百川汇集，没有不增加的。
吉蠲为饎：吉日清洁酒食。蠲，通"涓"，清洁。饎，酒食。
孝享：献祭。

禴祠烝尝　于公先王
君曰卜尔　万寿无疆

神之吊矣　诒尔多福
民之质矣　日用饮食
群黎百姓　遍为尔德

如月之恒　如日之升
如南山之寿　不骞不崩
如松柏之茂　无不尔或承

禴祠烝尝：四时祭祀的不同称呼。禴，夏祭。祠，春祭。烝，冬
祭。尝，秋祭。
于公先王：指祭献先公先王。
君曰卜尔：君说赐予你。君，先君。"君曰"是指祭司传先君神灵
之语。
神之吊矣：指神降临了。吊，至。
民之质矣 日用饮食：下民质朴，安居乐业。
遍为尔德：普遍感戴你的德教。
月之恒：恒，月弦也，指上弦月渐趋盈满。
骞、崩：亏损、毁坏。
或承：或，是、有。承，继承。

317

采薇

描述戍边军士服役思归，既忠于国亦恋其家的复杂心情。

采薇采薇　薇亦作止
曰归曰归　岁亦莫止（mù）
靡室靡家　猃狁（xiǎn yǔn）之故
不遑启居　猃狁之故

采薇采薇　薇亦柔止
曰归曰归　心亦忧止
忧心烈烈　载饥载渴
我戍（shù）未定　靡使归聘

采薇采薇　薇亦刚止
曰归曰归　岁亦阳止
王事靡盬（gǔ）　不遑启处
忧心孔疚　我行（xíng）不来

彼尔维何　维常之华（táng huā）
彼路斯何　君子之车
戎车既驾　四牡业业
岂敢定居　一月三捷

驾彼四牡　四牡骙骙（kuí）

君子所依　小人所腓

四牡翼翼　象弭鱼服
mǐ

岂不日戒　猃狁孔棘

昔我往矣　杨柳依依

今我来思　雨雪霏霏
yù

行道迟迟　载渴载饥
háng

我心伤悲　莫知我哀

薇：野豌豆。

薇亦作止：野豌豆芽才刚刚出土。作，初生。止，语助词。

岁亦莫止：指又到年终。莫，通"暮"。

靡室靡家：即无家无产业。靡，无。

猃狁：周时北方的游牧民族，即秦汉时代的匈奴。

不遑启居：即没有闲暇安居。遑，闲暇。启，跪。居，坐。

薇亦柔：指野豌豆进一步的生长。柔，嫩。

我戍未定：言指守卫的地点辗转不定。戍，守。

靡使归聘：无法给家里捎带书信。聘，问候，引申为书信。

薇亦刚：言野豌豆已长成。

岁亦阳：已到夏天。阳，周历四月到十月。

靡盬：没有休止。

孔疚：非常痛苦。

我行不来：或可解为，我想走却不能回家。来，返也。

维常之华：是棠棣的花。常，通"棠"。

彼路斯何：那是何人所乘的战车。路，大车。

君子之车：是将军们的战车。

四牡：四匹公马。

骙骙：马强壮貌。

君子所依：将军们的依靠。

小人所腓：士兵们的屏障。腓，庇，掩护。

翼翼：娴熟。指马训练有素。

象弭鱼服：象弭，象牙镶饰的弓。鱼服，海豹皮制的箭袋。

孔棘：非常凶险。棘，急，指军情紧急。

昔我往矣：指当初离家出征的时候。

319

薇

今名野豌豆，多年生草本，种类繁多。嫩茎叶、种子可食，亦可作
观赏植物。全株及种子较栽培豌豆小。

鱼

海豹，海洋哺乳动物，生活在寒温带海洋。除产子、休息、换毛季节须上岸，其余时间都在海中，以鱼类为主要食物。海豹曾广泛分布于全球各个海域，近代遭到大量捕杀。如今我国东南沿海和渤海湾仍有海豹出没，我国古人取其皮用来加工制作成皮具，如本篇鱼服，即是海豹皮制作的箭囊。

出车

描述大将南仲奉王命出征，筑城朔方，北攘猃狁，西伐西戎，直至胜利归来的过程。

我出我车　于彼牧矣
自天子所　谓我来矣
召彼仆夫　谓之载矣
王事多难　维其棘矣

我出我车　于彼郊矣
设此旐矣　建彼旄矣
彼旟旐斯　胡不旆旆
忧心悄悄　仆夫况瘁

王命南仲　往城于方
出车彭彭　旂旐央央
天子命我　城彼朔方
赫赫南仲　猃狁于襄

昔我往矣　黍稷方华
今我来思　雨雪载涂
王事多难　不遑启居
岂不怀归　畏此简书

喓喓草虫　趯趯阜螽

322

未见君子　忧心忡忡

既见君子　我心则降

赫赫南仲　薄伐西戎

春日迟迟　卉木萋萋 ^(huì)

仓庚喈喈 ^(jiē)　采蘩祁祁 ^(qí)

执讯获丑　薄言还归

赫赫南仲　猃狁于夷

牧：放牧之地，即郊外。

谓：使、派遣。

仆夫：车夫。

维其棘矣：指王事紧急。

旐、旄、旟：各种旗帜。旐，绘有龟蛇图案的旗。旄，牦牛尾装饰的旗。旟，绘有鹰隼图案的旗。

旆旆：下垂貌。古时旗末状如燕尾的垂旒。

仆夫况瘁：指车夫面容憔悴。况瘁，憔悴无力貌。

南仲：宣王时将领。

往城于方：即筑城于北方。言往北方边界拒敌。于方，或同下文"朔方"为北方，或是两个不同的地名。

旐：绘有双龙并有铃的旗帜。

猃狁于襄：即抵挡或消灭北方游牧民族猃狁。襄，通"攘"。

黍稷方华：即黍稷正茂盛。华，茂盛。

简书：官书写在竹简上。指紧急兵书。

喓喓草虫：此章前六句见《召南·草虫》注。

西戎：西北方游牧民族。或同"猃狁"。

仓庚：即黄莺。

执讯获丑：执讯，捉敌询问。获，"馘"之假借，古时杀敌割其左耳上报计数。丑，对敌人的蔑称。

夷：平定。

323

草虫

诗篇中对于该物种指向性不确，多以为是草螽，螽斯科之一种。绿
色或淡褐色，杂食性，生活在庄稼、草或灌木上。

阜螽

中华稻蝗，俗称蚂蚱，直翅目蝗科，与《小雅·大田》中的"螣"为同物。蝗科物种繁多，多生活于农作物及芦苇、湿地草滩等。植食性，啃食叶苗。蝗虫产卵于土中，土壤含水量在10%~20%时适合产卵，干旱会引起蝗虫大量繁殖而造成蝗灾。据史料记载，我国曾发生过蝗灾八百次以上。

杕杜

思妇之诗。王事没有宁息，征夫久行不归，妻子深为忧念。

有杕之杜　有睆其实（huǎn）
（dì）

王事靡盬　继嗣我日

日月阳止　女心伤止

征夫遑止

有杕之杜　其叶萋萋

王事靡盬　我心伤悲
（gǔ）

卉木萋止　女心悲止
（huì）

征夫归止

陟彼北山　言采其杞
（zhì）

王事靡盬　忧我父母

檀车幝幝　四牡痯痯
（chǎn）　（guǎn）

杕杜：独生的棠棣树。

有睆：果实浑圆饱满貌。

靡盬：繁忙没有休止。

继嗣我日：言行役期限又延长。继嗣，继续。

日月阳止：阳，四至十月为阳。按古时行役制度，若秋出春归，此处当指已到春天而不得归。若春出秋归，则指秋天。止，语助词。

征夫遑止：言行役之人没有休息。遑，空闲。

征夫归止：此为叹句，应解为征夫何时归。

陟：登上。

杞：枸杞。

檀车幝幝：檀车残蔽。檀车，檀木做的行役之车，檀木坚固，言行役期之长。幝幝，破敝貌。

　四牡痯痯：四牡，四匹公马。痯痯，疲貌。

征夫不远

匪载匪来　忧心孔疚
期逝不至　而多为恤
卜筮偕止　会言近止
征夫迩止

征夫不远：言征夫归期已近。
匪载匪来：看不到他战车归来。前"匪"为语词，后"匪"作
"不"解。载，车。
孔疚：非常苦恼。
而多为恤：使人深度伤怀。恤，忧。
卜筮偕止：指占卜为吉。
迩：近。

鱼丽

赞美君子鱼酒美而多，生活富足。

鱼丽于罶　鲿鲨
_{lí liǔ cháng}

君子有酒　旨且多

鱼丽于罶　鲂鳢
_{fǎng lǐ}

君子有酒　多且旨

鱼丽于罶　鰋鲤
_{yǎn}

君子有酒　旨且有

物其多矣　维其嘉矣

物其旨矣　维其偕矣

物其有矣　维其时矣

鱼丽于罶：即鱼落入鱼罶。丽，通"罹"，落入。罶，捕鱼工具。
鲿：黄颊鱼。鲨：石鮀。
旨且多：美而多。旨，美味。
鲂：一种鳊鱼。鳢：黑鱼。
鰋：鲇鱼。鲤：鲤鱼。
物其多矣：指物多齐全，完美。
维其嘉矣：赞酒食丰盛之好。嘉，美好。
偕：齐备。
时：时鲜，或合时令。

鲨

古又名石𩾃，因常张口吹沙而称为鲨鱼。可能是指鲈形目鰕虎鱼科的某种鱼类。多生活于水质清澈，底质为砂、砾石的淡水环境，主食小鱼虾及水生昆虫。

鳢

今名乌鳢，又称黑鱼。鳢科，栖息于缓流水体或静水的底层，适应
能力强，离开水面也能存活很久，性情凶猛，肉食性。冬季钻进淤
泥中过冬。

南有嘉鱼

君子以鱼酒宴乐嘉宾之诗。

南有嘉鱼　烝然罩罩（zhēng）
君子有酒　嘉宾式燕以乐

南有嘉鱼　烝然汕汕
君子有酒　嘉宾式燕以衎（kàn）

南有樛木（jiū）　甘瓠累之（hù léi）
君子有酒　嘉宾式燕绥之（suí）

翩翩者鵻（zhuī）　烝然来思
君子有酒　嘉宾式燕又思

烝然罩罩：言鱼之多。烝然，众多貌。罩罩，渔具多貌。
嘉宾式燕以乐：嘉宾们欢快地宴饮。式，语助词。燕，通"宴"。
汕：捕鱼具。即今之抄网。
衎：乐。
甘瓠：甘甜的瓠瓜。
绥：安。
鵻：鹁鸪，鹁鸠，斑鸠。
烝然来思：群飞而来。思，语助词。
嘉宾式燕又思：又，通"侑"，劝酒。

331

嘉鱼

当代注家多以为嘉鱼非鱼，为好鱼之意，过去多以为嘉鱼为卷口鱼，如图所绘。卷口鱼，鲤科，多生活于大江、深潭及通泉水的水质清澈水域，不入浊水，植食性，是名贵河鲜。

南山有台

赞美并祝福君子。此"君子"身份高贵。

南山有台　北山有莱
乐只君子　邦家之基
乐只君子　万寿无期

南山有桑　北山有杨
乐只君子　邦家之光
乐只君子　万寿无疆

南山有杞　北山有李
乐只君子　民之父母
乐只君子　德音不已

南山有栲　北山有杻^{niǔ}
乐只君子　遐不眉寿

台：莎草。可做蓑衣。
莱：藜，亦称灰菜。嫩叶可食。
乐只：乐哉。邦家：国家。基：根本。
光：荣耀。
杞：枸骨，一说枸杞。
父母：意指其爱民如子，则民众尊之如父母。
德音：好名誉。
栲：山樗。类漆树。
杻：檍树。
遐不眉寿：怎能不长寿。遐，岂。

乐只君子　德音是茂

南山有枸　北山有楰
乐只君子　遐不黄耇
乐只君子　保艾尔后

枸：枳椇。又名拐枣，实如拳曲，味甘美。
楰：木名。大叶如桐叶而黑，亦称虎梓。
黄耇：黄发老者。人老发白，白久而黄，言长寿。
保艾尔后：保佑你子孙绵延。艾，养，或长。有以为"保艾"原文
当为"艾保"。

台

又称莎草，多年生草本。种类繁多，多生于寒带或温带地区。茎秆高大坚韧，古人以此作蓑衣，御雨之用，也用来编制储物袋、坐席等生活用品。

菜

今名藜，俗称灰菜，一年生草本。一种普遍生长、生命力极强的杂草，幼苗及嫩茎叶可食用，古代常见的救荒植物。全草可入药，种子可榨油。

枸

今名拐枣，高大落叶乔木，喜光，抗旱，耐寒，适应能力强。膨大弯曲的果柄经霜后甘甜，是古代重要的干果，除食用外，果实、树皮皆可入药。木材硬度适中，纹理美观，可制作器具、家具。

杻

今名糠椴，落叶乔木，北方常见树种之一，也是古代官方庭院常栽
种的树种，俗称"万岁树"。椴树的嫩叶可饲牛，木材多曲少直，
仅供雕刻或制弓，树皮纤维可制绳索。树形美观，是上佳的庭院美
化树种。

蓼萧

天子宴诸侯之诗，以宾客身份祝颂主人。

蓼彼萧斯　零露湑兮
既见君子　我心写兮
燕笑语兮　是以有誉处兮

蓼彼萧斯　零露瀼瀼
既见君子　为龙为光
其德不爽　寿考不忘

蓼彼萧斯　零露泥泥
既见君子　孔燕岂弟
宜兄宜弟　令德寿岂

蓼彼萧斯　零露浓浓
既见君子　鞗革忡忡
和鸾雍雍　万福攸同

蓼：长大貌。萧：牛尾蒿。零露湑兮：沾满了露水。湑，露浓貌。
写：宣泄。
是以有誉处兮：因此有个快乐的地方。誉，乐。
瀼瀼：露盛貌。为龙为光：受宠而有荣光。龙，宠。
不爽：不差。　不忘：不亡，万寿无疆义。
孔燕岂弟：指宴饮其乐融融。孔燕，盛宴。岂弟，通"恺悌"。
宜兄宜弟：指如兄弟般融洽。　令德寿岂：美德者长寿快乐。
鞗革忡忡：马缰绳放松，指停马。忡忡，原文应为"冲冲"，垂饰貌。
和鸾：古代车马上的铃铛。雍雍：铃声谐和。

湛露

天子宴诸侯之诗。以主人身份劝饮并赞美宾客。

湛湛露斯　匪阳不晞
厌厌夜饮　不醉无归

湛湛露斯　在彼丰草
厌厌夜饮　在宗载考

湛湛露斯　在彼杞棘
显允君子　莫不令德

其桐其椅　其实离离
岂弟君子　莫不令仪

湛湛：露重貌。
匪阳不晞：不出太阳不会干。晞，干。
厌厌：安闲貌。
在宗载考：在宗庙的厅堂上。应是祭祀后的晚宴。考，击乐，宴饮
之礼。
杞、棘：两种植物，枸骨、酸枣。
显允：光明正大。
莫不令德：没有不美好的声望。
椅：乔木，木材可制器物，又名山桐子。
离离：垂也。
岂弟：同"恺悌"，和易近人。

桐

今名泡桐，落叶乔木，喜光、耐阴，喜温暖气候。原产于我国，作为经济树种有悠久的栽培史，成长迅速，树干通直，其材质密度低，易于加工，是古代筑屋和做家具的首选木材。果、花、根皮可入药。

椅

今名山桐子，落叶乔木，生长于低山区的山坡、山洼。因木质坚硬、纹路优美成为制作器具的上等木料，在民俗上又是吉祥之树，古代北方农民广泛种植。嫩叶和花可食，树皮、根皮、果实可入药。广泛分布于黄河及长江流域的山区。

杞

《诗经》中"杞"各有所指，除枸杞外，本篇及《小雅·南山有台》中之"杞"当指枸骨，常绿小乔木。其叶青翠硬厚，叶缘两侧各有硬刺，木材软而韧，可制作器具及雕刻品。分布于河南和长江中下游各省。

彤弓

天子以彤弓赐有功诸侯。用于宴饮。

彤弓弨兮　受言藏之
我有嘉宾　中心贶之
钟鼓既设　一朝飨之

彤弓弨兮　受言载之
我有嘉宾　中心喜之
钟鼓既设　一朝右之

彤弓弨兮　受言櫜之
我有嘉宾　中心好之
钟鼓既设　一朝酬之

彤弓弨兮：弓弦放松的朱弓。彤弓，朱红的弓。弨，放松弓弦。
受言藏之：指让诸侯们接受赏赐并将弓收藏。
中心贶之：言心中喜爱你们。贶，赠送，引申为喜爱。
飨：用酒食款待人。
载：通"戴"，又同"庋"，表藏、收藏义。
右：通"侑"，劝酒。
櫜：隐藏，引申为珍藏。
酬：主宾相互敬酒。

344

菁菁者莪

古解天子视察贵族子弟学校时献唱的诗，赞美国家能育成人才。从诗中言及"君子"有很大数额的货贝赐予来看，此说可以成立。

菁菁者莪　在彼中阿
既见君子　乐且有仪

菁菁者莪　在彼中沚
既见君子　我心则喜

菁菁者莪　在彼中陵
既见君子　锡我百朋

泛泛杨舟　载沉载浮
既见君子　我心则休

菁菁者莪：那茂盛的萝蒿。菁菁，盛貌。莪，萝蒿。
中阿：倒句，即阿中，大丘陵中。阿，大的丘陵。
沚：水中小洲。
陵：土山。
锡我百朋：即送给我百朋。锡，赐。朋，古货币，五贝为朋。
载沉载浮：即沉沉浮浮泛舟状。载，语助词。
休：定，安心。

345

莪

今名莪蒿、萝蒿，因抱根丛生，又称抱娘蒿，一年生草本。多生于
水边，其枝叶与青蒿类似。嫩叶可食，古代经常食用的野菜之一，
种子可榨油，亦可入药。

六月

记述周宣王发兵北伐狁狁。描绘军容军威后点出大将尹吉甫和留守的张仲。

六月棲棲　戎车既饬
四牡骙骙　载是常服
狁狁孔炽　我是用急
王于出征　以匡王国

比物四骊　闲之维则
维此六月　既成我服
我服既成　于三十里
王于出征　以佐天子

四牡修广　其大有颙
薄伐狁狁　以奏肤公
有严有翼　共武之服

棲棲：惶惶不安貌。　饬：整顿。
四牡骙骙：四牡，四匹雄马。骙骙，马强壮貌。
载是常服：指将军备载上兵车。常服，一说旗帜，一说戎装。
狁狁孔炽：指外族入侵很凶猛。狁狁，北方游牧民族。孔，很。
急：紧急出兵。
比物四骊：挑选好四匹黑马。比物，挑选马匹。
闲之维则：弓马娴熟法度严明。闲，通"娴"。则，规则、法度。
既成我服：指装备已经整齐。服，军服。
于三十里：行军三十里。
修广：长而大。　颙：大头。引申为大貌。
以奏肤公：以成大功。奏，成。肤，大。公，通"功"。
严、翼：严，威严。翼，谨肃。　共武之服：共同作战。　347

共武之服　以定王国

玁狁匪茹（fēi）　整居焦获

侵镐及方（hào）　至于泾阳

织文鸟章　白旆央央（bó pèi yāng）

元戎十乘（shèng）　以先启行（háng）

戎车既安　如轾如轩（zhì）

四牡既佶（jí）　既佶且闲

薄伐玁狁　至于大原

文武吉甫（fǔ）　万邦为宪

吉甫燕喜　既多受祉（zhǐ）

来归自镐　我行永久（xíng）

饮御诸友　炰鳖脍鲤（fǒu kuài）

侯谁在矣　张仲孝友

匪茹：不自量力。茹，度。
整居焦获：整，通"征"，占领，或在此整顿。焦、获，皆地名。
镐、方、泾阳：皆地名。
织文鸟章：旗帜绘有鸟的图案。织，旗帜。文，通"纹"。章，图案。
白旆：帛做的旗。
元戎：大战车。
如轾如轩：车前俯向下曰轾。车前仰向上曰轩。
佶：健壮貌。
文武吉甫：文韬武略的吉甫。吉甫，尹吉甫，本次出征的大将。
祉：福。指受周王赏赐之福。
我行永久：指行军很久才回来。
御：进献。　炰鳖：烹煮甲鱼。　脍：生食的鱼片。

张仲：尹吉甫之友。

鳖

又名中华鳖，俗称甲鱼、团鱼、脚鱼，卵生两栖爬行动物。主要生活于湖泊、池塘、水库或缓流的河里，有冬眠习性。杂食性，以肉食为主。

349

采芑

记述周宣王发兵南征荆蛮的诗。突出歌颂大将方叔。

薄言采芑 于彼新田 于此菑亩
方叔莅止 其车三千 师干之试
方叔率止 乘其四骐 四骐翼翼
路车有奭 簟茀鱼服 钩膺鞗革

薄言采芑 于彼新田 于此中乡
方叔莅止 其车三千 旂旐央央
方叔率止 约軝错衡 八鸾玱玱
服其命服 朱芾斯皇 有玱葱珩

鴥彼飞隼 其飞戾天 亦集爰止

芑：苦菜。

新田：开垦两年的田地。

菑亩：开垦一年的田地。

莅止：莅临，指方叔来检验军队。止，语助词。

师干之试：指士卒们操练待战。师，众。干，武器。

乘其四骐：乘着四匹青鬃马拉的战车。

路车有奭：指朱红色大战车。奭，赤色。

簟茀、鱼服：竹席制的车帘、鲛鱼皮箭袋。

钩膺、鞗革：马胸腹上的带饰、皮革制的马缰绳。

中乡：即乡中，新田中。

约軝、错衡：以皮革缠束的车毂、车上横木的花纹。

八鸾玱玱：鸾，铃。玱玱，铃声。

朱芾斯皇：朱芾，朱色蔽膝。皇，同"煌"，形容戎装。

葱珩：青色佩玉。

鴥彼飞隼：疾飞的猛禽。鴥，疾飞貌。

戾天：飞到天上。戾，达、至。

亦集爰止：忽而飞下停留休栖。爰，于。止，休。

方叔莅止　其车三千　师干之试
方叔率止　钲人伐鼓　陈师鞠旅
显允方叔　伐鼓渊渊　振旅阗阗

蠢尔蛮荆　大邦为仇
方叔元老　克壮其犹
方叔率止　执讯获丑
戎车啴啴　啴啴焞焞　如霆如雷
显允方叔　征伐猃狁　蛮荆来威

钲人：以击鼓传达指令的士兵，类号兵。
陈师鞠旅：整列队伍以训士。
显允：名声显赫。
振旅阗阗：振旅，整训军队。阗阗，鼓声，或以为士兵齐步声。
克壮其犹：能施展宏大完美的计谋。克，能。犹，通"猷"，计谋。
啴啴：众多。
焞焞：盛貌。指朱红的车子闪闪发光。
霆：霹雷。
来威：来臣服。威，畏。

351

车攻

记述周宣王会同诸侯田猎于东都洛邑之事。此大规模田猎具有政治上伸张天子威权和军事训练的双重意义。

我车既攻　我马既同
四牡庞庞（lóng）　驾言徂东（cú）

田车既好　四牡孔阜
东有甫草　驾言行狩

之子于苗　选徒嚣嚣（suǎn）（xiāo）
建旐设旄（zhào）（máo）　搏兽于敖

驾彼四牡　四牡奕奕
赤芾金舄（xì）　会同有绎（yì）

决拾既佽（cì）　弓矢既调（tiáo）

攻：坚。同：聚。
庞庞：强壮。徂东：往东。
田车：狩猎之车。田，打猎。孔阜：很壮大。
甫草：甫田之草。一说地名，一说大草泽。
苗：夏猎曰苗。
选徒嚣嚣：指闹嚷嚷清点随从的场面。选，通"算"，清点。
搏兽：原文应为"薄狩"，薄，发语词，狩，狩猎。敖：郑国地名。
赤芾、金舄：红色的蔽膝、金色的鞋子。
会同有绎：前来会猎的诸侯络绎不绝。
决拾既佽：指射箭的装备已收拾完善。决，射箭用的扳指。拾，护臂。佽，齐备。

射夫既同　助我举柴（zì）

四黄既驾　两骖（cān）不猗（yǐ）
不失其驰　舍矢如破

萧萧马鸣　悠悠旆（pèi）旌（jīng）
徒御不惊　大庖（páo）不盈

之子于征　有闻无声
允矣君子　展也大成

助我举柴：帮我收集好射中的猎物。柴，积兽。
不失其驰：言御者不失其驰驱之法。
舍矢如破：发矢命中，如锥破物。
徒、御：随从的士卒、驾车的马夫。惊：通"警"，机警。
大庖不盈：庖，厨房，亦可指厨子。不盈，有训为"盈"，或以为
不使饭菜过多。
有闻无声：指只闻队伍行来而无喧哗声。
允：信。
展：诚。

吉日

周王率军田猎于西都镐京，并用猎物宴请宾客。

吉日维戊　　既伯既祷

田车既好　　四牡孔阜

升彼大阜　　从其群丑

吉日庚午　　既差我马

兽之所同　　麀鹿麌麌

漆沮之从　　天子之所

瞻彼中原　　其祁孔有

儦儦俟俟　　或群或友

悉率左右　　以燕天子

既张我弓　　既挟我矢

发彼小豝　　殪此大兕

以御宾客　　且以酌醴

吉日维戊：戊辰日是个好日子。既伯既祷：祭马神向其祷告。伯，马神。
升：登。大阜：大土坡。阜，坡。从其群丑：追逐群兽。丑，野兽。
既差我马：挑选强壮的马匹。差，选择。
兽之所同：指查看群兽聚集处。同，聚集。
麀鹿麌麌：麀，母鹿。麌麌，鹿群聚貌。
漆沮之从　天子之所：从漆河、沮河逐猎，而至天子之所。
其祁孔有：指那里的猎物又大又多。祁，多。孔，很。有，丰富。
儦儦、俟俟：奔跑貌、行走貌。群、友：兽三曰群，二曰友。
发彼小豝：射中那小野猪。殪此大兕：射死那大野牛。醴：甜酒。

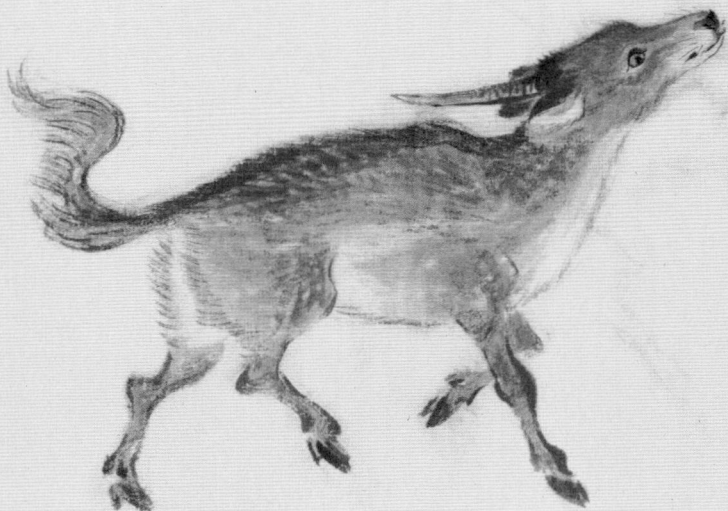

兕

兕的物种确定历来争议较多，可能是存在于前秦时代，后来灭绝的
独角犀牛或独角野牛。或是对野牛的泛称。

鸿雁

写被驱服役者的辛劳。他们或在田野劳作或筑城墙，连基本的生活条件都很艰苦。而"愚人"对这种抒发内心悲苦的诗也不能理解。

鸿雁于飞　　肃肃其羽
之子于征　　劬(qú)劳于野
爰及矜(jīn)人　哀此鳏(guān)寡

鸿雁于飞　　集于中泽
之子于垣(yuán)　百堵皆作
虽则劬劳　　其究安宅

鸿雁于飞　　哀鸣嗷嗷
维此哲人　　谓我劬劳
维彼愚人　　谓我宣骄

肃肃：羽翼扇动声。
劬劳：辛苦劳累。
爰及矜人：爰，语助词。矜人，可怜人、受苦人。
鳏、寡：鳏，无妻之男。寡，失夫之女。这里代指流离失所之人。
垣：墙。这里可作动词解，即筑墙。
百堵：堵，丈量单位，一堵五丈。百堵言其长而多。
其究安宅：终究能生活安定。安宅，安居。
哲人：智者、聪明人。
谓我宣骄：说我好大喜功之意。

庭燎

早朝前群臣诸侯将至的景象。天渐明，鸾声近，旗帜显。

夜如何其^{jī}

夜未央　庭燎之光

君子至止　鸾声将将^{qiāng}

夜如何其

夜未艾　庭燎晣^{zhé}晣

君子至止　鸾声哕哕^{huì}

夜如何其

夜乡^{xiàng}晨　庭燎有辉^{xūn}

君子至止　言观其旂^{qí}

夜如何其：即夜如何。其，语助词，表疑问。
夜未央：即夜未终，天未明。央，终尽。
庭燎：庭中用以照明的火炬。
君子至止：即君子至，指朝见周王的诸侯大臣。止，语助词。
鸾声将将：即锵锵的鸾铃声。将将，通"锵锵"，金玉相击声。
艾：止、尽。
晣晣：通"晢"，光明。
哕哕：有节奏的铃声。
夜乡晨：即夜向晨，快天亮义。乡，同"向"。
辉：光。
旂：龙旗。古代为诸侯仪仗。

357

沔水

诗人忧动乱将起、谣言流传，警告人们要警戒。

沔彼流水　朝宗于海
鴥彼飞隼　载飞载止
嗟我兄弟　邦人诸友
莫肯念乱　谁无父母

沔彼流水　其流汤汤
鴥彼飞隼　载飞载扬
念彼不迹　载起载行
心之忧矣　不可弭忘

鴥彼飞隼　率彼中陵
民之讹言　宁莫之惩
我友敬矣　谗言其兴

沔：水流盛貌。
朝宗：诸侯朝见天子。借指百川入海。
嗟：叹，指叹下文兄弟、国人、诸友。
莫肯念乱：可解为没人会思考并阻止社会的动乱。
念彼不迹：想那些人行事完全没有原则。不迹：无原则。
载起载行：或起或行。亦言毫无原则。
弭忘：终止。弭，止、息。忘，亡、消除。
讹言：谣言。
宁莫之惩：无法平息。惩，止。
敬：儆、警戒。

谗言其兴：那些谣言将愈演愈烈。

鹤鸣

写一个园子里的各种景物，每一句都似乎蕴涵某种道理。

鹤鸣于九皋^{gāo}　声闻于野

鱼潜在渊　或在于渚

乐彼之园　爰有树檀

其下维蘀^{tuò}

它山之石　可以为错

鹤鸣于九皋　声闻于天

鱼在于渚　或潜在渊

乐彼之园　爰有树檀

其下维榖

它山之石　可以攻玉

九皋：皋，沼泽。九皋，九折之泽。

渊、渚：渊，深水。渚，指小洲旁的浅水。

其下维蘀：描写檀树下小树之景。蘀，棘属植物。

它山：一说山名。或那边山上。

错：琢玉用的磨刀石。

榖：构树，又名楮树，矮小灌木。

鹤

俗称仙鹤，鹤形目，鹤科。有多个品种，《大雅·灵台》中的"白鸟"亦属此类，本图所绘为我国珍贵品种丹顶鹤。丹顶鹤生活于平原、草地、沼泽、湖泊、海边滩涂等地，有时也出现于农田或耕地中。性食杂，除鱼、虾、水生昆虫外，也吃水生植物。分布于东北，每年九月末开始迁徙至华东、华南沿海越冬。

祈父

一个武士直呼其名指斥长官无止无休地加害自身。

祈父（fū）　予　王之爪牙（zhǎo）

胡转予于恤　靡所止居

祈父　予　王之爪士

胡转予于恤　靡所厎止（zhǐ）

祈父　亶不聪（dǎn）

胡转予于恤　有母之尸饔（yōng）

祈父：官名。是职掌都城禁卫的长官，又名司马。

爪牙：虎士。对武臣的比喻。

胡转予于恤：为什么把我调往艰险之处。恤，忧。

靡所止居：以至于我没有安定的住所。所，住所。止居，居住。

爪士：虎臣。对武臣的比喻。

厎止：定止。义略同"止居"。

亶：诚。

有母之尸饔：尸，或解为陈列。饔，熟食。此句可解为不能侍奉父母。　　361

白驹

诗人想要留住一位高贵的客人，并希望他不要隐遁。

皎皎白驹　食我场苗
絷之维之　以永今朝
所谓伊人　於焉逍遥

皎皎白驹　食我场藿
絷之维之　以永今夕
所谓伊人　於焉嘉客

皎皎白驹　贲然来思
尔公尔侯　逸豫无期
慎尔优游　勉尔遁思

皎皎白驹　在彼空谷
生刍一束　其人如玉
毋金玉尔音　而有遐心

皎皎：洁白，光明。这里形容白马。
絷、维：绊、拴。以永今朝：意为留住他，或留住与他一起的时光。
於焉逍遥：你在何处逍遥。於，通"乌"，何处。
藿：嫩叶嫩苗。草木幼小者为藿。
於焉嘉客：意为你在何处做客逗留。
贲然来思：即贲然来。贲然，光彩貌。思，语助词。
勉而遁思：劝你不要隐遁，或劝你不要走。思，语助词。
空谷：穷谷、深谷。　生刍：青草。
毋金玉尔音：指别后要给我音讯。金玉，作动词用，惜、吝啬。
362　遐心：远心、生疏之心。

黄鸟

在外邦生活的人深感此邦人贪恶而不可信，想回到故国。

黄鸟黄鸟

无集于榖　无啄我粟

此邦之人　不我肯榖

言旋言归　复我邦族

黄鸟黄鸟

无集于桑　无啄我粱

此邦之人　不可与明

言旋言归　复我诸兄

黄鸟黄鸟

无集于栩　无啄我黍

此邦之人　不可与处

言旋言归　复我诸父

无集于榖：榖，构树，又名楮树，矮小灌木。
不我肯榖：指对我不善。榖，谷，动词用，养，引申为善待。
言旋言归：言，语助词。旋，返。
复我邦族：即回到我自己的国家、宗族。复，返回。
不可与明：即不守信用，不可盟誓。明，通"盟"。

穀

今名构树，落叶乔木，易生长，适应性强，不论平原、丘陵、山地均能生长。树皮纤维是著名的造纸材料，古人甚至用来织布。果实可食，根、种子、树汁可入药，叶是很好的猪饲料，木材轻软可作薪材。全株各部位均有特殊用途，是古代重要的经济植物。

我行其野

妻子发现丈夫变心，主动表示要回娘家去。

我行其野　蔽芾其樗（fèi chū）
昏姻之故　言就尔居
尔不我畜（xù）　复我邦家

我行其野　言采其蓫（zhú）
昏姻之故　言就尔宿
尔不我畜　言归斯复

我行其野　言采其葍（fú）
不思旧姻　求尔新特
成不以富　亦祇以异（zhǐ）

蔽芾其樗：言茂密的椿树。蔽芾，草木茂盛貌。樗，臭椿树，嫩叶可食。
言就尔居：于是就和你住到了一起。言，乃。
尔不我畜：指你不好好善待我。畜，养，一说善待。
蓫：草名，羊蹄菜，嫩苗嫩叶可食。
葍：又名小旋花、喇叭花。根可食。樗、蓫、葍古时皆被视为恶菜。
求尔新特：即转而追求你的新欢。特，配偶。
成不以富：确实不是因为你的新欢更富有。成，通"诚"。
亦祇以异：只是因为你变心了。祇，只。异，异心。

樗

今名臭椿，落叶乔木。与香椿相似，而皮较粗、木质较疏、叶有恶臭，被古人列为"不材之木""恶木"，常被用作木砖，或被勉强当成薪材取火。因繁殖容易、虫害少、能净化空气，在现代被推广为街道、矿区的绿化造林树种。

蓫

今名羊蹄菜，生长于田间、草地、河滩等湿地，多年生草本。嫩苗可食，其味略苦，多吃腹泻，被视为恶菜，救荒野菜。根可入药，成熟的种子磨成粉亦可食。

葍

今名小旋花，俗名打碗花、喇叭花，多年生缠绕草本。生存能力较
强的一种常见杂草。根可食，但久食则头晕破腹，被视为恶菜，救
荒野菜，花及根茎可入药。

斯干

周宣王时庆祝新宫室落成的诗。

秩秩斯干　　幽幽南山

如竹苞矣　　如松茂矣

兄及弟矣　　式相好矣　　无相犹矣

似续妣祖　　筑室百堵　　西南其户

爰居爰处　　爰笑爰语

约之阁阁　　椓之橐橐

风雨攸除　　鸟鼠攸去　　君子攸芋

如跂斯翼　　如矢斯棘

如鸟斯革　　如翚斯飞　　君子攸跻

殖殖其庭　　有觉其楹

秩秩斯干：秩，秩序。秩秩，河岸草木之貌。干，水岸。
如竹苞矣：有茂密的竹林。如，有。苞，草木丛生。
犹：欺诈。
似续：继承。百堵：言宫室之多。西南其户：指各种朝向的房子。
约之阁阁：约，束，指捆扎筑屋用的木条。阁阁，捆扎之声。
椓之橐橐：椓，击打。橐橐，板筑时用杵实土的声音。
风雨攸除：住进去无风雨之忧。攸：语助词。芋：通"宇"，居住。
如跂斯翼：二句指宫室像企立的人一样端庄，如箭般笔直。跂，跐起
脚。翼，对称端庄。斯，语助词。棘：急，引申为笔直。
革：翼、翅。翚：野鸡。跻：登，指登堂入室。
殖殖：平正。觉、楹：觉，高大。楹，厅堂前的柱子。

哙哙其正　哕哕其冥　君子攸宁

下莞上簟　乃安斯寝

乃寝乃兴　乃占我梦　吉梦维何

维熊维罴　维虺维蛇

大人占之

维熊维罴　男子之祥

维虺维蛇　女子之祥

乃生男子　载寝之床

载衣之裳　载弄之璋

其泣喤喤　朱芾斯皇　室家君王

乃生女子　载寝之地

载衣之裼　载弄之瓦

无非无仪　唯酒食是议　无父母诒罹

哙哙：宽敞明亮之貌。正：白天。哕哕：深广貌。冥：夜。
莞、簟：莞，指草席。簟，指竹席。古人席地而坐，上铺莞下铺簟。
罴：熊类，比熊大，有认为是棕熊。虺：蛇类动物。
大人：占梦之官，即太卜。
男子之祥：整句意为梦见熊是生儿子的祥兆。
璋：玉器。古时把玉给儿子，希望他有玉的品德，故生男曰"弄璋"。
朱芾：蔽膝。红色为贵。
裼：婴儿包被。
瓦：纺线的纺锤。把瓦给女儿，希望她胜任家务，故生女曰"弄瓦"。
无非无仪：指不要理会家中的是非，即无为。
唯酒食是议：指只讨论商量酒、食这些家务事。

无父母诒罹：不要使父母遭受非议。诒，遭受。罹，灾祸。

翟

翟是指有五彩羽毛的雉。雉，俗称野鸡，品种繁多，本篇所指应为
环颈雉中的河北亚种或内蒙古亚种。

莞

今名莞草，也称席草、咸草等，多年生草本。管状，中空有白髓，生长于田间、湖边湿地等浅水处。古时用来织席，因柔韧度不好，是下等制席材料，或充当细绳捆绑物品。

竹

多年生禾本，品种繁多，分布广泛，笋可食，成年竹自古广泛应用
于人类生活。

无羊

周宣王时庆贺并祝颂牧业发达兴旺的诗。前大半部分描绘大量的牛群与羊群在广阔的山野中活动，结尾部分和《斯干》篇一样转入吉祥之梦，预占未来更美好。

谁谓尔无羊　　三百维群

谁谓尔无牛　　九十其犉

尔羊来思　　其角濈濈

尔牛来思　　其耳湿湿

或降于阿　　或饮于池　　或寝或讹

尔牧来思　　何蓑何笠　　或负其餱

三十维物　　尔牲则具

尔牧来思

以薪以蒸　　以雌以雄

尔羊来思

群、犉：羊相聚曰群。牛相聚曰犉。

濈濈：聚集貌。

湿湿：牛耳扇动貌。

降于阿：指牛羊走下山坡。阿，丘陵。

讹：行动。

何蓑何笠：指牧人穿着蓑衣戴着斗笠。何，通"荷"。

餱：干粮。

三十维物：指畜群毛色有三十种。三十为虚数，言多。

尔牲则具：言足够作祭祀之用。牲，祭祀用的牛羊。具，具备。

薪、蒸：粗柴曰薪，细草曰蒸。

矜矜兢兢　不骞不崩
麾之以肱　毕来既升

牧人乃梦
众维鱼矣　旐维旟矣
大人占之
众维鱼矣　实维丰年
旐维旟矣　室家溱溱

矜矜兢兢：指羊群拥挤惊恐貌。

骞、崩：亏损、群疾。

麾之以肱：指牧人抬臂指挥畜群。麾，挥动。肱，手臂。

升：指畜群入圈。

众维鱼矣：指牧人梦见大量的鱼。

大人：占梦之官，即太卜。

旐、旟：旗名。龟蛇为旐，鸟隼为旟。

溱溱：众也。

节南山

一位名叫"家父"的朝臣严厉批评幽王时朝政的诗。指斥太师尹氏执政不平、委任小人，导致天下丧乱、民生艰难，最后乃点明需要追究"王讻"——幽王之凶德。

节彼南山　维石岩岩
赫赫师尹（yīn）　民具尔瞻
忧心如惔（tán）　不敢戏谈
国既卒斩（zú）　何用不监

节彼南山　有实其猗（ē）
赫赫师尹　不平谓何
天方荐瘥（cuó）　丧乱弘多
民言无嘉　憯莫惩嗟（cǎn）

尹氏大师（tài）　维周之氐
秉国之均　四方是维

节彼南山：指南山高峻的样子。节，高峻貌。
师尹：师，太师。三公之官，职掌兵权。尹，姓氏。
民具尔瞻：大意为人民都仰望你。具，俱。瞻，仰望。
惔：火烧。此字《韩诗》为"炎"。
国既卒斩：大意为国已到尽头（指西周亡）。卒：尽。斩，断绝。
何用不监：即为何还不细心察看。监，察。
有实其猗：山坡壮阔。
荐瘥：增降灾祸。荐，进、加。瘥，疾病瘟疫。
憯莫惩嗟：还不警惕历史教训。憯，语助词，乃。惩，戒止。
氐：根本、基石。
秉国之均：即掌握国家大权。秉，掌握。均，通"钧"。
376　四方是维：即维系四方诸侯的稳定。维，维系。

天子是毗^{pí}　俾^{bǐ}民不迷

不吊昊天　不宜空我师

弗躬弗亲　庶民弗信

弗问弗仕　勿罔君子

式夷式已　无小人殆^{dài}

琐琐姻亚　则无膴^{wǔ}仕

昊天不佣　降此鞠讻^{jū xiōng}

昊天不惠　降此大戾^{lì}

君子如届　俾^{bǐ}民心阕^{què}

君子如夷　恶怒是违^{wù}

不吊昊天　乱靡有定

毗：辅助。

不吊昊天：不吊，不善。昊天，上天。

空我师：使百姓贫困。空，穷困。师，大众。

式夷式已：式夷，求其平也。式已，大事躬亲也。式，用。夷，平。已，"己"之讹误。或解为消除停止错误行为。已，停止。

无小人殆：不亲近小人。殆，亲近。

琐琐姻亚 则无膴仕：大意为不要任人唯亲。姻，婿之父曰姻。亚，两婿相谓曰亚。膴，厚。仕，任用。膴仕，高位厚禄。

佣：均、公平。

鞠讻：极大的灾难。鞠，极。讻，凶，祸乱。

戾：灾祸。

君子如届：大意为如果掌权之人是君子。届，至。

俾民心阕：大意为就可以消除民愤。阕，止息。

夷：平正。

违：返，消除。

乱靡有定：指祸乱没有被平定。

式月斯生　俾民不宁
忧心如酲（chéng）　谁秉国成
不自为政　卒（cuì）劳百姓

驾彼四牡　四牡项领
我瞻四方　蹙蹙（cù）靡所骋

方茂尔恶（wù）　相尔矛矣
既夷既怿（yì）　如相酬矣

昊天不平　我王不宁
不惩其心　覆怨其正

家父作诵（sòng）　以究王讻
式讹（é）尔心　以畜（xù）万邦

式月斯生：每个月都有灾祸发生。

酲：病于酒，指忧愁不能消除。

项领：形容四匹公马伸长着脖子。

蹙蹙：局促不得舒展。

方茂尔恶：方，正。茂，盛、多，或解为增加。恶，作恶、恶行或憎恶。

相尔矛矣：相，看。矛，长矛，或解为斗殴。

怿：喜悦。

不惩其心：即不打心反思自己的行为。

覆怨其正：反而怨恨那些正人君子。

家父作诵：家父作诗讽谏。家父，人名，本篇作者。

王讻：即王之凶德。或解为王朝祸乱之因。

讹：化。

畜：休养；安定。

正 月

幽王时朝臣批评时政的诗。指斥幽王惑于褒姒而导致西周颠覆，同时又多自伤与无奈。

正月繁霜　我心忧伤

民之讹言　亦孔之将

念我独兮　忧心京京

哀我小心　瘋忧以痒
　　　　　shǔ　yáng

父母生我　胡俾我瘉
　　　　　　　yù

不自我先　不自我后

好言自口　莠言自口

忧心愈愈　是以有侮

忧心惸惸　念我无禄
　qióng

民之无辜　并其臣仆

哀我人斯　于何从禄

正月：若此为周历，则为夏历十一月。有学者解为夏历四月。

亦孔之将：言谣言传播之广。孔，很。将，大。

京京：忧愁不止。

瘋忧以痒：即忧郁成疾。瘋，极忧。痒，病。

胡俾我瘉：即为何要使我遭受痛苦。俾，使。瘉，病、痛苦。

不自我先：此二句意为叹祸乱不存于我出生前，也不赶在我死后。

莠言：恶言。

愈愈：忧惧貌。

惸惸：忧念貌。

并其臣仆：大意为一起沦落为奴隶。并，皆，或解为使。臣仆，奴仆、奴隶。

瞻乌爰止　于谁之屋

瞻彼中林　侯薪侯蒸
民今方殆^{dài}　视天梦梦^{méng}
既克有定　靡人弗胜
有皇上帝　伊谁云憎

谓山盖卑^{hé}　为冈为陵
民之讹言　宁莫之惩
召彼故老　讯之占梦
具曰予圣　谁知乌之雌雄

谓天盖高^{hé}　不敢不局
谓地盖厚　不敢不蹐^{jí}
维号斯言　有伦有脊
哀今之人　胡为虺蜴^{huǐ yì}

瞻乌爰止：此二句大意为，全国人都很贫困，看乌能落在谁的屋上。乌为吉鸟，落于屋顶为福禄的征兆。瞻，看。止，落、停留。
侯薪侯蒸：言林中有大木（薪）、细枝（蒸），喻朝中有贤者亦有小人。
殆：危。　梦梦：形容昏聩。
既克有定：以下四句意为一切有定数，非人力所为，就看上天的态度。
谓山盖卑：二句意为都说山那样矮，其实却都是高山。卑，微、矮。
宁莫之惩：为何不制止惩戒。宁，何。惩，戒、止。
具曰予圣：故老、占梦者都说自己最高明。
不敢不局：却不敢不弯着腰走路。局，曲，弯着身子。
蹐：小步。指小心翼翼走路，像怕地陷下去一样。
维号斯言：即喊出的这些话。号言，以上这些话。
有伦有脊：即有理有据。伦，道。脊，迹、规律。
胡为虺蜴：言人民畏惧官吏如怕虺蜴。

瞻彼阪田　　有菀其特（yù）

天之扤我（wù）　如不我克

彼求我则　　如不我得

执我仇仇（qiú）　亦不我力

心之忧矣　　如或结之

今兹之正　　胡然厉矣

燎之方扬　　宁或灭之

赫赫宗周　　褒姒灭之（bāo sì）

终其永怀　　又窘阴雨

其车既载　　乃弃尔辅

载输尔载　　将伯助予

无弃尔辅　　员于尔辐

阪田：山坡上的田。

有菀其特：总有特别茂盛的禾苗。菀，茂盛貌。特，特出之苗。

扤：动，摇。如不我克：大意为，非要按倒我不可。克，制胜。

彼求我则：以下四句大意为，朝廷求贤邀我入朝时唯恐找不到我。
等我入朝后，却又不重用我。执我，即待我。仇仇，傲慢貌。

今兹之正：如今的政治局面（或国家政策）。正，政。

厉：暴虐，或指局面糟糕。

燎之方扬：火烧得正旺。　宁或灭之：谁能熄灭。

褒姒：周幽王宠妃。后世将西周灭亡归结于褒姒之祸。

终其永怀：二句意为即怀着深长的忧愁，又受困于阴雨。

其车既载：以下四句意为车子载满物品，你却抽掉了车箱板。等到
货物翻落，你又让我来帮你。辅，车箱板。输，堕也。伯，长者。

员于尔辐：增粗你车轮的辐条。员，益也。

381

屡顾尔仆　不输尔载

终逾绝险　曾(zēng)是不意

鱼在于沼　亦匪(fěi)克乐(yào)

潜虽伏矣　亦孔之炤

忧心惨惨(cǎo)　念国之为虐

彼有旨酒　又有嘉殽(yáo)

洽(xié)比其邻　昏姻孔云

念我独兮　忧心慇慇

佌佌(cǐ)彼有屋　蓛蓛(sù)方有穀

民今之无禄　天夭(zhuó)是椓

哿(gě)矣富人　哀此惸(qióng)独

屡顾尔仆：多看几眼你的车夫。
曾是不意：大意为，你竟然对以上这些规则毫不在意。
鱼在于沼：以下四句大意为鱼在池沼中，并非鱼之喜好，虽然潜
到了水底，却仍因水清无法躲避。炤，明。
彼有旨酒：以下四句形容朝臣之间的裙带关系。佳殽，同"佳
肴"。洽，通"协"，和好、融洽。邻，亲近的人。云，周旋。
佌佌、蓛蓛：皆形容朝臣之小人鄙陋。或可解为屋、穀之形容词。
穀：俸禄。
天夭是椓：天降灾祸，给百姓沉重打击。夭，摧残。椓，以斧劈
柴，喻沉重打击。
哿：表称许之词，嘉、快乐。
惸独：孤独无依靠之人。

虺

今名蝮蛇，有鳞目蝮蛇科动物的通称，生活于平原、丘陵及较低的山区，穴居，有冬眠特性，肉食性。牙齿含有毒素，是咬伤人的主要蛇种。可入药，制成蛇酒、蛇粉等。

蜴

石龙子，有鳞目蜥蜴亚目石龙子科，蜥蜴的通称。栖于山野草丛中，爬行迅速，肉食性，以鸟虫为食，擅长躲避人类。

十月之交

幽王时朝臣批评时政的诗。开始将日食、地震视为天下震荡之兆，继而指斥奸邪用事，贤者不安，而最终仍自勉当努力尽职。

十月之交　朔月辛卯（mǎo）

日有食之　亦孔之丑

彼月而微　此日而微

今此下民　亦孔之哀

日月告凶　不用其行（háng）

四国无政　不用其良

彼月而食　则维其常

此日而食　于何不臧

烨烨震电（yè）　不宁不令

百川沸腾　山冢崒崩（zhǒng suì）

十月之交：十月开头。十月指周历十月，夏历八月。交，开始进入。

朔月辛卯：初一辛卯日这天。朔月，指阴历每月初一。

日有食之：指这天有日食。据天文学家推算，周幽王六年十月初一（即前776年9月6日）这天发生了日食，这是世界上可考的最早日食记录。

亦孔之丑：指这是个很不好的预兆。孔，很。丑，恶、不好。

微：无光。

告凶：告天下以兴亡之征也。

不用其行：指日月都不按照正常的轨迹运行。行，道、度。

彼月而食：以下四句大意为，月食是正常的，而不正常的日食则是不祥的预兆。不臧，不善、不吉利。

烨烨：闪电发光貌。震，雷。宁、令：安宁、善。

山冢崒崩：山顶崩塌。冢，山顶。崒，碎。

385

高岸为谷　深谷为陵

哀今之人　胡憯(cǎn)莫惩

皇父卿士　番维司徒

家伯维宰　仲允膳夫

棸(zōu)子内史　蹶(guì)维趣(cù)马

楀(jǔ)维师氏　艳妻煽方处(chǔ)

抑此皇父　岂曰不时

胡为我作　不即我谋

彻我墙屋　田卒(zú)污莱

曰予不戕(qiāng)　礼则然矣

皇父孔圣　作都于向

胡憯莫惩：何曾不引以为戒。憯，曾。惩，警戒。

皇父、家伯、仲允：均为大臣的字。

番、棸、蹶、楀：均为大臣的氏。

卿士、司徒、宰、膳夫、内史、趣马、师氏：皆为周朝官职名称。

艳妻煽方处：指以上这些周王的宠臣，他们和周王的宠姬煽惑在一处。方，并。方处，指以上七人和周王艳姬同处高位。

抑：叹词。岂曰不时：指皇父并不认为自己在不合时令时役使百姓。

彻：通"撤"，拆毁。

田卒污莱：指农田荒废，积满污水野草。莱，藜草，此泛指野草。

曰予不戕：此二句大意为，皇父说，我并没伤害你们，按礼制应当如此。戕，残害。

孔圣：很圣明。这里是讽刺之意。

作都于向：指要在向地建都城。向，地名。

择三有事　亶侯多藏

不慭遗一老　俾守我王

择有车马　以居徂向

黾勉从事　不敢告劳

无罪无辜　谗口嚣嚣

下民之孽　匪降自天

噂沓背憎　职竞由人

悠悠我里　亦孔之痗

四方有羡　我独居忧

民莫不逸　我独不敢休

天命不彻　我不敢效我友自逸

择三有事：选择人来担任向城的三卿。
亶侯多藏：确实有很多财物。亶，确实。侯，维。藏，积蓄、聚敛，或通"臧"，多藏即多才多能。
不慭遗一老 俾守我王：指不肯留下一名老臣来守卫君王。慭，愿也、强也。
择有车马 以居徂向：指挑选城中富户，一起迁往向地定居。
孽：灾难。
噂沓背憎 职竞由人：指当面言欢背后相骂，灾祸都是这些人挑起的。噂沓，相对谈语。职，主。竞，强。
里：通"悝"，忧伤。
痗：病。
四方有羡：指大家都悠闲安乐。羡，宽裕。
天命不彻：上天不遵循常道。
效我友自逸：效仿我友贪图享受。

雨无正

幽王身边侍御小臣哀叹西周覆灭，指斥君王昏暴、执事六臣自私误国，使人民蒙受巨大灾难。语意极沉痛。有较六可能是周室东迁以后之作。

浩浩昊天　　不骏其德

降丧饥馑　　斩伐四国

昊天疾威　　弗虑弗图

舍彼有罪　　既伏其辜

若此无罪　　沦胥以铺

周宗既灭　　靡所止戾

正大夫离居　　莫知我勩

三事大夫　　莫肯夙夜

邦君诸侯　　莫肯朝夕

不骏其德：指老天的恩赐并不是长久的。骏，长也。

降丧饥馑 斩伐四国：指老天降下死亡与饥荒残害天下人。

昊天疾威 弗虑弗图：言上天暴虐，根本不作任何考虑。昊，原文误作"旻"。疾威，暴虐。虑、图皆为考虑之意。

舍彼有罪：以下四句大意为，舍弃那些有罪的，隐其罪恶。而那些无罪的却受到牵连。可解释为上天降灾祸于天下，并不会涉及到那些有权有势的坏人。反而使那些无罪的贫民遭受痛苦。付，隐藏。辜，罪。沦，陷。胥，连带。铺，通"痡"，痛苦。

周宗既灭：这里是指西周灭亡。

靡所止戾：即居无定所、无家可归。戾，定。

正大夫离居：指正大夫逃离了镐京。正大夫，六卿之长。

勩：劳。

三事：官名。指太师、太傅、太保。

莫肯夙夜：意即不肯为国事辛劳。夙夜，早晚。

庶曰式臧　覆出为恶

如何昊天　辟^{pi}言不信
如彼行迈^{xíng}　则靡所臻^{zhēn}
凡百君子　各敬尔身
胡不相畏　不畏于天

戎成不退　饥成不遂
曾^{zēng}我暬^{xiè}御　憯憯^{cǎn}日瘁
凡百君子　莫肯用讯^{sui}
听言则答　谮^{zèn}言则退

哀哉不能言
匪^{fēi}舌是出　维躬是瘁^{cuì}
哿^{gě}矣能言　巧言如流　俾躬处休

庶曰式臧　覆出为恶：直译为，本希望能变好，反而更坏。此二句或
指掌权诸人，或指国家状况。庶，希望。臧，善。覆，反。
辟言：法度之言。
如彼行迈：以下二句大意为，就像那远行的流浪者，毫无目的地游
走。行迈，远行。臻，至。
凡百君子　各敬尔身：指朝中百官们只知道独善其身。
戎成不退：犬戎之祸已成，尚未退息，西周即灭于犬戎之祸。
暬御：侍御，左右亲近之臣。憯憯日瘁：憯，忧貌。瘁，病。
讯："谇"之假借字，谏言。
听言则答　谮言则退：以言之顺逆作取舍。谮言，谏言。
哀哉不能言：以下三句大意是指不会说话的人，并不是舌头笨拙，
而是怕给自己招来灾祸。出，通"拙"。躬，自身。
哿矣能言：以下三句大意为，那些能言之人，巧舌如簧就能得到高
官厚禄。哿，赞许之词。休，吉庆、福禄。

维曰于仕　孔棘且殆
云不可使　得罪于天子
亦云可使　怨及朋友

谓尔迁于王都　曰予未有室家
鼠思泣血　无言不疾
昔尔出居　谁从作尔室

孔棘且殆：形容出来做官，常常危机四伏的状态。棘，急。殆，危。
云不可使：指如果说这些事情不可以做。
鼠思：忧思。
昔尔出居：二句大意为当初你逃离镐京，是谁帮你筑的宫殿。

小旻

朝臣批评君王惑于邪谋而不能从善，政治失去方向。

旻天疾威　敷于下土
谋犹回遹　何日斯沮
谋臧不从　不臧覆用
我视谋犹　亦孔之邛

潝潝訿訿　亦孔之哀
谋之其臧　则具是违
谋之不臧　则具是依
我视谋犹　伊于胡厎

我龟既厌　不我告犹
谋夫孔多　是用不集

敷：布。指上天降灾遍布于天下。
谋犹回遹：此二句指政令都是错误的，何日才能终止。谋，指政
策。犹，道、谋。回遹，邪僻。沮，止。
谋臧不从：以下四句大意为，好的政策不用，反而去用那些不好
的。我看这些政策啊，都有很严重的问题。邛，病。
潝潝訿訿：潝潝，互相附和吹捧貌。訿訿，互相诋毁争吵貌。此句
形容百官谋划政令的样子。
谋之其臧：以下六句大意为，好的策略，周王全部予以否认，不好
的策略却全面依从。我看这些政策啊，要把国家拖到怎样的境地。
具，俱。于，往。厎，至、地步。
我龟既厌：此二句大意是指用龟壳占卜过于频繁，以至于它不再告
诉我这些政令的凶吉。犹，道、谋。
谋夫孔多：以下四句大意为，谋划者太多，所以不能成功，发言者太
多，却没人站出来承担责任。集，就、成功。执，担当。

391

发言盈庭　谁敢执其咎

如匪行迈谋　是用不得于道
（匪 bǐ　háng）

哀哉为犹　匪先民是程　匪大犹是经
（先 fēi）

维迩言是听　维迩言是争

如彼筑室于道谋　是用不溃于成

国虽靡止　或圣或否
（否 pǐ）

民虽靡膴　或哲或谋　或肃或艾
（膴 wǔ　艾 yì）

如彼泉流　无沦胥以败

不敢暴虎　不敢冯河
（冯 píng）

人知其一　莫知其他

战战兢兢　如临深渊　如履薄冰

如匪行迈谋：以下二句意为，就如同向那浪游者问路，终究得不到正确的答案。匪，彼。

匪先民是程：以下二句意为实施政令不守古制，不遵大道。程，法。经，行。

迩言：即浅言，肤浅而无远见之言。

如彼筑室于道谋：以下二句意为，就像盖屋子却去谋于路人，终究没法盖得成。溃，达到。

靡止：不大。止，至、极，引申为大。

靡膴：不多。膴，众多。

哲、谋：明智、善谋。

肃、艾：严谨、办事能力强。

如彼泉流：以下二句意为，如那奔泉，终究逝去不返，一败涂地。诗人以此警国。沦胥：相率，一个接一个地。

暴虎：搏虎，徒手打虎。

392　冯河：涉水过河。

虎

虎，大型猫科动物，在我国有四个亚种，《诗经》中各篇所指应为
东北虎或华南虎。虎是我国最早的图腾之一，曾广泛分布，目前已
近绝迹。

小宛

诗人自述生活在动荡而危险的环境中，不得不处处小心，以此自戒。

宛彼鸣鸠　　翰飞戾天
我心忧伤　　念昔先人
明发不寐　　有怀二人

人之齐圣　　饮酒温克
彼昏不知　　壹醉日富
各敬尔仪　　天命不又

中原有菽　　庶民采之
螟蛉有子　　蜾蠃负之
教诲尔子　　式穀似之

题彼脊令　　载飞载鸣

宛：小貌。　翰飞戾天：高飞至天空。翰飞，高飞。戾，至。
明发：天亮时。　二人：父母也。
人之齐圣：指聪明睿智的人。　温克：温藉自持。
彼昏不知：指糊涂无知之人。
壹醉日富：终日醉酒的安乐状。另有解为醉酒夸富。富，或通
"福"，安乐。
不又：不再、不持续。
螟蛉有子　蜾蠃负之：蜾蠃捕捉螟蛉等小虫，做幼虫的食物。古人误
认为蜾蠃养育螟蛉为己子。螟蛉，螟蛾的幼虫。蜾蠃，细腰蜂。
教诲尔子　式穀似之：教育你的孩子，行善延续祖德。式，用。穀，
善。似，通"嗣"，继嗣。
题彼脊令：看那鹡鸰鸟。题，视。

我日斯迈　而月斯征

夙兴夜寐　毋忝尔所生 _(tiǎn)_

交交桑扈 _(hù)_　率场啄粟

哀我填寡　宜岸宜狱

握粟出卜　自何能穀

温温恭人　如集于木

惴惴小心 _(zhuì)_　如临于谷

战战兢兢　如履薄冰

我日斯迈 而月斯征：我天天奔波，你月月出行。而，你。

毋忝尔所生：不要辱没了你父母的名誉。忝，辱没。生，一说指父
母，一说指人的一生。

交交桑扈：交交，或小貌，或鸟鸣貌。桑扈，鸟名，即青雀。

哀我填寡：以下四句大意为，可怜我已经贫困交加，还要被关进
牢房，抓把米出去占，何时才能转危为安。填，通"殄"，苦也。
寡，寡财。岸，牢房。卜，占卜。穀，善、吉。

温温恭人 如集于木：温良而柔顺之人，像爬到高树（以此接下文
之谨慎）。

如临于谷：谷，深谷。

蜾蠃

蜾蠃蜂，又称土蜂、细腰蜂等，膜翅目蜾蠃科，为小型蜂。营巢于树上或墙壁上，用泥土筑成。成虫食花蜜和花粉，捕螟蛉等为幼虫作食饵，古人误以为其将螟蛉衔回收养，故称螟蛉为其义子。蜾蠃全虫可入药。

小弁

诗人无辜被加罪而遭放逐，作此诗自述内心的委屈与悲伤。

弁彼鸒斯　归飞提提
民莫不穀　我独于罹
何辜于天　我罪伊何
心之忧矣　云如之何

踧踧周道　鞠为茂草
我心忧伤　惄焉如捣
假寐永叹　维忧用老
心之忧矣　疢如疾首

维桑与梓　必恭敬止
靡瞻匪父　靡依匪母

弁彼鸒斯：弁，乐也。鸒，鸟名，亦名雅乌，寒鸦。斯，语助词。
提提：群飞貌。
民莫不穀：大家没有不幸福的。穀，善，指生活美好。
何辜于天 我罪伊何：大意为何处得罪了上天，我到底有何罪过。
踧踧：平坦貌。
鞠：穷、尽。指周道已长满野草。
惄焉如捣：指心忧如棒捣。惄，思，想起来。捣，心疾也。
假寐：不脱冠衣而寐。
维忧用老：忧伤使人衰老。用，而、以。
疢：病，泛指烦恼、忧病。
维桑与梓 必恭敬止：桑树、梓树为父母所栽，子孙看见，缅怀先
人，必恭必敬。
靡瞻匪父：没有不瞻仰父亲的。

不属于毛　不罹于里

天之生我　我辰安在

菀彼柳斯　鸣蜩嘒嘒

有漼者渊　萑苇淠淠

譬彼舟流　不知所届

心之忧矣　不遑假寐

鹿斯之奔　维足伎伎

雉之朝雊　尚求其雌

譬彼坏木　疾用无枝

心之忧矣　宁莫之知

相彼投兔　尚或先之

行有死人　尚或墐之

不属于毛　不罹于里：指无依无靠。毛，指皮毛，外阳喻父。里，衬里，内阴喻母。罹，或作"离"，依附。

我辰：我的时运。

菀：茂盛貌。

鸣蜩嘒嘒：蜩，蝉。嘒嘒，象声词，蝉鸣声。

漼：水深貌。

萑苇淠淠：萑苇，芦苇。淠淠，茂盛貌。

不知所届：不知所至。届，至。

不遑假寐：大意为，没空打个盹儿。不遑，顾不得。

维足伎伎：形容鹿奔跑时四足翻腾的状态。伎伎，舒缓貌，此指鹿缓奔以待同伴。

雉之朝雊：雉，雄野鸡。雊，雉鸣。

坏木：瘣木，内伤致病。疾用无枝：生了病的树木，其枝叶也凋零了。

投兔：掩捕在笼子里的兔。先之：即打开笼子，放了它。先，开放。

墐：埋葬。

398

君子秉心　维其忍之
心之忧矣　涕既陨之^{yǔn}

君子信谗　如或酬之
君子不惠　不舒究之
伐木掎矣^{jǐ}　析薪扡矣^{chǐ}
舍彼有罪　予之佗矣^{tuó}

莫高匪山^{fěi}　莫浚匪泉^{jùn}
君子无易由言　耳属于垣^{zhǔ yuán}
无逝我梁　无发我笱^{gǒu}
我躬不阅　遑恤我后

君子秉心：指"君子"心存不良。秉心，居心。 忍：残忍。
涕既陨之：即陨涕，掉眼泪。
如或酬之：如被敬酒一样感到欣慰舒坦。
不舒究之：不慢慢纠察验证。
伐木掎矣 析薪扡矣：二句大意为，砍树要用绳拉倒它，劈柴要顺
着纹路劈。掎，牵引。扡，顺着木纹剖开。
予之佗矣：意指把有罪的人放过，却把罪责加于我。佗，加。
君子无易由言 耳属于垣：大意指君子不轻易说话，因隔墙有耳。
无逝我梁：以下四句见《邶风·谷风》注。

蜩

今名蝉，俗称知了，同翅目蝉科的通称，常见的如蚱蝉等。蝉产卵
于嫩枝，然后将枝条的皮层切断，使之枯死易落地。卵孵化后进入
土中成为幼虫，吸食植物根部汁液，一般在土中发育四年，最长可
达十七年，成熟后挖隧道钻出地面，蜕皮羽化为成虫，所蜕之皮为
著名中药材。

梓

今名梓树，落叶乔木。生于海拔500~2500米的低山河谷，野生已
不可见，多栽种于村庄附近及公路两旁。树干通直，木质轻易加
工，常供建筑之用。嫩叶可食，根皮、树皮、果实、叶均可入药。
广泛分布于长江流域及以北地区、东北南部、西南。

巧言

幽王时朝臣批评时政的诗。指斥谗人巧言厚颜，而居高位者信任之，所以召致祸乱。

悠悠昊天　　曰父母且（jū）

无罪无辜　　乱如此幠（hū）

昊天已威　　予慎无罪

昊天泰幠　　予慎无辜

乱之初生　　僭始既涵（jiàn）

乱之又生　　君子信谗

君子如怒　　乱庶遄沮（chuán jū）

君子如祉　　乱庶遄已

君子屡盟　　乱是用长（zhǎng）

君子信盗　　乱是用暴

盗言孔甘　　乱是用餤（tán）

匪（fēi）其止共　　维王之邛（qióng）

曰父母且：以苍天为父母。或解叹句，即父母啊！且，语助词。

幠：大。慎：诚也。泰幠：大而又大。指降祸之大。

僭始既涵：谗言一开始就被容许。僭，谗言。涵，包容。

君子如怒　乱庶遄沮：君子见谗人如怒斥之，则可迅速终止祸乱。遄，快速。沮，终止。

祉：福，这里指任用贤人。二句意谓任用贤人则祸乱终止。

屡盟：君王常与臣子结盟。这里指此作风有违为君之道，滋生政乱。

乱是用长：助长了祸乱的滋生。用，以。长，助长。

信盗：相信谗言者。

孔甘：很甘甜。指谗言如蜜。餤：进食。引申为增多。

匪其止共　维王之邛：不遏止谗人构乱，则危害君王。共，通"供"。

奕奕寝庙　君子作之
秩秩大猷　圣人莫之
他人有心　予忖度之
跃跃毚兔　遇犬获之

荏染柔木　君子树之
往来行言　心焉数之
蛇蛇硕言　出自口矣
巧言如簧　颜之厚矣

彼何人斯　居河之麋
无拳无勇　职为乱阶
既微且尰　尔勇伊何
为犹将多　尔居徒几何

奕奕：大貌。
秩秩：聪明有智貌。猷：谋略。莫：谋划、计议。
他人有心：指那些小人有所图谋。
毚兔：狡兔。
遇犬获之：指这些小人如狡兔，遇到猎犬就无处可逃。
荏染：柔弱貌。树之：栽种之。树为动词。
往来：辗转相传。行言：行道之言，即留言。
蛇蛇：蛇，通"訑"，轻率貌。硕言，大话。
河之麋：河岸。麋，通"湄"，水边。
职为乱阶：祸乱的台阶。职，主要。
既微且尰：以下四句大意为，脚又烂又肿，你还有什么勇气可谈，诡计多端，你还有多少作乱的同党。微，通"癥"，足上疮。尰，足肿。犹，谋、诡计。将，有多、大意。居，语助词。徒，同党。

403

何人斯

诗人指斥一个曾经和自己关系密切的同僚背后危害自己，表示同他绝交。

彼何人斯　其心孔艰

胡逝我梁　不入我门

伊谁云从　维暴之云

二人从行^{xíng}　谁为此祸

胡逝我梁　不入唁我^{yàn}

始者不如今　云不我可

彼何人斯　胡逝我陈

我闻其声　不见其身

不愧于人　不畏于天

彼何人斯　其为飘风

胡不自北　胡不自南

胡逝我梁　只搅我心

尔之安行^{xíng}　亦不遑舍

尔之亟行　遑脂尔车

壹者之来　云何其盱^{xū}

尔还而入^{huán}　我心易也

404

还而不入　否难知也
壹者之来　俾(bǐ)我祇(qí)也

伯氏吹埙(xūn)　仲氏吹篪(chí)
及尔如贯　谅不我知
出此三物　以诅(zǔ)尔斯

为鬼为蜮(yù)　则不可得
有靦(tiǎn)面目　视人罔极
作此好歌　以极反侧

其心孔艰：指心肠特别硬。艰，狠心，或艰深。

胡逝我梁：为什么经过我的鱼梁。梁，鱼坝，这里代指家门口。

伊谁云从：即从其谁。或可解为听从谁的话。

维暴之云：暴，古解为人名，即暴公，与诗人皆周士大夫，与之绝交。

此祸：指二人感情恶化之事。

唁我：安慰我。

始者不如今：开始时并不像今天这样。　云不我可：不认同我。

陈：堂前的路。

不愧于人：即对人不感到惭愧。

飘风：暴起之风。

胡不自北：以下四句大意，为何不走北，不走南，偏偏经过我家门口，挠我心神。

安行：缓行。亦不遑舍：也没空停下来休息。遑，闲暇。舍，息。

亟行：急行。遑脂尔车：指抽空停车只为给车轴添油。脂，车油。

壹者之来 云何其盱：大意为，指望着你来，说什么看我一下。壹者，发语词。盱，张目、看，一说通"吁"，忧愁。

否难知也：无法知悉我的困境。否，可解为不好的事情。

俾我祇也：使我安心。俾，使。祇，安心。

伯氏、仲氏：老大、老二。言兄弟也。

埙、篪：古代两种乐器。埙以陶制，篪以竹制。

贯：用绳串物。指二人曾同舟共济。谅不我知：诚不知我。

三物：指犬、豕、鸡。盟誓敬神之用。诅：盟誓。

视人罔极：言人相示无有极时，终必相见。视，通"示"。罔，无。

以极反侧：以揭露反复无常之人。反侧，反复无常。

405

巷伯

宦官孟子痛斥在背后用谗言害人的"谮人"作恶多端，诅骂他不得好死。或以为这位"孟子"就是因为遭受谗言才遭刑罚而成为宦官的。

萋兮斐兮　　成是贝锦
彼谮人者（zèn）　　亦已大甚（tài）

哆兮侈兮（chǐ）（chǐ）　　成是南箕（jī）
彼谮人者　　谁适与谋

缉缉翩翩　　谋欲谮人
慎尔言也　　谓尔不信

捷捷幡幡（fān）　　谋欲谮言
岂不尔受　　既其女迁（rǔ）

骄人好好　　劳人草草

萋、斐：花纹错杂貌。
成是贝锦：指五彩的图案织成了贝锦。以此喻谮者巧于言。
哆：张口貌。侈：大。
南箕：星名。即箕宿。古人认为箕主口舌，故以此比谗者。
谁适与谋：指谁肯与他们谋事。
缉缉：口舌声。翩翩：往来貌。
谋欲谮人：总是想着如何去诋毁别人。
捷捷：能言善辩貌。幡幡：往来貌。
岂不尔受：即岂不受尔，岂能不接受你的甜言蜜语。
既其女迁：指谮者终究祸及其身。
好好：喜也。草草：劳心也。

苍天苍天

视彼骄人　矜此劳人

彼谮人者　谁适与谋
（zèn）

取彼谮人　投畀豺虎
（bì）

豺虎不食　投畀有北

有北不受　投畀有昊

杨园之道　猗于亩丘
（yǐ）

寺人孟子　作为此诗

凡百君子　敬而听之

矜：怜悯。

投畀：投给。畀，给予。豺虎：有以为原文当为"虎豺"。

北：北方寒凉不毛之地。

昊：天。

杨园之道：杨园，园名。指诗人在去杨园的路上作此诗。

猗：紧挨着。

寺人：古代宫中供使令的小臣，即后世宦官、太监。

孟子：寺人自称。

豺

豺，犬科，体型似犬而小于狼，栖息于山地、丘陵、森林或热带丛林。性彪悍，常结小群集体猎食，杂食性，以肉食为主。

谷风

诗人感慨朋友背弃自己，此人思小怨而忘大德，可以共患难而不能共安乐。

习习谷风　维风及雨
将恐将惧　维予与女
将安将乐　女转弃予

习习谷风　维风及颓
将恐将惧　寘予于怀
将安将乐　弃予如遗

习习谷风　维山崔嵬
无草不死　无木不萎
忘我大德　思我小怨

习习：风声。谷风：山谷中之风。
女：通"汝"，你。
将：且。一说作语助。
颓：通"霾"，雷。
寘予于怀：即将我揽入怀里。寘，同"置"。
崔嵬：山巅。

蓼莪

哀叹生活艰难，虽深念父母之恩，而不奉养父母使之善终。

蓼蓼者莪　匪莪伊蒿
哀哀父母　生我劬劳

蓼蓼者莪　匪莪伊蔚
哀哀父母　生我劳瘁

缾之罄矣　维罍之耻
鲜民之生　不如死之久矣
无父何怙　无母何恃
出则衔恤　入则靡至

父兮生我　母兮鞠我
抚我畜我　长我育我

蓼蓼：高大貌。莪：萝蒿。
匪莪伊蒿：指细看不是莪而是蒿。此蒿应为青蒿。
蔚：牡蒿。
缾之罄矣　维罍之耻：缾，同"瓶"。瓶小罍大，瓶竭则罍无所资，是以罍耻。或以瓶喻家，罍喻国，家贫，是以国耻。
鲜民：即寡民，孤贫之民。或以为"鲜"通"斯"，斯民即此民。
怙：依靠。
衔恤：含着忧愁。
靡至：无所归依，或解为看不到父母。
鞠：养育。
抚、畜：抚爱、养育。

410

顾我复我　出入腹我^{bào}

欲报之德　昊天罔极

南山烈烈　飘风发发^{bō}

民莫不穀　我独何害

南山律律　飘风弗弗

民莫不穀　我独不卒^{zú}

腹：同"抱"。

昊天罔极：父母之恩如天，大而无穷。言无以为报。

烈烈：艰阻貌。

发发：风狂貌。

民莫不穀：指大家都生活得很好。穀，善，或养。

我独何害：独我承受这样的不幸。何，通"荷"，承受。

律律：同"烈烈"。

弗弗：风声。

卒：终。指终养父母。

蔚

今名牡蒿，多年生草本，生长于林缘、旷野、灌丛、山坡、路旁。
嫩苗可食，味苦，在古代属于救荒植物。全草可入药。

大东

位于都城东方邦国的人民，叹息赋敛过度，民生艰困，指责西人、东人，苦乐不均。遥望璀璨的星空，老天爷也无法解决小民的困苦。

有饛簋飧 méng guǐ sūn　有捄棘匕 qiú

周道如砥 zhǐ　其直如矢

君子所履　小人所视

睠言顾之 juàn　潸焉出涕 shān

小东大东　杼柚其空 zhù zhóu

纠纠葛屦 jù　可以履霜

佻佻公子 tiāo　行彼周行 xíng háng

既往既来　使我心疚

有冽氿泉 guǐ　无浸穫薪 huò

契契寤叹　哀我惮人 dàn

薪是穫薪　尚可载也

有饛簋飧：指簋装满了食物。饛，满簋貌。簋，古食器。飧，熟饭。
有捄棘匕：有长柄的木制饭勺。捄，长貌。棘匕，棘木制的饭勺。
周道如砥：大路平坦而光滑。砥，磨刀石，或可解为打磨得光滑。
君子所履 小人所视：贵族行于大道，小民只能观望。
睠：同"眷"，反顾也。潸：泪流貌。
小东大东：东，指东方各诸侯国。大小以远近论，近曰小，远曰大。
杼柚其空：织布机都空着。指织布机上未织好的布都被搜刮一空。
杼、柚，织机上的两个重要部件。
佻佻：轻薄不耐劳苦之貌。
氿泉：侧出泉。穫薪：砍下的柴。一说"穫"通"檴"，木名。
契契：忧苦貌。寤叹：睡不着而叹息。惮：劳苦。

413

哀我惮人　亦可息也

东人之子　职劳不来 ^(lài)

西人之子　粲粲衣服

舟人之子　熊罴是裘 ^(pí)

私人之子　百僚是试

或以其酒　不以其浆

鞙鞙佩璲 ^(xuān)(suì)　不以其长

维天有汉　监亦有光 ^(jiàn)

跂彼织女 ^(qí)　终日七襄

虽则七襄　不成报章 ^(pǐ)

睆彼牵牛 ^(huǎn)　不以服箱

亦可息也：一说原文当为"不可息也"。

职劳不来：只有辛劳而得不到安慰。职，只。来，通"勑"，安慰。

西人：指周京师来的人。舟人：周人的谐音。言周王朝贵族子弟。

私人：下层人。或小民，或私家奴隶。

百僚是试：干着各种奴隶的活。僚，古代奴隶的一种。试，任用。

或以其酒 不以其浆：东国进贡的美酒，周贵族们却嫌其寡淡如浆。

鞙鞙：玉美貌。璲：瑞玉名，可以为佩。

维天有汉：看那天上的银河。汉，银河。

监：同"鉴"，镜子。指银河像镜子一样。

跂彼织女 终日七襄：三足鼎立的织女星整日忙碌，七个时辰内七次移位。跂，鼎足貌。七襄，七次移动位置。

不成报章：也不能织出美丽花纹的布匹。报，匹。章，花纹。

睆：明星貌。

不以服箱：指牛郎星不能真像牛郎般驾车。服，负。箱，大车之箱。

启明、长庚：星宿名，启明日出前现于东，长庚日落后现于西。二者实为一星，古人误为二星。

东有启明　西有长庚

有捄天毕　载施之行 háng

维南有箕 jī　不可以簸扬 bǒ

维北有斗　不可以挹酒浆 yì

维南有箕　载翕其舌 xī

维北有斗　西柄之揭

天毕：星宿名。共八星，形状像田猎用的毕网（带柄的网）。

载施之行：形容毕星蔓延于天空的样子。载，乃。施，蔓延。行，
星运行的轨道。

箕、斗：星宿名，即箕星、北斗星。箕星像簸箕，故不可簸扬。

挹：舀。

载翕其舌：箕星吞吐着舌头。

西柄之揭：自西高举长柄。揭，高举。按本章末四句，箕星张口
要吞咽，斗星柄指向西方，比喻西人向东方搜刮和榨取。

熊

熊有多个物种，我国最常见的为狗熊。狗熊常活动于海拔3000米左右植被茂盛的山地，冬季会迁居于海拔较低的密林，偶尔也会游荡到平原地带。杂食性，会游泳，能爬树，有冬眠习性。

四月

行役之人为王事所驱奔走四方，由夏历秋而至冬，莫能归，
作歌告哀。

四月维夏　六月徂暑
先祖匪人　胡宁忍予
<small>fēi</small>

秋日凄凄　百卉具腓
乱离瘼矣　爰其适归
<small>mò</small> <small>fēi</small>

冬日烈烈　飘风发发
民莫不穀　我独何害
<small>gǔ</small> <small>bō</small> <small>hè</small>

山有嘉卉　侯栗侯梅
废为残贼　莫知其尤

相彼泉水　载清载浊
我日构祸　曷云能穀
<small>hé</small> <small>gǔ</small>

徂：往。
匪人：不是别人。胡宁忍予：为何忍我遭此祸。
腓：草木枯萎。
瘼：疾苦。
爰其适归：指归无所依。爰，于、在。适，往。
我独何害：我独受苦。何，通"荷"。
侯：句首助词，相当于"惟"。
废为残贼 莫知其尤：指受到巨大残害，却不知到底有何大罪。此
当为诗人自言。
我日构祸 曷云能穀：我天天遭遇祸患，何日才能过上好日子。
构，遇。

417

滔滔江汉　南国之纪

尽瘁以仕　宁莫我有

匪鹑匪鸢　翰飞戾天

匪鳣匪鲔　潜逃于渊

山有蕨薇　隰有杞㭎

君子作歌　维以告哀

南国之纪：指长江、汉水是南国百川的纲纪。

宁莫我有：指为何对我没有一点情谊。有，通"友"。

匪鹑匪鸢：以下四句指做人不能像鸟一样飞往高空，亦不能像鱼一
样潜逃水底。言人不如鸟、鱼自由。鹑，雕。鸢，老鹰。鳣，鲤
鱼。鲔，鲟鱼。

㭎：木名。赤栜。

鹑

金雕，又称雕，隼形目，鹰科。大型猛禽，生活于深山幽谷、森林、草原、荒漠。飞行迅速，盘旋于高空。主要捕食大型鸟类及兽类，也捕食家畜、家禽。营巢于高山悬崖或峭壁的树上。

419

北山

幽王时大夫批评役使不均，自己尽瘁事国，而有些人却无
所事事，高谈阔论。

陟彼北山　言采其杞

偕偕士子　朝夕从事

王事靡盬　忧我父母
（盬 gǔ）

溥天之下　莫非王土
（溥 pǔ）

率土之滨　莫非王臣

大夫不均　我从事独贤

四牡彭彭　王事傍傍
（彭 páng）（傍 bēng）

嘉我未老　鲜我方将

旅力方刚　经营四方

或燕燕居息　或尽瘁事国

陟：登。

言：语助词。

偕偕：强壮貌。士子：小官吏，诗人自称。

靡盬：不停息，指做不完的差事。

率土之滨：即四海之内。率：循、沿着。滨，涯、水边。

独贤：指独我艰苦。贤，艰苦、劳累。

四牡：四匹公马。彭彭：强壮而不得息貌。

傍傍：无穷尽。

嘉：夸奖。

鲜我方将：赞我年富力强。鲜，指珍视，重视。将，强壮。

旅力：膂力，体力，筋力。

燕燕：安息貌。

或息偃在床　或不已于行（háng）

或不知叫号（háo）　或惨惨劬劳（qú）
或栖迟偃仰　或王事鞅掌

或湛乐饮酒（dān）　或惨惨畏咎（cǎo）
或出入风议　或靡事不为

偃：仰卧。
或不已于行：有的人不停地在路上奔波。或，有的人。不已，不停。
不知叫号：可解为不知民间疾苦。号，哭。
鞅掌：指公事忙碌。
湛乐：逸乐无度。湛，通"耽"。
风议：放言。即吹牛，说大话。

杞

今名枸杞，落叶蔓生灌木，有多个品种。耐旱耐寒，生长于山坡荒
地。在周代已是黄河流域常见的植物，植株可供四季食用，即春食
苗，夏食叶，秋食果，冬食根。果实枸杞子，是民间重要药材。

无将大车

诗人以推挽大车徒然飞尘为喻，自戒不要忧思重重。

无将大车　　祇自尘兮 [zhī]
无思百忧　　祇自疧兮 [qí]

无将大车　　维尘冥冥
无思百忧　　不出于颎 [jiǒng]

无将大车　　维尘雝兮 [yōng]
无思百忧　　祇自重兮 [zhòng]

无将大车：不要去推那大车。将，推。大车，牛拉的货车。
祇自尘兮：只会招来一身尘土。祇，只、恰。
无思百忧：不要去想那各种烦心事。
疧：忧病。
冥冥：昏暗。
颎：同"炯"。火光明亮。整句指使人不能走上光明之道。或以为
"役"之借字，整句指将大车之人要解除行役之苦没那么容易。
雝：亦作"壅"，蔽。
重：累也。即加厚之意。

423

小明

官员因久役而感叹劳苦，怀归但又恐得罪，多有惶恐不安之意。最后归于与友人共勉当谨慎供职。

明明上天　照临下土
我征徂西　至于艽野
二月初吉　载离寒暑
心之忧矣　其毒大苦
念彼共人　涕零如雨
岂不怀归　畏此罪罟

昔我往矣　日月方除
曷云其还　岁聿云莫
念我独兮　我事孔庶
心之忧矣　惮我不暇
念彼共人　睠睠怀顾
岂不怀归　畏此谴怒

我征徂西：指往西方行役。征，行役。徂，往。
艽野：远荒之地。
二月：二月为周历计，夏历十二月。初吉：月初之吉日。
载离寒暑：指历经寒暑。载，发语词，乃。离，通"罹"。
其毒大苦：指如毒药般太苦。大，通"太"。
共人：指同僚。
罪罟：指法网。罟，网。
昔我往矣：指从前离家的时节。
日月方除：意指新年。除，除去，指除去旧的日子和岁月。
曷云其还 岁聿云莫：何时才能回家，眼看一年又到岁末。莫，通"暮"。
我事孔庶：指事情非常多。孔，很。庶，多。
惮我不暇：劳累而不得休息。惮，劳。

昔我往矣　日月方奥^{yù}

曷云其还　政事愈蹙^{cù}

岁聿云莫　采萧获菽^{shū}

心之忧矣　自诒伊戚^{yí}

念彼共人　兴言出宿^{sù}

岂不怀归　畏此反覆

嗟尔君子　无恒安处

靖共尔位　正直是与

神之听之　式穀以女^{rǔ}

嗟尔君子　无恒安息

靖共尔位　好是正直

神之听之　介尔景福

奥：通"燠"，暖。言天气还暖和的时候。

蹙：急促。

萧、菽：萧是牛尾蒿。菽是豆类总称。

自诒伊戚：指自寻烦恼。诒，遗留。戚，忧。

兴言出宿：夜卧起宿于外。

反覆：乱加罪名。一说反复无常。

无恒安处：意为不要长期处于安乐的状态。

靖共尔位：指在其位谋其事，忠于职守。靖，谋划。共，通
　　"恭"。位，本职。

式穀以女：赐给你福禄。式，赐。穀，善、福禄。女，通"汝"。

介：给予。景：大。

萧

今名牛尾蒿，蒿之一种，与白蒿相似，多年生半灌木状草本。嫩芽嫩叶可食，老化枝干可作火烛，有香气。周代采牛尾蒿主要用于祭祀。多生长于山区、草原、林缘。

鼓钟

诗人在淮水边听音乐而忧伤，因之怀念"君子"。

鼓钟将将(qiāng)　淮水汤汤(shāng)　忧心且伤

淑人君子　怀允不忘

鼓钟喈喈(jiē)　淮水湝湝(jiē)　忧心且悲

淑人君子　其德不回

鼓钟伐鼛(gāo)　淮有三洲　忧心且妯(chōu)

淑人君子　其德不犹

鼓钟钦钦　鼓瑟鼓琴　笙磬(qìng)同音

以雅以南　以籥(yuè)不僭(jiàn)

鼓钟：敲钟。将将：钟声，同"锵锵"。
淑人君子：即善良美好的君子。
喈喈：钟声。湝湝：水流貌。
其德不回：指君子德行正直不邪。回，邪。
鼛：大鼓。
三洲：淮水上的三个小洲。或以为周王会诸侯奏乐之处。
妯：哀悼。
犹：缺点、毛病。
钦钦：钟声。
以：为。
以雅以南：以"雅乐"和"南乐"演奏。
以籥不僭：用籥合奏一丝不乱。籥，古乐器名。僭，乱。

楚茨

王者祭祀祖先神的乐歌，描写了祭祀的全过程：从丰收景象到祭前的准备、祭礼的展开，一直写到祭后家族欢聚宴饮的场面。

楚楚者茨　　言抽其棘

自昔何为　　我艺黍稷

我黍与与　　我稷翼翼

我仓既盈　　我庾维亿

以为酒食　　以享以祀

以妥以侑　　以介景福

济济跄跄　　絜尔牛羊

以往烝尝

或剥或亨　　或肆或将

祝祭于祊　　祀事孔明

楚楚：植物丛生貌。茨：蒺藜。
言抽其棘：指除掉荆棘杂草。言，语助词。抽，除。
艺：种植。
与与、翼翼：皆指农作物繁盛貌。
我庾维亿：野外的谷仓也堆满了粮食。庾，露天堆积谷物处。
妥：安坐。侑：本意为劝酒，这里指向神灵敬酒。
景福：大福。
济济：形容众多。跄跄：步趋有节貌。
絜：洁净。
烝尝：奉进祭品给祖先尝新。一说烝冬祭。尝为秋祭。泛指祭祀。
剥：剥皮。亨：烹。
肆：陈设。将：捧持。
祊：宗庙门内设祭的地方。
祀事孔明：指祭祀的过程周详完备。

先祖是皇　神保是飨^{xiǎng}

孝孙有庆　报以介福

万寿无疆

执爨踏踏^{cuàn jí}　为俎孔硕^{zǔ}

或燔或炙^{fán zhì}

君妇莫莫　为豆孔庶

为宾为客　献酬交错

礼仪卒度^{zǔ}　笑语卒获

神保是格　报以介福

万寿攸酢^{zuò}

我孔熯矣^{rǎn}　式礼莫愆^{qiān}

工祝致告　徂赉孝孙^{cú lài}

苾芬孝祀^{bì}　神嗜饮食

神保：祭祀对神尸的美称。

孝孙：主祭人对已故父母的自称。

爨：烧火煮饭。踏踏：敏捷而又恭敬。

俎：古代祭祀盛牛羊的礼器。青铜制或漆器。

莫莫：安静。

卒获：尽得时也。指笑语尽兴。

格：至、到来。

攸酢：回报之意。攸，语助词。酢，报。

熯：恭谨。

莫愆：无过。

工祝：主持祭祀司仪的人。

致告：告利成也。

徂赉孝孙：指赏赐给孝孙们。徂，往。赉，赏赐。

苾芬：芬芳。形容祭品的香味。

429

卜尔百福　　如幾如式
既齐既稷　　既匡既敕
永锡尔极　　时万时亿

礼仪既备　　钟鼓既戒
孝孙徂位　　工祝致告
神具醉止　　皇尸载起
鼓钟送尸　　神保聿归
诸宰君妇　　废彻不迟
诸父兄弟　　备言燕私

乐具入奏　　以绥后禄
尔殽既将　　莫怨具庆
既醉既饱　　小大稽首
神嗜饮食　　使君寿考
孔惠孔时　　维其尽之
子子孙孙　　勿替引之

卜：予、赐。
幾：期。式：法度。
匡：端正。敕：严正。
钟鼓既戒：钟鼓已经齐备。戒，齐备。
废彻不迟：指撤去祭品很迅速。
备言燕私：指祭祀结束后私宴，以享天伦。
以绥后禄：这里本指安详地享用撤下的祭品。喻享用福禄。绥，安。
尔殽既将　莫怨具庆：你的菜肴如此美味，没有怨言都欢悦。将，
美、善。
勿替引之：将祭祀的礼仪永远传承下去。替，废。引，延续。

430

信南山

王者祭祖祈福的乐歌，用较多篇幅描述农业生产。

信彼南山　维禹甸之
畇畇原隰　曾孙田之
我疆我理　南东其亩

上天同云　雨雪雰雰
益之以霢霂
既优既渥　既沾既足
生我百谷

疆埸翼翼　黍稷彧彧
曾孙之穑　以为酒食
畀我尸宾　寿考万年

信：绵延，长而远。
维禹甸之：指此山为大禹治水时所布。甸，治理。
畇畇：平坦整齐貌。
曾孙：周王在神祖面前的自称。田：耕种。
我疆我理：井田制中田界为疆，水渠为理。这里疆、理皆为动词。
南东其亩：亩为田埂。南东作动词用，向南、向东。
同云：全是乌云。
雰雰：同"纷纷"，飘雨飘雪之貌。
霢霂：小雨。
优：指雨水多。渥：沾润。
沾：浸湿。足："浞"之借字，湿润貌。
埸：田畔。翼翼：整修貌。
彧彧：茂盛貌。
畀我尸宾：供给神尸和宾客。畀，给予、献。

431

中田有庐　疆埸有瓜
是剥是菹　献之皇祖
曾孙寿考　受天之祜

祭以清酒　从以骍牡
享于祖考

执其鸾刀　以启其毛
取其血膋

是烝是享　苾苾芬芬
祀事孔明

先祖是皇　报以介福
万寿无疆

庐：或以为田中茅屋。或以为植物名。
剥：指剥削菜蔬瓜皮等。菹：腌制咸菜。
骍牡：赤色公牛。
鸾刀：有铃之刀。
膋：肠间脂肪。
享："亨"之借字，即"烹"。或以为烝为冬祭，享为祭献。
苾苾芬芬：指祭品的香味。苾，芳香。
孔明：指祭祀过程备周详。孔，很。

432

甫田

王者于春耕季节祭祀方（四方之神）社（土地神）田祖（农神）并求雨的祈年乐歌。诗中亦多涉农事，并描绘了统治者与农人之间理想化的和睦关系。

倬彼甫田　岁取十千

我取其陈　食我农人

自古有年

今适南亩　或耘或耔

黍稷薿薿

攸介攸止　烝我髦士

以我齐明　与我牺羊

以社以方

我田既臧　农夫之庆

琴瑟击鼓

以御田祖　以祈甘雨

倬：大、广阔。甫田：大田。
岁取十千：指每年收获十千的粮食。十千，虚数，言多。
我取其陈 食我农人：大意为在其中取陈粮分配给农夫食用。
有年：丰年。
耘：锄草。耔：在植物根上培土。
薿薿：茂盛貌。
攸：乃、就。介：长大，使之成熟。止：至，指收获。
烝：进献。髦士：一说英俊之士。或以为田官。
齐明：祭器中所盛的谷物。一说倒文，即"明齐"，薪水，酿酒用。
牺羊：祭祀用毛色统一的羊。
社：指土地神。方：祭四方之神。
以御田祖：指迎祭神农。御，迎。

433

以介我稷黍　以穀我士女

曾孙来止　以其妇子
馌彼南亩　田畯至喜
攘其左右　尝其旨否
禾易长亩　终善且有
曾孙不怒　农夫克敏

曾孙之稼　如茨如梁
曾孙之庾　如坻如京
乃求千斯仓　乃求万斯箱
黍稷稻粱　农夫之庆
报以介福　万寿无疆

介：助，指助丰收。穀：养。
馌：给在田耕作的人送饭。
田畯：田官。
喜：通"饎"，酒食。这里作动词用。
攘：指礼让。
易：禾盛貌。长亩：指满田。
曾孙不怒：指周王满意，不发怒。
克敏：指农夫干活很勤勉。克，能。敏，勤敏。
如茨如梁：指堆满仓。茨，屋盖，堆满如草屋。梁，桥梁，一说荆
木，如荆木密集。
　坻：水中高地。京：高丘。二字形容谷物堆积如山。

大田

王者于秋收季节祀田祖（农神）的乐歌。诗中多涉农事，并描述了不收遗穗任寡妇拾取的习俗。

大田多稼

既种既戒　既备乃事

以我覃耜　俶载南亩

播厥百谷　既庭且硕

曾孙是若

既方既皂　既坚既好

不稂不莠

去其螟螣　及其蟊贼

无害我田稺

田祖有神　秉畀炎火

有渰萋萋　兴云祁祁

种：选种。戒：通"械"，修农具。
覃耜：锋利的犁具。　俶载：开始从事。
庭：直。
曾孙是若：周王顺心。若，顺。
方：谷始生未实之称。皂：谷实结实未坚。
稂：童粱，稗子。莠：田间害草，俗称狗尾草。
螟、螣、蟊贼：皆害虫。螟是螟蛾的幼虫，蛀食稻心。螣类蝗虫，食叶。蟊即蝼蛄，食根茎。贼为黏虫。
稺：晚植的谷类。引申为幼苗。
秉畀炎火：持之付与炎火。畀，给予。
渰：云兴起貌。萋萋：云行貌，《韩诗》作"凄凄"。
祁祁：众多貌。

435

　　　　yù
雨我公田　　遂及我私
　　　　　　　　 jì
彼有不获稚　　此有不敛穧
彼有遗秉　　此有滞穗
伊寡妇之利

曾孙来止　　以其妇子
馌彼南亩　　田畯至喜

　　　yīn
来方禋祀
　　　xīng
以其骍黑　　与其黍稷
以享以祀　　以介景福

雨：作动词用，下雨以润泽。公田：井田制的公田。
我私：公田外开垦的私田。
稚：未熟之禾。穧：已割而未收的农作物。
遗秉：漏掉的一束禾。
滞穗：丢弃的谷穗。
伊寡妇之利：指故意遗留给寡妇享利。
来方禋祀：到来时，这里正举行祭祀之礼。
436　　骍黑：指用于祭献的赤黄色、黑色牲口。骍，赤黄色牛。

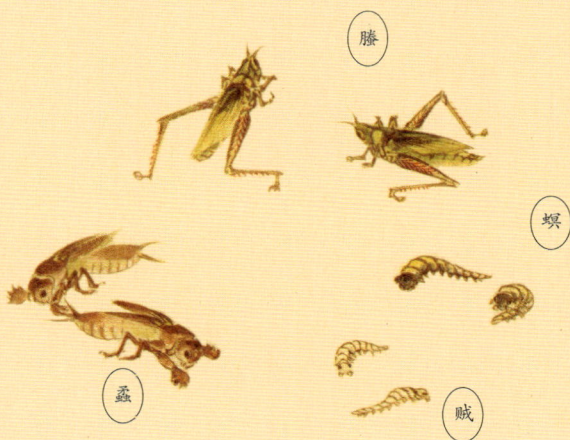

螟

螟蛾，鳞翅目螟蛾科，本篇所指为螟蛾幼虫，俗称蛀心虫。多栖息于农作物，一代幼虫啃食叶鞘内皮，并蛀入茎秆，造成枯心苗，二代、三代幼虫啃食春谷或夏谷及其它农作物如高粱、玉米等。农作物区广泛分布。

螣

蝗虫的另一古名。

蟊

蝼蛄，直翅目蝼蛄科。栖息于温暖潮湿、腐殖质多或沙壤土内，昼伏夜出，啃食各种农作物及树苗。有不同种类分布于全国各地。

贼

黏虫，鳞翅目夜蛾科。有迁飞性，在北纬三十三度以北，任何虫态都不能越冬，成虫（蛾）在早春由南方迁飞到北方，成虫产卵于叶尖或嫩叶，常使叶片成纵卷。幼虫危害各种农作物，我国史载发生过数次黏灾，本篇所指应为黏虫幼虫。

437

瞻彼洛矣

写周王于东都会诸侯校阅六军之事。

瞻彼洛矣　维水泱泱
君子至止　福禄如茨
韎韐有奭　以作六师

瞻彼洛矣　维水泱泱
君子至止　鞞琫有珌
君子万年　保其家室

瞻彼洛矣　维水泱泱
君子至止　福禄既同
君子万年　保其家邦

洛：水名。
泱泱：水深广貌。
君子：周王。
茨：屋顶上的茅草。喻多。
韎韐有奭：形容士兵着装之盛。韎韐，红色的皮制蔽膝。奭，通
　"赩"，赤色。
鞞琫有珌：形容士兵武器之盛。鞞琫，刀鞘上装饰物，也指刀鞘。
　珌，刀鞘下饰。
福禄既同：指福禄共聚。

438

棠棠者华

见君子而乐怀。

棠棠者华　其叶湑兮
我觏之子　我心写兮
我心写兮　是以有誉处兮

棠棠者华　芸其黄矣
我觏之子　维其有章矣
维其有章矣　是以有庆矣

棠棠者华　或黄或白
我觏之子　乘其四骆
乘其四骆　六辔沃若

左之左之　君子宜之
右之右之　君子有之
维其有之　是以似之

棠棠：犹堂堂，花盛之貌。华：花。湑：盛貌。
觏：见、看见。或以为男女相遇合。写：通"泻"，即泄尽忧愁。
誉处：即快乐之地。誉，乐也，一说"誉"通"与"。处，安居。
芸：花黄盛貌。
章：文章，有才华。
四骆：四匹鬃黑白马拉的马车。
六辔：四马六缰绳。沃若：马缰之光泽貌。
左之、右之：左辅右弼。
有：同"友"，友爱。
似：有解为喜乐。或解为通"嗣"，继承。　　439

桑扈

天子宴地位特殊之诸候之诗，称其能屏护众国，并成为众国之典范。

交交桑扈（hù）　有莺其羽
君子乐胥（xū）　受天之祜（hù）

交交桑扈　有莺其领
君子乐胥　万邦之屏

之屏之翰（gàn）　百辟为宪（bì）
不戢不难（jí nuó）　受福不那（nuó）

兕觥其觩（sì gōng qiú）　旨酒思柔
彼交匪敖（fēi　ào）　万福来求

交交：飞往来貌。或鸟鸣貌。

桑扈：鸟名，即青雀。

莺：鸟羽有文采。

乐胥：乐嘉。一说胥，语助词。

领：颈。

万邦之屏：即国家和各诸侯国的屏障。

翰："幹（干）"之假借。栋梁之意。

辟：君，指诸侯。宪：榜样。

不戢不难：克制而守礼节。不，语词。难，通"傩"。

那：多。

兕觥：古代酒器。觩：角上曲貌，形容觥的形状。

旨酒思柔：美酒醇绵。思，语助词。柔，形容美酒口感。

彼交匪敖：不侮慢不骄傲。彼，通"匪"，非、不。交，轻侮。

敖，通"傲"。

440

桑扈

今名蜡嘴雀，雀形目，雀科。在我国有三个品种，篇中所指应为黑尾蜡嘴雀。栖息于平原、山地的林中地带，也会到村庄、公园等人类居住区，性喜集群，以植物种子、果实、草籽、谷物为食。作为观赏和调教技艺鸟，也是我国传统笼养鸟种。

441

鸳鸯

祝颂之歌，祝君子多寿多福。

鸳鸯于飞　毕之罗之
君子万年　福禄宜之

鸳鸯在梁　戢其左翼
君子万年　宜其遐福

乘马在厩　摧之秣之
君子万年　福禄艾之

乘马在厩　秣之摧之
君子万年　福禄绥之

毕：有长柄的小网。罗：网。毕、罗皆为动词用，捕捉。
戢：敛。有绊缚之意，即捆住。或解为鸳鸯收其左翼。
遐福：永远的福气。遐，远。
摧：铡草。秣：马料。
艾：养、辅助。
绥：安。

442

鸳鸯

鸳鸯，雁形目鸭科，鸳指雄鸟，鸯指雌鸟，成对出入。栖息于河流、湖泊、芦苇沼泽和池塘中，杂食性。鸳鸯多为候鸟，在东北北部、内蒙古繁殖，东南各省越冬，云南、贵州的为留鸟。传统的观赏鸟类。

頍弁

贵族宴请其兄弟、姻亲之诗。以来宾口吻写成，述酒美肴佳，主宾亲睦。而归结于人生无常，应及时享乐。或解为贵族消沉没落之诗。

有頍者弁　　实维伊何

尔酒既旨　　尔殽既嘉

岂伊异人　　兄弟匪他

茑与女萝　　施于松柏

未见君子　　忧心奕奕

既见君子　　庶几说怿

有頍者弁　　实维何期

尔酒既旨　　尔殽既时

岂伊异人　　兄弟具来

茑与女萝　　施于松上

未见君子　　忧心怲怲

既见君子　　庶几有臧

頍：形容皮帽尖尖的样子。弁：皮帽，当时贵族所戴。
实维伊何：是为什么。指为什么高朋满座。
异人：别人、外人。
茑与女萝：两种寄生植物。比喻兄弟亲戚相互依附。
施：蔓延；延续。
庶几：差不多，或言多。说怿：快乐。说，通"悦"。
实维何期：指高朋满座为什么在此刻。
期：通"斯"。语助词。
怲怲：忧盛满也。

有頍者弁　实维在首

尔酒既旨　尔殽既阜
fù

岂伊异人　兄弟甥舅

如彼雨雪　先集维霰
yù　　　　　　xiàn

死丧无日　无几相见

乐酒今夕　君子维宴

实维在首：指皮帽都戴在头上。

阜：丰富。

如彼雨雪：以下四句大意为，人生如下雪，下雪先集雪珠。死丧之
日已临近，相聚之日却不多。言人生苦短，聚一日少一日。　　445

莴

女萝

莴

今名桑寄生，常绿寄生灌木。寄生于桑、松、枫、柳、柿等树上，
吸收寄主养分。因寄主不同而有不同的名称或种类，如图寄生于松
树则称为松寄生。全株可入药。

女萝

今名松萝，附生于松树等高山针叶树上，是藻类和真菌的共生体，
靠吸收空气中的水分和光照自行光合作用，与附主不发生营养关
系。以地衣体入药。

车辖

写男子迎娶妻子及归来途中的喜乐及对佳偶的赞美。

间关车之辖兮（xiá）
思娈季女逝兮（luán）
匪饥匪渴（fēi）　德音来括
虽无好友　式燕且喜

依彼平林　有集维鷮（jiāo）
辰彼硕女　令德来教
式燕且誉　好尔无射（hào）（yì）

虽无旨酒　式饮庶几
虽无嘉殽　式食庶几
虽无德与女（nǚ）　式歌且舞

间关车之辖兮：形容车轴发出的"间关"声。辖，通"辖"，车轴铁头，车轴的键。

思娈季女逝兮：指美丽的少女要出嫁了。思，语助词。逝，往，乘车而嫁。

德音来括：指娶来的姑娘贤名远播。括，会聚。

式：语助词。燕：通"宴"，乐也。

依：茂木貌。平林：平地上的树林。

鷮：雉。

辰：善良，或解为时尚。硕女：美女。

令德来教：指季女有美好的品德，在家受过良好的教育。

誉：欢乐。

好尔无射：爱你永远不会厌弃。射，厌。

式饮庶几：指也请你多喝一点。庶，多。

虽无德与女：虽然德性跟你不相称。女，通"汝"，你。

447

陟彼高冈　析其柞薪
析其柞薪　其叶湑兮
鲜我觏尔　我心写兮

高山仰止　景行行止
四牡騑騑　六辔如琴
觏尔新昏　以慰我心

析其柞薪：砍下那柞木薪柴。薪，多为婚礼用物，此或指成婚礼。
湑：盛也。
鲜我觏尔：有幸遇见你。鲜，善。觏，遇，或解为婚媾。
写：安心。忧去乐来。
高山仰止 景行行之：高山仰视得见，远路行走得到。指有高德者而
慕仰之，有大道者而行之。景行，大道。

448

鹇

今名白冠长尾雉，又称长尾鸡、山雉，鸡形目，雉科。较野鸡体大，雄鸟尾长可达两米。栖息于常绿针阔混交林和落叶阔叶乔木林，以昆虫幼虫为食，羽色艳丽独特，极具观赏价值。

青蝇

指斥谗人祸国，告诫友人勿听谗言。

营营青蝇　　止于樊
岂弟君子　　无信谗言
<small>kǎi tì</small>

营营青蝇　　止于棘
谗人罔极　　交乱四国

营营青蝇　　止于榛
谗人罔极　　构我二人

营营：往来貌。

樊：篱笆。

岂弟：同"恺悌"，和易近人。

棘：荆棘。一说酸枣树。

罔极：指言而无信、做事无原则。

交乱四国：谗言交织而乱其诸国。

构：构陷。罗织陷害。

宾之初筵

诗中反映贵族阶层纵情宴饮的场面，描绘了一些贵族酒后失仪、失言、失德的醉态，希望有所节制。古注解为卫武公讥刺幽王之作。

宾之初筵（yán）　左右秩秩
笾豆有楚（biān）　殽核维旅（yáo）
酒既和旨　饮酒孔偕
钟鼓既设　举酬逸逸
大侯既抗　弓矢斯张
射夫既同　献尔发功
发彼有的（dì）　以祈尔爵

籥舞笙鼓（yuè）　乐既和奏（yuè）
烝衎烈祖（kàn）　以洽百礼
百礼既至　有壬有林
锡尔纯嘏（cì）（gǔ）　子孙其湛（dān）

初筵：指宾客初入座时。筵，竹席，宴饮时供人席地而坐。
秩秩：肃敬、法度、礼节规矩。
笾、豆、殽、核：竹制盛器曰笾。木制盛器曰豆。豆所盛鱼肉曰殽。笾所盛果品曰核。
楚、旅：皆陈列貌。孔偕：很好。
举酬：举杯敬酒。逸逸：往来次序也。
大侯即抗：最大的箭靶已高高举起。侯，箭靶。抗，举。
射夫既同：以下四句大意为，射手们都已准备好，各显射技，每箭必中，以此劝酒。此射箭当为一种酒桌游戏，以此为罚酒之资。的，靶心。爵，酒器，动词用，以爵饮酒。
烝衎烈祖：指进献音乐给赫赫功绩的先祖。烝，进。衎，娱乐。
壬：大。林：盛。
锡尔纯嘏：赐你大福。锡，通"赐"。纯：大。嘏，福。

其湛曰乐　　各奏尔能

宾载手仇　　室人入又

酌彼康爵　　以奏尔时

宾之初筵　　温温其恭

其未醉止　　威仪反反（bǎn）

曰既醉止　　威仪幡幡（fān）

舍其坐迁　　屡舞仙仙

其未醉止　　威仪抑抑（yì）

曰既醉止　　威仪怭怭（bì）

是曰既醉　　不知其秩

宾既醉止　　载号载呶（náo）

乱我笾豆　　屡舞僛僛（qī）

是曰既醉　　不知其邮

其湛曰乐（dān）：即湛乐，喜乐意。其、曰皆无实义。

奏：献。能：技能。

宾载手仇：指来宾各自选择比赛对手。手，取、择比。仇，匹。

室人入又：主人再次进去参射。室人，主人。入又，倒句，又入。

以奏尔时：指祝贺胜者饮一杯。时，指射中者。

反反：同"昄昄"，庄重而谨慎貌。

幡幡：轻率无礼也。

舍其坐迁：离开坐席。或可解为不遵守坐迁之礼。

屡舞仙仙：屡次起舞翩翩。仙仙，形容舞姿轻盈。

抑抑：庄重貌。

怭怭：轻薄而不庄重貌。

呶：叫喊；喧哗。

僛僛：舞姿不稳貌。

　邮：通"訧"，过错。

侧弁之俄　屡舞傞傞

既醉而出　并受其福

醉而不出　是谓伐德

饮酒孔嘉　维其令仪

凡此饮酒　或醉或否

既立之监　或佐之史

彼醉不臧　不醉反耻

式勿从谓　无俾大怠

匪言勿言　匪由勿语

由醉之言　俾出童羖

三爵不识　矧敢多又

侧弁之俄：指皮帽歪歪斜斜地戴着。侧弁，戴帽子不正。俄，歪斜貌。

傞傞：醉舞不止貌。

并受其福：指醉时即离席，主人和客人都会很体面。

伐德：败坏道德。

饮酒孔嘉 维其令仪：饮酒很好，但需要美好的品行。

既立之监 或佐之史：指既要设立酒监，又要设史官记录。

彼醉不臧：以下六句大意为，醉酒并非好事，却反而以不醉者为
耻。应恪守秩序，不要紊乱，不要使他失礼，不该讲的话不讲，没
有根据的话不要说。式，发语词。从谓，同“纵溃”，不可收拾，
一说“谓”通“为”。

俾出童羖：此指酒后妄言。羖，黑公羊。童羖，无角公羊。

三爵不识 矧敢多又：三杯就醉了，哪里还敢多劝。矧，况且。又，
“侑”的假借，劝酒。

鱼藻

周王在镐京饮酒享乐、安闲自得，当有讽刺之意。

鱼在在藻　有颁^{fén}其首
王在在镐^{hào}　岂乐^{kǎi lè}饮酒

鱼在在藻　有莘^{shēn}其尾
王在在镐　饮酒乐岂

鱼在在藻　依于其蒲
王在在镐　有那^{nuó}其居

鱼在在藻：即鱼在藻。第一个"在"可当"哉"解。
颁：大头。
岂乐：欢乐。
莘：长貌。
蒲：蒲草。水草之一种。
那：安闲貌。

454

采菽

诸侯来朝，天子赐以车马衣服，诗人并为其祝福。

采菽采菽 筐之筥之
君子来朝 何锡予之
虽无予之 路车乘马
又何予之 玄衮及黼

觱沸槛泉 言采其芹
君子来朝 言观其旂
其旂淠淠 鸾声嘒嘒
载骖载驷 君子所届

赤芾在股 邪幅在下
彼交匪纾 天子所予

菽：豆类总称。筐：方形盛物竹器。筥：圆形盛物竹器。
君子来朝：即诸侯来朝。
锡予：赐予。
路车乘马：四匹马拉的路车。路车，诸侯所乘。乘马，四马。
玄衮及黼：皆指贵族服饰。玄衮，有龙图案的黑色礼服。黼，黑白相间花纹的礼服。
觱沸槛泉：描写泉水多而翻腾。觱，水声。槛泉，正出泉水。
旂：一种旗帜，旗上有铃（即下文所谓鸾声），绘有龙。
淠淠：旗飘动声。嘒嘒：铃声。
骖、驷：三马驾车曰骖，四马驾车曰驷。
届：至。一说通"戒"。
赤芾：红色蔽膝。
邪幅：形如今之裹腿。
彼交匪纾：指穿好这些服装不松懈。交，缠绕。纾，缓、怠慢。

455

乐只君子　天子命之
乐只君子　福禄申之

维柞之枝　其叶蓬蓬
乐只君子　殿天子之邦
乐只君子　万福攸同
平平左右　亦是率从

泛泛杨舟　绋纚维之
乐只君子　天子葵之
乐只君子　福禄膍之
优哉游哉　亦是戾矣

申：重复。指福上加福。
柞：柞树，栎树之一种。
殿：镇定。
平平：身后众貌。一说闲雅之貌，一说辨别治理貌。
左右：指臣下，左右属从。
绋纚维之：用绳索系住。绋，麻制的绳。纚，竹制的索。
葵：揆。指量才使用。
膍：厚赐。
戾：至。或解为安定。

456

柞

今名柞树，与白栎、麻栎、橡树等同为栎属的不同品种。落叶或常绿乔木，少数为灌木。常生长于海拔600米以下阳坡、半阳坡的林中。柞树是良好的薪材，烧制木炭的首选材料，也可制作农具，古代经济型树种之一。

角弓

全诗脉络不易理清。大致是希望兄弟亲睦，并以此为民众做出好的榜样。此处兄弟是有较高权位的贵族。

骍骍角弓　　翩其反矣
兄弟昏姻　　无胥远矣

尔之远矣　　民胥然矣
尔之教矣　　民胥效矣

此令兄弟　　绰绰有裕
不令兄弟　　交相为瘉^{yù}

民之无良　　相怨一方
受爵不让　　至于己斯亡

老马反为驹　　不顾其后
如食宜饇^{yù}　　如酌孔取

骍骍：弓调和貌。角弓：以兽角装饰的弓。
翩：反貌。反：拉弓时，弓两端内曲，松弦后反面弯曲。
无胥远矣：指兄弟、姻亲之间关系不要疏远。
尔之远矣：以下四句大意为，你疏远了他们，百姓之间的关系也会如此。百姓们由你教化，他们都会效仿你。
此令兄弟：以下四句大意为，彼此善待自己的兄弟，关系就会其乐融融，反之就会互相怨恨。令，善待。绰绰：宽裕舒缓貌。
受爵不让　至于己斯亡：指接受封赏的爵位不谦让，事关私利就忘记了道理。
如食宜饇　如酌孔取：大意为，就像吃饭吃得过饱，饮酒过量。饇，饱。孔取，很多。

458

毋教猱(náo)升木　如涂涂附
君子有徽猷(yóu)　小人与属(zhǔ)

雨(yù)雪瀌(biāo)瀌　见晛(xiàn)曰消
莫肯下遗(suì)　式居娄骄

雨雪浮浮　见晛曰流
如蛮如髦(máo)　我是用忧

毋教猱升木：以下四句大意为，不用教猴子爬树，猴子爬树就像泥巴粘上泥巴一样容易。国君有善政，老百姓自然跟从。猱，猿类。徽，美、善。猷，计谋、政策。
瀌瀌：雨雪盛貌。
晛：日气、日光。
莫肯下遗　式居娄骄：大意为，如不谦待下属，人民也会习惯于骄横无礼。遗，随、顺。
浮浮：雨雪盛貌。
蛮、髦：南蛮、夷髦。对少数民族部落的蔑称，形容野蛮无礼。

459

猱

即猕猴，是自然界中最常见的一种猴子。栖息广泛，从山地、沼泽
到各类森林。群居，杂食性。

菀柳

指斥王者暴虐无常，不可亲近。

有菀者柳　　不尚息焉
上帝甚蹈　　无自暱焉
俾予靖之　　后予极焉

有菀者柳　　不尚愒焉
上帝甚蹈　　无自瘵焉
俾予靖之　　后予迈焉

有鸟高飞　　亦傅于天
彼人之心　　于何其臻
曷予靖之　　居以凶矜

菀：通"苑"，枯病。言枯柳之下不可休憩。
上帝甚蹈：以下四句大意为，君王喜怒无常，不要去自找麻烦。当
初让我去平息了动乱，后来却又流放我。上帝，指君王。蹈，动，指
喜怒无常。暱，亲近。靖，安定。极，"殛"之假借，惩罚、放逐。
愒：通"憩"，休息。
瘵：接。一说病。
迈：行。指流放。
亦傅于天：指鸟儿飞得再高也只能飞到天上。傅，至。
于何其臻：大意为，人心坏起来，却不知能到什么地步。臻，至。
曷予靖之　居以凶矜：为什么我平息了祸乱，反而要流放我到凶危
之地。居，语词。矜，危。

461

都人士

赞美京都贵族男女服饰华贵、仪容不凡。

彼都人士　狐裘黄黄

其容不改　出言有章

行^{xíng}归于周　万民所望

彼都人士　台笠缁^{zī}撮

彼君子女　绸直如发

我不见兮　我心不说^{yuè}

彼都人士　充耳琇实

彼君子女　谓之尹^{yīn}吉

我不见兮　我心苑^{yùn}结

彼都人士　垂带而厉

都人士：京都士人。指当日京城贵族。

黄黄：形容华服煌煌。或指狐裘颜色。

行归于周：回到周都镐京。或解为品行忠信。周，或周国，或以为忠信。

台笠缁撮：戴着黑布系带的草笠。台，草名。缁撮，黑布系带。

君子女：贵族小姐。

绸直如发：头发稠密直顺。绸，发密而多。

不说：不悦。

充耳：冠旁的耳饰。琇：美玉。实：坚实。

尹吉：尹氏，吉氏，当时的两大贵族姓氏。

苑结：郁结。苑，通"蕴"。

垂带：下垂之冠带。厉：通"裂"，丝带的残余部分。

彼君子女　卷发如蛋

我不见兮　言从之迈

匪伊垂之　带则有馀

匪伊卷之　发则有旟

我不见兮　云何盱矣

蛋：蝎子。指发卷，美如上翘的蝎尾。

言从之迈：想跟她一起走。

匪伊垂之：以下四句大意为，他不是故意把丝带垂下来，是因为丝带太长，也不是故意把头发卷曲，只因她的头发天生上扬。旟，扬起、往上翘的样子。

盱：忧愁。

蝎

今名蝎子，蝎目种类的统称，本篇所指应为我国北方最常见的钳蝎科种类。卵胎生，多穴居，喜暗怕光，栖于石隙或枯叶下，昼伏夜出，肉食性，有冬眠习性。蝎尾弯曲有毒素，全蝎可入药。

采绿

丈夫过了约定的日期还不归来，妻子心烦意乱了。

终朝采绿 ^{zhāo} 不盈一匊 ^{jū}

予发曲局 薄言归沐

终朝采蓝 不盈一襜 ^{chān}

五日为期 六日不詹

之子于狩 言韔其弓 ^{chàng}

之子于钓 言纶之绳

其钓维何 维鲂及鱮 ^{fáng xù}

维鲂及鱮 薄言观者

终朝：整个早晨。绿：植物名，即荩草，古作染料，亦可入药。

匊：两手合捧。一匊即一捧。

曲局：指头发蓬乱。

薄言：语助词。归沐：回去洗头。指丈夫要回来了，故此。

蓝：植物名，即蓼蓝，一种染草，用于染织、绘画等。

襜：古代一种短便衣。这里指用短衣衣襟做兜。

五日为期 六日不詹：大意为，约好五天回来，现在六天了却不见
归。詹，至。

之子于狩：以下四句大意为，丈夫狩猎，我帮他把弓装入弓囊。丈
夫钓鱼，我就帮他理好鱼线。韔，弓囊，此处动词用。纶，钓丝，
动词用。

其钓维何：以下四句可读为联句，即女问所钓何鱼，子答鲂及鱮，
女曰，鲂及鱮吗？我要看看。鲂、鱮，鳊鱼、鲢鱼。观者，即观之。

465

蓝

今名蓼蓝，一年生草本，野生于旷野水沟边。自古即为重要的蓝色
染料来源，除用于染织外，上乘者用于绘画。全草可入药。

黍苗

周宣王命召伯营治谢邑，本篇以徒役之口吻赞美他的成功。

芃芃黍苗　阴雨膏之
（péng　shǔ）　　（gào）
悠悠南行　召伯劳之
（háng）　（shào）

我任我辇　我车我牛
　　（niǎn）
我行既集　盖云归哉
（háng）

我徒我御　我师我旅
我行既集　盖云归处

肃肃谢功　召伯营之
烈烈征师　召伯成之

原隰既平　泉流既清
（xí）
召伯有成　王心则宁

芃芃：草木茂盛貌。膏：润泽。
悠悠：行貌。召伯：即召虎，参《召南·甘棠》注。劳：慰劳。
任：负荷。辇：拉车。
车：将车。手扶车行。牛：牵牛以助车行。
集：完成。盖：皆。
徒：步行。御：驾驶。
师、旅：皆作动词用，即带领一师一旅的军队。
肃肃：严正之貌。谢功：修建谢城的工程。谢，城名。功，同"工"。
营：营造。
烈烈：威武貌。成：成就，统领。
原隰既平：指高原湿地都已治理平整。

467

隰桑

情诗。女子对此"君子"心中有深爱而未能言。

隰桑有阿　其叶有难
既见君子　其乐如何

隰桑有阿　其叶有沃
既见君子　云何不乐

隰桑有阿　其叶有幽
既见君子　德音孔胶

心乎爱矣　遐不谓矣
中心藏之　何日忘之

隰桑：长在湿地的桑树。阿：通"婀"，指桑枝柔美。
难：通"娜"，指桑叶茂盛。
沃：肥嫩柔润貌。
幽："黝"之假借，墨绿色。
孔胶：很牢固。
遐不谓矣：大意为，为何不跟他表白。遐不，何不。
藏：怀也。或同"臧"，善、珍爱义。

白华

诗中写一位贵族夫人被遗弃后的哀怨和失落，对丈夫既抱怨又牵挂的心情。古注认为是周幽王娶褒姒而黜申后，周人作此诗以刺之。

白华菅兮　白茅束兮
之子之远　俾我独兮

英英白云　露彼菅茅
天步艰难　之子不犹

滮池北流　浸彼稻田
啸歌伤怀　念彼硕人

樵彼桑薪　卬烘于煁
维彼硕人　实劳我心

鼓钟于宫　声闻于外

白华：即菅之白花。菅：芒草，其茎叶如白茅，故称白花。
白茅：草名，有韧性，可捆柴草。
之子之远　俾我独兮：大意为，你去了远方，使我孤单。
英英：洁白、轻明貌。　露彼菅茅：白云降露湿润菅、茅。
天步艰难：指命运多舛。　不犹：不如（露湿之菅茅）。或可解为无谋，拙于生计。犹，通“猷”，谋划。
滮池：水名。在今陕西省西安市长安区西。
硕人：壮美之人。此处指英俊男子。
樵：砍下。桑薪：桑柴，上等柴火。
卬：我。烘：烧。煁：能移动的灶，古谓行灶。

469

念子懆懆　视我迈迈

有鹙在梁　有鹤在林
维彼硕人　实劳我心

鸳鸯在梁　戢其左翼
之子无良　二三其德

有扁斯石　履之卑兮
之子之远　俾我疧兮

懆懆：愁，不安也。迈迈：不悦也。
鹙：一种头颈无毛而性贪馋的水鸟。梁：鱼坝。
"鸳鸯在梁"二句：见《小雅·鸳鸯》注。
二三其德：三心二意，指感情不专一。
有扁斯石：以下四句大意为，那扁扁的垫脚石，卑微地被人踩着。
你去了远方，让我忧思成病。履，踩。疧，忧病。

菅

今名芒草，多年生草本。生存力极强，较为常见的野草。芒草春生叶，如剑有锋，草茎用水浸泡可制绳索，古人也常用茎秆编鞋。根可入药。

471

鹜

今名大秃鹳，鹳形目，鹳科。大型涉禽，肉食性，我国古籍多有记述，因被视为"不祥鸟"而遭大量捕杀。近代曾分布于江西、云南、四川等地，现在可能已经灭绝。

绵蛮

一个身份低微而苦于行役的人得贵者之助，给予饮食，载之后车，感激而作诗。

绵蛮黄鸟　　止于丘阿

道之云远　　我劳如何

饮之食之　　教之诲之

命彼后车　　谓之载之

绵蛮黄鸟　　止于丘隅

岂敢惮行　　畏不能趋

饮之食之　　教之诲之

命彼后车　　谓之载之

绵蛮黄鸟　　止于丘侧

岂敢惮行　　畏不能极

饮之食之　　教之诲之

命彼后车　　谓之载之

绵蛮：小貌。或以为黄鸟之群色貌。

丘阿：山丘之弯曲处。

饮之食之：给他（诗人）喝的给他吃的。此二句当为援助者言。

命彼后车　谓之载之：大意为，命那后面的车夫，告诉他载我（诗人）坐车。

惮：畏。

趋：疾走、快跑。

极：至（终点）。

473

瓠叶

只有一个兔子头拿来待客下酒，但也是有情有意的。

幡幡瓠叶 采之亨之
君子有酒 酌言尝之

有兔斯首 炮之燔之
君子有酒 酌言献之

有兔斯首 燔之炙之
君子有酒 酌言酢之

有兔斯首 燔之炮之
君子有酒 酌言酬之

幡幡：翻动貌。指瓠叶经风吹动翻卷的样子。
亨：烹。
酌言尝之：主人先斟一杯尝尝，以便待客。酌，斟酒。
斯首：斯，语助词。首，量词，头、只。有解为白头（兔子）。
炮：未去毛皮而涂泥裹烧，熟后毛皮皆去。燔：去毛皮而烘烤。
献：这里指主人献给宾客。
炙：以细棍串肉在火上熏烤。
酢：回敬酒。这里指宾客回敬主人。
酬：劝酒。这里指主宾互劝共饮。

渐渐之石

士卒述东征的辛劳与无望。唯此战事的具体背景已不可知。

渐渐^{chán}之石　维其高矣

山川悠远　维其劳矣^{liáo}

武人东征　不皇朝矣^{zhāo}

渐渐之石　维其卒矣^{zú}

山川悠远　曷其没矣^{mò}

武人东征　不皇出矣

有豕白蹢^{shǐ dì}　烝涉波矣

月离于毕　俾滂沱矣

武人东征　不皇他矣

渐渐：通"巉巉"，山石高峻貌。

维其劳矣：真是如此辽阔啊。劳，通"辽"。

武人：指将士。

不皇朝矣：指连续行军，大清早也不得休息。皇，通"遑"，闲暇。

卒：通"崒"，山高峻而危险。

曷其没矣：指翻山越岭何时才到终点。没，尽头。

不皇出：无暇顾及能否生还。有解为月出也不得休息。

有豕白蹢　烝涉波矣：本义为，一群白蹄猪涉水过河。此二句似指天象。或喻士兵月下行军。蹢，蹄子。烝，众。

月离于毕：天象。月儿投入毕星，有雨的征兆。离，罗、网。

滂沱：大雨貌。

不皇他：无暇顾及其他。

475

苕之华

乱世人生，悲不堪言。

苕之华　芸其黄矣

心之忧矣　维其伤矣

苕之华　其叶青青

知我如此　不如无生

牂羊坟首　三星在罶

人可以食　鲜可以饱

苕：植物名。即凌霄花。

芸：黄盛貌。芸黄，蔫黄，比喻人生潦倒。

其叶青青：指花落，叶盛。比喻好景不长。

牂羊坟首：母羊大头。坟首，大头，指瘦得只剩下头，喻人的穷
困。或解为，母羊身小不匹配大头。

三星在罶：参星映在罶中，指笼中无鱼。罶，捕鱼的工具。

人可以食　鲜可以饱：大意为，人何以为食？鲜有饱食之时。

苕

今名凌霄花，落叶性木质藤本。攀缘性植物，喜温暖湿润有阳光的
环境。是著名的园林花卉之一。花期较长，花、叶可入药。

何草不黄

世事动荡，统治者无情，被征发服役的人们劳苦无休，就像野兽一般奔走于旷野。

何草不黄　何日不行

何人不将　经营四方

何草不玄　何人不矜^{guān}

哀我征夫　独为匪民^{fēi}

匪兕匪虎^{fēi sì}　率彼旷野

哀我征夫　朝夕不暇

有芃者狐^{péng}　率彼幽草

有栈之车　行彼周道^{xíng}

何人不将　经营四方：大意为，有谁不远役，为了国家奔波四方。将，行役。

玄：赤黑色。这里指即将枯死。

矜：通"鳏"，老而无妻的人。

独为匪民：独征夫们不是民。这里指行役者过得艰辛，像那些比民更低贱的阶层，如流民、奴隶等。

匪兕匪虎　率彼旷野：大意为，我们不是那野兽，却奔波于旷野。兕，野牛。率，循。

芃：兽毛蓬松貌。

幽：深。

栈车：竹木条横排编成的轻便之车，这里指役车。

大
雅

大雅存诗 31 篇，包含西周各个时期的作品。主题多与周王室历史及政治、军事、祭祀等活动等相关，诗风雍容典雅。

文王

颂周文王受天命而王天下，制立周邦。

文王在上　於昭于天

周虽旧邦　其命维新

有周不显　帝命不时

文王陟降　在帝左右

亹亹文王　令闻不已

陈锡哉周　侯文王孙子

文王孙子　本支百世

凡周之士　不显亦世

世之不显　厥犹翼翼

思皇多士　生此王国

文王在上：指文王之灵在天上。

於：叹词。昭：昭明。

旧邦：指周时历史悠久的邦国。

命：天命，指文王受天命而为君。

不显：不，通"丕"，大也。即大显。

帝：上帝、上天。不时：即丕承。不，通"丕"。时，通"承"。

文王陟降 在帝左右：文王之神升降，伴于上帝左右。

亹亹：勤勉貌。

令闻：善誉；善声。

陈锡：重赐，赐之多也。

不显亦世：指世世代代都能显赫荣耀。

厥犹翼翼：其谋略周详而谨慎。厥，其。犹，通"猷"，谋略。

思：语助词。皇：美、大。

480

王国克生　维周之桢

济济多士　文王以宁

穆穆文王　於^{wū} 缉熙敬止

假哉天命　有商孙子

商之孙子　其丽不亿

上帝既命　侯于周服

侯服于周　天命靡常

殷士肤敏　祼^{guàn}将于京

厥作祼将　常服黼^{fǔ}冔^{xǔ}

王之荩^{jìn}臣　无念尔祖

无念尔祖　聿修厥德

永言配命　自求多福

克生：指能生出众多人才。克，能。

桢：古代筑墙两端树立的木柱。引申为支柱。

穆穆：仪表美好，庄严持重的样子。

缉熙敬止：光明磊落而敬畏天命。缉，明。熙，广。

假：大、伟大。

其丽不亿：言商遗民之多。

上帝既命 侯于周服：天命如此，使殷商臣服于周。

靡常：无常。

殷士肤敏：以下六句大意为，殷士美好而勤勉，来镐京参加禩祭典礼。他们在盛典中仍穿着殷时礼服，你们现在已经是周王之臣，就不要再念着你们的祖先。肤，美。敏，敏捷或勤勉。祼，灌祭，一种酌酒落地的祭礼仪式。将，举行。黼，白与黑相间。冔，殷人所戴冠冕。荩，用。

配命：合天命。

殷之未丧师　克配上帝

宜鉴于殷　骏命不易

命之不易　无遏尔躬

宣昭义问　有虞殷自天

上天之载　无声无臭

仪刑文王　万邦作孚

丧师：丧失人心。

骏命不易：听从上天之命，才能永远持续。

无遏尔躬：不要在你这里中断（王朝的传承）。遏，止。

宣昭义问：发扬光大美好的名誉。义问，同"令闻"。

有虞殷自天：要借鉴"殷商覆灭由天命"。虞，度、借鉴。

无声无臭：无声无味，指上天的意志难测。

仪刑文王　万邦作孚：大意为，以文王为榜样，就能取得四方诸侯
的信任。仪刑，效法。孚，信任。

大明

由颂文王父母始，历数而下，重心是颂武王伐商之功绩。

明明在下　赫赫在上

天难忱斯　不易维王

（chén）

天位殷適　使不挟四方

（dì）

挚仲氏任　自彼殷商

（zhì）（rén）

来嫁于周　曰嫔于京

（pín）

乃及王季　维德之行

（háng）

大任有身　生此文王

（tài）

维此文王　小心翼翼

昭事上帝　聿怀多福

（yù）

厥德不回　以受方国

明明在下：施明德于天下。

赫赫：光明的样子。

天难忱斯：指天命无常难信。忱，信也。

不易维王：指做君王不易。

天位殷適　使不挟四方：指上天本来有意于殷商嫡系，却又使纣王失去天下。適，通"嫡"，正嗣，指商纣王。

挚仲氏任：挚国任氏家的二姑娘。挚，殷属国。任姓为贵族姓氏。

曰嫔于京：指来到周都做新娘。

乃及王季：以下四句大意为，她嫁给了王季，品行端庄，不久怀孕，生下文王。大任，太任，即文王之母。身，怀孕。

昭事上帝：光明正大地侍奉上天。

聿怀多福：招来众多的福兆。聿，语助词。

厥：同"其"，他、他的。回：邪僻。

方国：四方来附者。

483

天监在下　有命既集

文王初载　天作之合

在洽之阳　在渭之涘_{sì}

文王嘉止　大邦有子

大邦有子　俔_{qiàn}天之妹

文定厥祥　亲迎于渭

造舟为梁　不显其光_{pī}

有命自天　命此文王

于周于京

缵_{zuǎn}女维莘_{shēn}　长子维行

笃_{dǔ}生武王

保右命尔　燮_{xiè}伐大商

天监在下：指上天监视下方万民。集：就。指响应上天号召就位。

初载：初年。

洽之阳：洽河之北。

渭之涘：渭河的河边。

文王嘉止　大邦有子：大意为文王行婚礼，配偶是大国女子。嘉，美，指成婚嘉礼。

俔天之妹：好比那天仙一样。俔，好比。

文定：纳币成礼而定婚。文，礼，纳币之礼。

造舟为梁：舟上加板，造为浮桥。

不显其光：即丕显其光。丕，通"不"，大。

于周于京：改号为周，易邑为京。

缵女维莘：美女是莘国的姑娘。

长子：文王长子伯邑考。维行：维德之行。

保右命尔：上天保佑你、命令你。

　燮："袭"之假借，讨伐。

殷商之旅　其会^{kuài}如林

矢于牧野　维予侯兴

上帝临女^{rǔ}　无贰尔心

牧野洋洋　檀车煌煌

驷骥^{yuán páng}彭彭

维师尚父　时维鹰扬

凉^{liàng}彼武王　肆伐大商

会朝清明

殷商之旅：指讨伐殷商的各路诸侯。

矢于牧野：即誓于牧野。

骥：赤毛白腹的马。

尚父：姜太公吕望。

凉：辅佐。

肆：一说遂。

会朝清明：不到一朝而天下清明。

鹰

鹰，隼形目，鹰科。中小型猛禽，种类繁多，《诗经》所指应为苍鹰。栖息于不同海拔高度的森林地带，也见于平原和丘陵地带的疏林。视觉敏锐，善飞翔，性机警，善隐藏，通常单独活动。捕食鼠类、野兔及中小型鸟类。有夏候鸟和冬候鸟，目前种群数量渐少。

绵

古公亶父，为文王祖父，被追尊为太王。他率领本部族迁
居到岐山下的周原，为周邦国的形成和周王朝的兴起奠定
了基础。本篇即歌颂其功业。

绵绵瓜瓞^{dié}　民之初生　自土沮漆^{dù cú}
古公亶父^{dǎn}　陶复陶穴　未有家室

古公亶父　来朝走马^{zhāo}
率西水浒　至于岐下
爰及姜女　聿来胥宇

周原膴膴^{wǔ}　堇荼如饴^{jǐn yí}
爰始爰谋　爰契我龟
曰止曰时　筑室于兹

迺慰迺止^{nǎi}　迺左迺右

绵绵：不绝貌。瓜瓞：大曰瓜，小曰瓞。
民：周民。
土：《齐诗》为杜，水名。沮：通"徂"，到。漆：水名，漆河。
古公亶父：即文王祖父。
陶复陶穴：指挖地穴、筑窑洞为室。陶，挖掘。复，地室。
来朝走马：指亶父从早上就上马而去。
爰及姜女　聿来胥宇：大意为，他和妻子姜女一起，勘察适合居住
的地址。聿，发语词。胥，相、视。宇，居。
周原：周邦之土地。膴膴：土地肥沃貌。
堇荼如饴：连堇葵和苦菜都很甘甜。堇即堇葵，荼即苦菜，皆味苦。
爰契我龟：指用龟甲占卜。契，刻。
曰止曰时：占卜语，意为言止于此（这里适合居住）。
迺：乃。慰、止：都有安居之意。左、右：指划分左右筑屋。

487

迺疆迺理　迺宣迺亩
自西徂东　周爰执事

乃召司空　乃召司徒
俾立室家
其绳则直　缩版以载
作庙翼翼

捄^{jiū}之陾陾　度^{duó}之薨薨^{hōng}
筑之登登　削屡冯冯^{píng}
百堵皆兴　鼛^{gāo}鼓弗胜

迺立皋^{gāo}门　皋门有伉^{kàng}
迺立应门　应门将将^{qiāng}
迺立冢^{zhǒng}土　戎丑攸行^{háng}

疆、理：划其大界、区分土地。
宣、亩：开垦土地、挖渠筑垄。
周爰执事：指大家一起工作。周，所有人。执事，干活儿。
司空、司徒：卿官。司空掌营国邑；司徒掌徒役之事。
其绳则直：此二句大意为，测地基的绳墨又长又直，捆紧木板好筑土
墙。缩版，以绳束筑版。
捄：盛土于器。陾陾：众也。
度：塞、填。薨薨：众声也。
登登：用力也。 削屡：削平土墙。冯冯：墙坚声。
鼛鼓：大鼓。弗胜：指鼓声压不过人声。或"弗"通"沸"，场面沸腾。
皋门：王之郭门曰皋门。伉：高貌。
应门：王之正门曰应门。将将：严正也。
冢土：大社坛。
戎丑攸行：指将战俘陈列于社坛前以祭社。戎丑，对战俘的蔑称，
或解为大众。

肆不殄厥愠　亦不陨厥问

柞棫拔矣　行道兑矣

混夷駾矣　维其喙矣

虞芮质厥成　文王蹶厥生

予曰有疏附　予曰有先后

予曰有奔奏　予曰有御侮

肆不殄厥愠：此二句大意为，未消其怒（指敌人），未损其誉（指
周王）。肆，语助词。殄，灭绝。厥，其。愠，怨愤。陨，毁。
问，闻、声誉。

柞棫：两种丛生灌木。

兑：通行。

混夷：西戎国名。駾：受惊奔窜。

喙：困。一说短气貌。

虞芮质厥成：此二句大意为，虞国、芮国来请文王评判纠纷。文王
感化了他们。蹶，动、感动。

予曰有：我有。曰，语助词。疏附：率下亲上曰疏附，指贤臣。

先后：在文王前后辅佐相导，指良臣。

奔奏：奔走宣传美誉之臣，指文臣。

御侮：抵御外敌之臣，指武臣。

489

菫

今名石龙芮、菫葵，一年生草本，生长于河沟边、平原湿地。嫩苗可食，但味苦，属于救荒植物。全草洗净或晒干可入药。

棫朴

赞周文王善用官员、培育人才，因此能统治四方。

芃芃棫朴　薪之槱之
yù pò　yǒu

济济辟王　左右趣之
bì　qū

济济辟王　左右奉璋
bì

奉璋峨峨　髦士攸宜
máo

淠彼泾舟　烝徒楫之
pì　zhēng

周王于迈　六师及之

倬彼云汉　为章于天
zhuō

周王寿考　遐不作人

追琢其章　金玉其相
duī

勉勉我王　纲纪四方

芃芃：木盛貌。棫朴：棫林之朴。棫林，地名，或棫树。朴，檞树。
槱：积木以点燃。
济济：庄严恭敬貌。辟王：君王。左右趣之：指各路人才趋于周王
左右。趣，趋。
璋：古时祭祀用的一种酒器。玉石制成。
峨峨：庄严貌。　髦士：英俊杰出之士。攸：所。宜：适合。
淠：舟行貌。泾：水名。　烝徒：众多士卒。楫：划船。
于迈：往行，指出征。　六师及之：指六军跟随。
倬彼云汉：大意为，那璀璨的银河。倬，大、显著。云汉，天河。
寿考：健康长寿。　遐不作人：怎不长远地培养使用人才。
追琢：雕琢。追，"雕"之借字。金曰雕，玉曰琢。

朴樕

今名槲树，落叶乔木，橡树之一种。喜光、耐旱、抗瘠薄，生存能
力强。坚果味涩难以入口，可用于酿酒，木材坚重耐久，是制作器
具的上好木料。

旱麓

赞颂王者祭祖得福，又能培育人才。

瞻彼旱麓（lù）　　榛楛（hù）济济
岂弟（kǎi tì）君子　干禄（gān）岂弟

瑟彼玉瓒（zàn）　黄流在中
岂弟君子　　　　福禄攸降

鸢飞戾（yuān）天　鱼跃于渊
岂弟君子　　　　遐不作人

清酒既载　　　　骍牡（xīng）既备
以享以祀　　　　以介景福

瑟彼柞棫（zuò）　民所燎（liáo）矣
岂弟君子　　　　神所劳（lào）矣

旱麓：旱山之山麓。麓，山脚。　榛、楛：两种丛生灌木。
岂弟：指快乐平易。　干禄：求福。
瑟：洁鲜貌。玉瓒：以玉作柄像勺子一样的祭器。　黄流：指金黄
的祭酒。
鸢：老鹰。戾：至。
遐不作人：参考《大雅·棫朴》注释。
骍牡：赤色公牛。这里指祭祀用的牲畜。
以介景福：以求大福。
瑟：众貌。柞棫：两种丛生灌木。　燎：这里指烧柴祭神。
劳：慰劳。或解为佑助。
493

莫莫葛藟　施于条枚^{yi}
岂弟君子　求福不回

莫莫：繁密旺盛貌。
施：蔓延。条：树枝。枚：树干。
不回：不违祖先之道。

鸢

鸢，又称老鹰，隼形目，鹰科。中型猛禽，栖息于荒原、低山丘陵、平原与草地，视觉敏锐，性凶猛，主要捕食小鸟、田鼠、蛇、蛙、野兔等，也会到村庄或城郊捕食雏鸡。营巢于高树或悬崖。

思齐

写文王有伟大的母亲，他自己又能敬祖、修身、齐家，并化育人才以治天下。所以《毛诗序》说此诗述"文王所以圣也"。

　　　　zhāi tài rén
思齐大任　文王之母

思媚周姜　京室之妇
　　tài　sì
大姒嗣徽音　则百斯男

惠于宗公
　　　　　　　tōng
神罔时怨　神罔时恫

刑于寡妻　至于兄弟

以御于家邦

yōng
雝雝在宫　肃肃在庙
pī　　　　　yì
不显亦临　无射亦保

思：助词。齐："齌"之假借，庄重、肃静。大任：太任，指文王之母。
媚：美好。周姜：太姜，文王之祖母。
京室：周王室。
大姒：文王之妻。嗣徽音：继承美好的名誉。嗣，继承。
则百斯男：指子孙众多，人丁兴旺。
惠于宗公：顺从先公遗训。惠，顺从。
神罔时怨 神罔时恫：神灵没有哀怨没有伤痛。神，指祖宗神灵。
刑于寡妻：用礼法施于嫡妻。刑，法也。寡妻，嫡妻。
以御于家邦：指以此规律来治国。御，治。
雝雝：谐和。
肃肃：恭敬貌。
不显亦临 无射亦保：明显处该看到，不显处也要留意。指任用人才。

肆戎疾不殄　烈假不瑕

不闻亦式　不谏亦入

肆成人有德　小子有造

古之人无斁　誉髦斯士

皇矣

述周部族伐商以前兴起的历史，中心是王季与文王父子两人的德业。前四章从古公亶父（太王）写起，主要篇幅歌颂王季美德，能为师为君，令邦国安顺。后四章主要写文王通过伐密、伐崇两场战争，扩张了周领土，使周部族发展强大而终能取商而代之。

皇矣上帝　临下有赫
监观四方　求民之莫
维此二国　其政不获
维彼四国　爰究爰度(duó)
上帝耆(zhǐ)之　憎其式廓
乃眷西顾　此维与宅

作(zhà)之屏(bǐng)之　其菑(zī)其翳(yì)
修之平之　其灌其栵(lì)
启之辟(pì)之　其柽(chēng)其椐(jū)
攘之剔之　其檿(yǎn)其柘(zhè)

皇矣：英明、伟大。临下：即俯视芸芸众生。赫：光明的样子。
民之莫：即民间疾苦。莫，通"瘼"。
二国：或指夏和商。或"二"为"上"之讹，单指殷商。
不获：不得民心。
四国：四方之国。　爰究爰度：指上天察鉴、揣度各国。
耆：通"恉"，旨意。　憎其式廓：指上天憎恶殷商。式廓，模样。
此维于宅：只有此地可安居（指西方之周）。
作：通"槎"，拔除（树木）。屏：去除。
菑：直立的枯树。翳：倒地的枯木。
灌：灌木。栵：一说砍伐又生的树，一说成列树木。
启、辟：都有开辟之意，指伐树以辟路。柽：三春柳。椐：灵寿木。
攘：排除。剔：剔除。檿：山桑。柘：黄桑。

498

帝迁明德　串夷载路

天立厥配　受命既固

帝省其山 ^{xǐng}

柞棫斯拔　松柏斯兑 ^{zuò}

帝作邦作对　自大伯王季 ^{tài}

维此王季　因心则友

则友其兄　则笃其庆 ^{dǔ}

载锡之光 ^{cì}

受禄无丧　奄有四方

维此王季　帝度其心 ^{duó}

貊其德音　其德克明 ^{mò}

克明克类　克长克君 ^{zhǎng}

王此大邦　克顺克比 ^{wàng} ^{bǐ}

比于文王　其德靡悔

帝迁明德：上天转向明德的君主。串夷载路：指犬戎败逃。

天立厥配：上天立了符合天意之人。

松柏斯兑：指路上种满了松柏。兑，直立。

帝作邦作对：指上天建立周国并寻立君主。

因心：用心。友：友爱。

笃：厚、多。庆：福。

载锡之光：乃赐周王大位。

奄有：覆盖、广有。

貊：广大。或解为勉。

克明：能够明辨是非。克，能。

克类：指能区分好人坏人。克长克君：能做长者，能为人君。

比于文王：传承至文王。一说比乃"从"字误，解为从于文王。

499

既受帝祉　施于孙子

帝谓文王
无然畔援　无然歆羡
诞先登于岸
密人不恭　敢距大邦　侵阮徂共
王赫斯怒
爰整其旅　以按徂旅
以笃于周祜　以对于天下

依其在京　侵自阮疆
陟我高冈
无矢我陵　我陵我阿
无饮我泉　我泉我池
度其鲜原
居岐之阳　在渭之将
万邦之方　下民之王

500

帝谓文王　予怀明德

不大声以色　不长夏以革

不识不知　顺帝之则

帝谓文王　询尔仇方　同尔兄弟

以尔钩援　与尔临冲

以伐崇墉

临冲闲闲　崇墉言言

执讯连连　攸馘安安

是类是祃　是致是附

四方以无侮

临冲茀茀　崇墉仡仡

是伐是肆　是绝是忽

四方以无拂

予怀明德：我眷念你美好的德行。

不大声以色：二句大意为，对人民不声严厉色，不鞭打用刑。夏，
通"榎"，用作刑具，以教刑。革，鞭革，鞭作刑具，以官刑。

不识不知：可解为顺应天道。

询尔仇方：商量联合你的友邦。仇，匹也。

钩援：古时攻城工具，云梯之类。临冲：古时两种战车的名称。

崇墉：崇国的城堡。

闲闲：缓慢动摇貌。言言：高大貌。

执讯：抓到俘虏。馘：割敌人尸体左耳以记功。安安：从容貌。

类：出师前祭天。祃：出师后祭天。

致：招降敌人。附：安抚大众。

茀茀：强盛貌。仡仡：通"屹屹"，高耸貌。

肆：突、袭击。忽：灭。

拂：违抗。

501

栵

今名茅栗，落叶小乔木或灌木，耐干旱，常生长于向阳山坡，形成灌木丛。是板栗的不同品种，植株更矮，坚果更小更甜。枝干较小，通常仅供薪柴。

柽

今名柽柳、三春柳，灌木或小乔木，耐盐、耐旱，常被用作防沙造林树种。枝条细柔，开花如红蓼，颇为美观，也是庭院观赏树种，嫩枝叶可入药。

503

檿

今名山桑，落叶灌木或小乔木，桑之一种，在古代，经济价值仅次
于桑树（参考"桑"）。山桑与桑树有同样的利用价值，其生态分
布范围更小，多生长于海拔1400~2000米的山坡灌丛。

灵台

文王营建灵台、灵囿、灵沼与辟雍，这是一处带园林供休憩的离宫。因其有德，鸟、兽、鱼均得安乐。

经始灵台　经之营之

庶民攻之　不日成之

经始勿亟　庶民子来

王在灵囿　麀鹿攸伏

麀鹿濯濯　白鸟翯翯

王在灵沼　於牣鱼跃

虡业维枞　贲鼓维镛

於论鼓钟　於乐辟雍

於论鼓钟　於乐辟雍

鼍鼓逢逢　矇瞍奏公

经始：开始规划。灵台：台名。其址在今陕西西安。

攻：营建。

亟：急。庶民子：庶民之子。或解为庶民如儿子。

灵囿：灵台中畜养禽兽的林园。　麀：母鹿。攸：作语助词。

濯濯：肥美貌。　翯翯：洁白光泽貌。

牣：满。言沼中鱼多。

虡业维枞：二句指悬钟架鼓的架子已制好，挂上大钟和大鼓。虡，悬钟磬木架的柱子。业，虡上大板。枞，名崇牙，悬钟磬处以彩色为大牙。贲，大鼓。镛，大钟。

论：伦。次序，指钟鼓排列有序。　辟雍：文王之离宫，水环山之处。

鼍鼓：鳄鱼皮蒙的鼓。

矇瞍：此指盲乐师。有眸而盲者曰矇，无眸曰瞍。奏公：演奏颂歌。

鼍

鳄鱼，即扬子鳄，卵生两栖爬行动物。栖息于水塘、池沼、沟渠等，肉食性。据古籍记载，自夏、商、周始，古人便取扬子鳄肉为食，以皮制革，价格昂贵，视为珍品。

下武

颂武王与成王，武王继祖德而配天命，并传之成王。

下武维周　世有哲王
三后在天　王配于京

王配于京　世德作求
永言配命　成王之孚
成王之孚　下土之式
永言孝思　孝思维则

媚兹一人　应侯顺德
永言孝思　昭哉嗣服

昭兹来许　绳其祖武
于万斯年　受天之祜^{hù}

受天之祜　四方来贺
于万斯年　不遐有佐

下武：后继。指周王后继有人。
三后：指周初三祖太王、王季、文王。王配于京：周王配祖德于镐京。
永言配命：永配天命。言，语助词。孚：信，指取得天下信任。
媚：美好。兹：这个。一人：指周天子。应：当。侯：语助词。
昭哉嗣服：昭示后人要传承（美德）。
来许：后进，指传承人。绳：继承。武：迹，引申为功绩。
不遐有佐：岂有不来相佐。或解为不会有什么过时。

文王有声

述文王营建丰邑、武王营建镐京之事。

文王有声　　遹骏有声　（yù）

遹求厥宁　　遹观厥成

文王烝哉　（zhēng）

文王受命　　有此武功

既伐于崇　　作邑于丰

文王烝哉

筑城伊淢　（xù）　作丰伊匹

匪棘其欲　（fěi）　遹追来孝

王后烝哉

王公伊濯　（zhuó）　维丰之垣　（yuán）

四方攸同　　王后维翰

王后烝哉

丰水东注　　维禹之绩

四方攸同　　皇王维辟　（bì）

皇王烝哉

镐京辟廱　（bì yōng）　自西自东

自南自北　无思不服

皇王烝哉

考卜维王　宅是镐京

维龟正之　武王成之

武王烝哉

丰水有芑(qǐ)　武王岂不仕

诒(yí)厥孙谋　以燕翼子

武王烝哉

文王有声：文王有美好的声誉。

遹：语助词。骏：大。

遹求厥宁：二句大意为，求人民安宁，观伟业有成。厥，其。

烝：赞词，称美之辞。

崇：崇国。

丰：地名，丰京。

伊：作语助词。淢：护城河。

淢：配。指"筑城伊淢"作为丰京的配套工程。

匪棘其欲：二句意为，不是急于个人私欲，而是追念先祖遗志。棘，急。

王公：王之功业。濯：大。

丰之垣：丰京的城墙。

四方攸同：二句大意为，四方来朝，文王是他们的依靠。同，集。

皇王维辟：周王是君之典范。辟，君主。

辟廱：文王之离宫。

无思不服：无人不服从周邦。思，语助词。

考卜维王：以下四句大意为，定都镐京之事，文王占卜，神龟决定，武王来完成。宅，定居。正，定夺。

丰水有芑：此二句意为，丰京水边有芑，武王难道不作为？是指丰京很肥沃，武王为何还要迁都？芑：白苗高粱。仕，事。

诒厥孙谋　以燕翼子：指武王为子孙谋，像燕子庇护孩子。

生民

后稷是周民族历史上的始祖，同时他也是农神。此诗前半部分记述后稷出生时的神奇事迹，后半部分记述他在农业种植方面的特殊才能。诗反映出周族以农业立国的特质。

厥初生民　　时维姜嫄

生民如何　　克禋克祀

以弗无子

履帝武敏歆　　攸介攸止

载震载夙　　载生载育

时维后稷

诞弥厥月　　先生如达

不坼不副　　无菑无害

以赫厥灵

上帝不宁　　不康禋祀

厥初生民：指最初周民是如何诞生的。厥初，其初、当初。

姜嫄：相传帝喾之妻，周人先祖后稷之母。

克禋克祀：指祭祀上苍以祈子。克，善于。禋，升烟以祭。

履帝武敏：踩着上帝的脚印。武，足迹。敏，大拇指。

歆：欣然。

攸介攸止：指姜嫄得到福祉。

载震载夙：这里指姜嫄怀上龙胎。震，喻长子、太子。夙，或是个时间概念。

诞弥厥月：指怀孕十月期满。弥，满。

先生：头一胎。

达：瓜、肉球，或以为羊胎（母羊产胎，小羊破胎而生）。

坼、副：都有劈开、分裂的意思。这里指胎不破。

菑："灾"的古字。

以赫厥灵：显示上帝之灵（即非凡之胎）。赫，显示、显耀。

　上帝不宁　不康禋祀：大意为，难道上帝降怒？姜嫄祭祀不够？

居然生子

诞寘之隘巷　牛羊腓字之
诞寘之平林　会伐平林
诞寘之寒冰　鸟覆翼之
鸟乃去矣　后稷呱矣
实覃实訏　厥声载路

诞实匍匐　克岐克嶷
以就口食
蓺之荏菽　荏菽旆旆
禾役穟穟　麻麦幪幪
瓜瓞唪唪

诞后稷之穑　有相之道
茀厥丰草　种之黄茂

生子：指生下这样一个肉球。
诞寘之隘巷：以下六句大意为，以生下肉球为不祥，弃于窄巷，牛
羊庇护他，弃于树林，碰到樵夫救了他，弃于寒地，鸟儿展翅温暖
他。寘，通"置"。腓，庇护。字，哺乳。
实覃实訏：指哭声实在是悠长而响亮。实，是。覃，长。訏，大。
诞实匍匐：以下三句大意为，后稷刚学会爬，就很聪明，自己去找
吃的。岐，知意也。嶷，识也。
蓺：种植。荏菽：大的豆类。
旆旆：农作物茂盛貌。
穟穟：禾苗美好。幪幪：茂盛貌。
瓞：小瓜。唪唪：多实貌。
有相之道：有分辨农作物的本领。
黄茂：丰美的谷物。

511

实方实苞　实种实褎

实发实秀　实坚实好

实颖实栗
即有邰家室

诞降嘉种
维秬维秠　维穈维芑

恒之秬秠　是获是亩

恒之穈芑　是任是负
以归肇祀

诞我祀如何
或舂或揄　或簸或蹂

释之叟叟　烝之浮浮

载谋载惟　取萧祭脂

实：是。方：通"放"，萌芽。苞：茂盛。
种：矮。指粗壮。褎：长高。
发：禾苗发兜。秀：扬花，禾苗初吐穗。
颖：禾穗下垂。栗：果实栗栗然。
有邰家室：以养家室。邰，养。
秬：黑黍。秠：黑黍的一种。穈：赤苗高粱。芑：白苗高粱。
恒："亘"的借字，指遍地种之。
获：收割。亩：堆在田里。
任：肩挑。负：背起。
揄：舀取。
蹂：通"揉"，用手搓米。
释：淘米。叟叟：淘米声。
浮浮：蒸饭的气。
谋：筹划。惟：思。皆指商议祭祀之事。
取萧：选取牛尾蒿作祭品。祭脂：以牛肠脂油作祭品。

取羝以軷　載燔載烈

以兴嗣岁

卬盛于豆　于豆于登

其香始升

上帝居歆　胡臭亶时

后稷肇祀　庶无罪悔

以迄于今

羝：公羊。軷：古代祭路神。
以兴嗣岁：将求新岁之丰年也。
卬盛于豆：指仰头举着祭祀的盛器。卬，通"仰"。豆，木制盛器。
登：瓦制盛器。
居歆：安享。
胡臭：浓烈的香味。胡，大。亶时：诚善也。

513

荏菽（菽）

今名大豆，在《诗经》里，广义的菽为所有豆类的总称，狭义上则
指大豆，也就是毛豆或黄豆，一年生直立草本。原产我国，有超过
五千年的栽培史，是我国最重要的粮食作物之一。

行苇

王者宴饮时所用乐歌。从兄弟情谊说到宴饮过程，又写作为娱乐的射礼，最后述敬老、养老之诚意。全诗有一种忠厚而和睦的氛围。

敦彼行苇　牛羊勿践履

方苞方体　维叶泥泥

戚戚兄弟　莫远具尔

或肆之筵　或授之几

肆筵设席　授几有缉御

或献或酢　洗爵奠斝

醓醢以荐　或燔或炙

嘉殽脾臄　或歌或咢

敦弓既坚　四鍭既钧

敦：聚貌。行苇：苇生路旁。
体：成形。
泥泥：茂盛貌。
莫远具尔：不要疏远要亲近。尔：同"迩"，近。
肆之筵：陈设竹席，指摆宴席。
几：古人席地而坐时靠着的小木桌。
授几有缉御：指侍者持续端上几。缉，续。御，侍。
献、酢：主人敬酒曰献，客人回敬曰酢。
奠斝：献酒。斝，酒器。
醓、醢：两种肉酱。
脾、臄：牛胃（牛百叶）、牛舌。
歌、咢：琴瑟而唱曰歌，击鼓而不唱曰咢。
敦：雕弓。
鍭：箭之一种。

515

舍矢既均　序宾以贤

<ruby>敦<rt>diāo</rt></ruby>弓既<ruby>句<rt>gōu</rt></ruby>　既挟四鍭

四鍭如树　序宾以不侮

曾孙维主　酒醴维<ruby>醹<rt>lǐ rú</rt></ruby>

酌以大斗　以祈黄<ruby>耇<rt>gǒu</rt></ruby>

黄耇台背　以引以翼

寿考维祺　以介景福

舍矢既均：放箭即中。

句：指弓张。

树：通"竖"。

序宾以不侮：指不侮慢箭赛失败者。

曾孙维主　酒醴维醹：曾孙真是个好主人，酒是那么醇厚可口。

曾孙，或是对贵族主人的称呼。醹，酒味醇厚。

黄耇：指长寿。

台背：台，鲐鱼，背有黑纹。这里指长寿老人背上生斑如鲐鱼背。

或以为驼背。

引、翼：在前曰引，在旁曰翼。尊长之意。

　　寿考：长寿。祺：福。

鲐（台）

今名东方鲀，也俗称河豚，鲀科。有海鱼和淡水鱼及洄游鱼类之分，本篇当指淡水河豚。栖息于水底层，活动力差，以肉食为主的杂食性。河豚肉食鲜美，但体内含有剧毒。

既醉

王者祭礼结束后宴宾客，主祭的祝官用"公尸"名义对王者所作的祝福之辞。

既醉以酒　既饱以德
君子万年　介尔景福

既醉以酒　尔殽^{yáo}既将
君子万年　介尔昭明

昭明有融　高朗令终
令终有俶^{chù}　公尸嘉告

其告维何　笾^{biān}豆静嘉
朋友攸摄　摄以威仪

威仪孔时　君子有孝子

既饱以德：可理解为，享受祭品已饱，感其德。
介尔景福：赐予你大福。介，赐。景福，大福。
将：美好。
昭明：光明，美好的前程。
有融：融融，攸攸长远貌。
高朗：形容声誉高而明。令终：善终。
令终有俶：祝词。祝其善始善终。
公尸：祭祀时扮作先公的神尸。嘉告：善言相告。
笾、豆：皆盛器。静嘉：美好的样子，指祭品盛器洁净漂亮。
摄：佐理，辅助。指来助祭。
孔时：很好。

518

孝子不匮　永锡尔类^{cí}

其类维何　室家之壸^{kǔn}
君子万年　永锡祚胤^{cí zuò yìn}

其胤维何　天被尔禄
君子万年　景命有仆

其仆维何　釐尔女士^{lí}
釐尔女士　从以孙子

类：家族。
壸：古时宫中巷。引申为"广"，人丁兴旺。
祚：福。胤：后代。
被：覆盖、加。
仆：附，附属之众，如下文"尔女士"。
釐：予、赐。女、士：指家族中的男男女女。
从以孙子：以及子子孙孙等后代。

凫鹥

王者在祭祀中宴饮公尸，并对他加以赞美和祝福。

凫鹥在泾 ^{fú yī jīng} 公尸来燕来宁

尔酒既清 尔殽既馨

公尸燕饮 福禄来成

凫鹥在沙 公尸来燕来宜

尔酒既多 尔殽既嘉

公尸燕饮 福禄来为

凫鹥在渚 公尸来燕来处 ^{chǔ}

尔酒既湑 ^{xǔ} 尔殽伊脯 ^{fǔ}

公尸燕饮 福禄来下

凫鹥在潀 ^{zòng} 公尸来燕来宗

凫：野鸭。鹥：鸥。泾：直流之水，这里指河水。
公尸来燕来宁：指先公神尸宴饮很满意。燕，宴饮。
成：帮助、成就。
沙：水边。
宜：宜其事也。
为：助。一说厚。
渚：河中沙洲。
处：止。指居处。
湑：过滤的酒，引申为清酒。
伊：是。脯：干肉、咸肉。
下：降。
潀：一说水会处。
宗：尊。指尊敬神。

520

既燕于宗　福禄攸降
公尸燕饮　福禄来崇

凫鹥在亹^{mén}　公尸来止熏熏
旨酒欣欣　燔炙芬芬
公尸燕饮　无有后艰

于宗：在宗室；在宗庙。
崇：重，指重重的福禄。
亹：峡中两岸对峙如门的地方。
来止熏熏 旨酒欣欣：疑为来止欣欣，旨酒熏熏。古书传抄多口
授，误倒其文。
艰：难。指灾难。

凫

今名野鸭，雁形目，鸭科。水鸟的典型代表，品种繁多。我国最常见的品种是野生绿头鸭，我国家鸭即由此驯化而来。常栖息于湖泊、江河、水库、沼泽等水域中。杂食性，主要以野生植物的叶、芽、水藻和种子为食，也吃甲壳类动物、软体动物、水生昆虫等。我国的种群大部分为候鸟，常集群上千只迁徙。

鸥

即鸥，是鸥形目鸥科鸟类的统称，较为常见的有红嘴鸥、黑尾鸥
等。红嘴鸥栖息于江河、湖泊、水库、沼泽及海滨。常小群活动，
越冬迁徙时集大群。在东北、内蒙古、新疆等地繁殖，秋季南迁。

假乐

赞美成王能守成，行事皆端谨妥帖。

假乐君子　　显显令德

宜民宜人　　受禄于天

保右命之　　自天申之

干禄百福　　子孙千亿

穆穆皇皇　　宜君宜王

不愆不忘　　率由旧章

威仪抑抑　　德音秩秩

无怨无恶　　率由群匹

受禄无疆　　四方之纲

之纲之纪　　燕及朋友

百辟卿士　　媚于天子

不解于位　　民之攸塈

假："嘉"之借音字。假乐即嘉乐。君子：指周王。
保右：即保佑。右，通"佑"。申：重复、一再。
干禄：应为"千禄"，干，疑为"千"之误。
愆：过失。不忘：不忘古训。
率由：遵循。旧章：指先祖定下的制度。
抑抑：美也。德音：指清明的政令法令。秩秩：指遵循常典。
群匹：群臣。
辟：指众诸侯。卿士：泛指群臣。　媚：爱戴。
解：通"懈"，懈怠。塈：休息。指人民休养生息。

524

公刘

公刘据传为后稷之曾孙，为周民族史上伟大先祖之一。本篇写他率族人由邰迁豳（在今陕西旬邑和彬县一带）开辟疆土、创立基业之事。

笃公刘　匪居匪康
迺埸迺疆　迺积迺仓
迺裹餱粮　于橐于囊
思辑用光

弓矢斯张　干戈戚扬
爰方启行

笃公刘　于胥斯原
既庶既繁　既顺迺宣
而无永叹
陟则在巘　复降在原
何以舟之

笃：厚道。或为叹词。公刘：周人先祖。
迺：乃。埸、疆：田界、疆界，这里指划分疆界治理农田。
积、仓：收割粮食、充实粮仓。
橐、囊：小袋曰橐，大袋曰囊。
辑：和睦。用：以为。光：光荣。
戚扬：斧钺。
爰：发语词。
胥：相，视察。
既庶既繁：这里指归附的百姓众多。庶、繁皆多意。
宣：通，畅。
永叹：指人民因忧而长久地叹息。
巘：大山上的小山。
舟：带、佩戴。

维玉及瑶　鞞琫容刀

笃公刘
逝彼百泉　瞻彼溥原
溯陟南冈　乃觏于京
京师之野
于时处处　于时庐旅
于时言言　于时语语

笃公刘　于京斯依
跄跄济济　俾筵俾几
既登乃依　乃造其曹
执豕于牢　酌之用匏
食之饮之　君之宗之

笃公刘
既溥既长　既景迺冈

鞞琫：刀鞘上的装饰物。这里指刀鞘。容刀：佩刀。
逝：往。溥原：广大的平原。
觏：看见。
于时：于是。处处：安居。庐旅：寄居。
于京斯依：指就在京邑建城定居。
跄跄：步趋有节貌。济济：多而整齐貌。
既登乃依：指宾客已登席依几而坐。
造："褅"之假借，告祭。曹："槽"之省借，祭猪神。
匏：这里指瓢，当酒杯用。
即景迺冈：指在山岗上设立测影设备，以观岁时。景，日影。

相其阴阳　观其流泉
其军三单　度其隰原
<small>shàn　duó　xī</small>

彻田为粮

度其夕阳　豳居允荒
<small>bīn</small>

笃公刘　于豳斯馆

涉渭为乱　取厉取锻

止基迺理　爰众爰有

夹其皇涧　溯其过涧

止旅迺密　芮鞫之即
<small>ruì　jū</small>

相其阴阳：指勘测山之阴阳，相看风水。
三单：相袭，相代。指轮流当兵。
隰：低湿之地。
彻：治；开发。
豳居允荒：指在开拓过程中发现了地域广阔的豳地。豳，位于今陕西省旬邑县西南。
馆：动词用，指营建馆舍。
乱：横渡。
厉："砺"的本字。磨刀石。锻：加工石器的石料。
止基迺理：营造宫室后，整理田野。
众：指人口增加。有：指物产丰富。
皇、过：涧名。
止旅迺密：指定居的人口稠密。
密：安。
芮鞫之即：指河岸两边都住满人。水边向内凹为芮，向外凸为鞫。

527

泂酌

用水可以煮食洗涤为喻，赞美君子平易，有恩惠于民。

泂酌彼行潦　　（jiǒng）（háng lǎo）

挹彼注兹（yì）　可以餴饎（fēn chì）

岂弟君子（kǎi tì）　民之父母

泂酌彼行潦

挹彼注兹　可以濯罍（zhuó léi）

岂弟君子　民之攸归

泂酌彼行潦

挹彼注兹　可以濯溉（gài）

岂弟君子　民之攸墍（xì）

泂：远。酌：舀水。行潦：路旁溪水。

挹彼注兹：指舀那溪水倒在水缸里。挹，舀。注，倒。兹，指盛水之器。

餴饎：指蒸饭。米煮至半熟，漉出再蒸熟曰餴。饎，酒食、熟米饭。

岂弟：平易宽厚。

濯罍：洗涤器皿。

溉：通"概"，漆樽，酒器。

墍：归附。

卷阿

召康公从成王游于卷阿之上。借天子之游而献诗以颂。

有卷者阿　飘风自南
（quán）（ē）
岂弟君子
（kǎi）（tì）
来游来歌　以矢其音

伴奂尔游矣　优游尔休矣
岂弟君子
俾尔弥尔性　似先公酋矣

尔土宇昄章　亦孔之厚矣
（bǎn）
岂弟君子
俾尔弥尔性　百神尔主矣

尔受命长矣　茀禄尔康矣
（fú）
岂弟君子
俾尔弥尔性　纯嘏尔常矣
（gǔ）

卷者阿：绵延曲折的丘陵。
以矢其音：指向君子献歌。矢，陈。
伴奂：优游闲暇之貌。
俾尔弥尔性：使你终其寿命。即得享天年之意。
似先公酋：继承祖宗久长的事业。似，嗣。酋，终、完成。
土宇：封疆。昄章：言法度章明。昄，大。章，表。
百神尔主：指由你来主祭百神。
茀禄：即福禄。
纯嘏尔常：指赐予你长久的大福。纯，大。嘏，赐福。

有冯有翼 有孝有德

以引以翼

岂弟君子 四方为则

颙颙卬卬

如圭如璋 令闻令望

岂弟君子 四方为纲

凤凰于飞

翙翙其羽 亦集爰止

蔼蔼王多吉士

维君子使 媚于天子

凤凰于飞

翙翙其羽 亦傅于天

蔼蔼王多吉人

维君子命 媚于庶人

凤凰鸣矣 于彼高冈

梧桐生矣 于彼朝阳

冯：依靠。翼：翼蔽、庇护。
颙颙：温貌。卬卬：盛貌。
令闻令望：好名誉好声望。
翙翙：众多也。
蔼蔼：指人多又有威仪。
媚于天子：指爱戴天子。

菶菶萋萋　雝雝喈喈
běng　yōng

君子之车　既庶且多
君子之马　既闲且驰
矢诗不多　维以遂歌

菶菶萋萋：形容梧桐之盛。
雝雝喈喈：形容凤凰之鸣。
矢：献。
遂：于是。此处引申为进献。一说为"答"意。

梧桐

梧桐，落叶乔木，原产于我国，喜光，喜温暖湿润气候，生长快，寿命长，古人多栽种于庭院。树干通直，木质轻软，是制作乐器的良材，种子、花、白皮、叶、根皆可入药。在我国传统文化中，梧桐常被赋予高洁、忠贞、孤独的美好寓意。

民劳

召穆公谏厉王。每章结构相同，从人民劳苦，当休养生息，到要谨防奸邪，遏制混乱，最终归结到对王的期待。

民亦劳止　汔可小康

惠此中国　以绥（suí）四方

无纵诡随　以谨无良

式遏寇虐　憯（cǎn）不畏明

柔远能迩　以定我王

民亦劳止　汔（qì）可小休

惠此中国　以为民逑

无纵诡随　以谨惽怓（mèn náo）

式遏寇虐　无俾民忧

无弃尔劳　以为王休

民亦劳止　汔可小息

民亦劳止：人民劳苦。止，语助词。

汔：求。小康：小安。

惠：指对人民施惠。

中国：指周直接统治的区域。因四方有诸侯国，故称中国。

绥：安。

无纵诡随：不要放纵那诡诈之人。

以谨无良：谨防那些无良之人。

式遏寇虐：即遏制暴虐百姓的事件。

憯：乃、曾。不畏明：不畏其顽强高明。

柔远能迩：指爱民不分远近。迩，近。

民逑：指人民聚而安居。逑，合、聚。

惽怓：喧哗、大乱。

无弃尔劳：指不要松懈操劳的工作。　王休：君王美好的声誉。

533

惠此京师　　以绥四国

无纵诡随　　以谨罔极

式遏寇虐　　无俾作慝

敬慎威仪　　以近有德

民亦劳止　　汔可小愒

惠此中国　　俾民忧泄

无纵诡随　　以谨丑厉

式遏寇虐　　无俾正败

戎虽小子　　而式弘大

民亦劳止　　汔可小安

惠此中国　　国无有残

无纵诡随　　以谨缱绻

式遏寇虐　　无俾正反

王欲玉女　　是用大谏

罔极：行为不正，没有准则。

慝：邪恶。

以近有德：指亲近有德之贤臣。

愒：休息。

泄：除去。

丑厉：丑恶之人。

无俾正败：无使先王之政坏。正，通"政"。

戎：你。小子：年轻人，这里指周王。

式弘大：作用很大，指肩负重担。

缱绻：反复也。指紧紧纠缠。

正反：政务颠覆。

　王欲玉女：王，因我爱护你。是用大谏：所以对你深深劝谏。

板

厉王时政治昏乱暴虐，民生艰苦，朝臣有此大谏；并对同
僚也有所指责。

上帝板板　下民卒瘅 _{cuì dǎn}

出话不然　为犹不远

靡圣管管　不实于亶 _{dǎn}

犹之未远　是用大谏

天之方难　无然宪宪

天之方蹶　无然泄泄 _{guì} _{yì}

辞之辑矣　民之洽矣

辞之怿矣　民之莫矣 _{yì}

我虽异事　及尔同僚

我即尔谋　听我嚣嚣 _{áo}

板板：反也。指反常。 卒瘅：疲病。

出话不然：出其善言而不行。

犹：谋。指政策，谋划。

靡圣：无圣人之法度。管管：无所依据。

不实于亶：言行相违。亶，诚也。

无然宪宪：指国有难，不要面露喜色。宪宪，欣欣。

蹶：动也。指动乱。

泄泄：乐而自得貌。

辞之辑：政令缓和协调。辞，政治教令。辑，和。

怿：败坏。

莫：病。指政令病人。

异事：职务不同。

及尔同僚：指诗人言因与你同朝为官。

嚣嚣：傲慢而不肯接受人言的样子。

535

我言维服　勿以为笑
先民有言　询于刍荛(chú ráo)

天之方虐　无然谑谑
老夫灌灌　小子蹻蹻(jué)
匪我言耄(fěi)(mào)　尔用忧谑
多将熇熇(hè)　不可救药

天之方懠(qí)　无为夸毗(pí)
威仪卒迷(zú)　善人载尸
民之方殿屎(xī)　则莫我敢葵
丧乱蔑资(jì)　曾莫惠我师

天之牖民(yǒu)　如埙如篪(xūn)(chí)
如璋如圭　如取如携

服：事。或为治（国）。
刍荛：割草打柴之人。言不耻下问。
谑谑：调笑貌。
灌灌：诚恳貌。　蹻蹻：骄傲貌。
耄：老而糊涂。　忧谑：当为优谑，调戏也。
多将熇熇：指烈火烹油助长乱局。熇熇，火势炽盛貌。
懠：怒。　夸毗：卑躬屈膝、谄媚顺从。
卒迷：迷失。　善人载尸：贤人君子则如尸矣，不复言语。
殿屎：呻吟。
则莫我敢葵：我不敢预测国家的局势走向。葵，揆度。
蔑资：无财。或解为祸乱未定。资，通"济"。　师：指众民。
天之牖民：以下四句大意为，上天开启民智，如奏埙、篪和洽，如
琢璋、圭合璧，如取、携合一。牖，本义为窗户，引申为开启、
引导。

携无曰益　牖民孔易
民之多辟　无自立辟

价人维藩　大师维垣
大邦维屏　大宗维翰
怀德维宁　宗子维城
无俾城坏　无独斯畏

敬天之怒　无敢戏豫
敬天之渝　无敢驰驱
昊天曰明　及尔出王
昊天曰旦　及尔游衍

携无曰益：启民不要说有障碍。益，通"隘"，阻塞。
民之多辟：指针对人民的刑法已经够多了。辟，法，刑。
价人维藩：武臣是国家的篱樊。价人即介人，披甲之人。
大师：太师。垣：矮墙。
大邦：诸侯国。屏：屏障。
大宗：同姓诸侯国。翰：栋梁。
宗子：太子。城：城墙。
无独斯畏：大意为，不要因畏惧君权而使他独行。
戏豫：嘻嘻娱乐。
渝：变。
驰驱：指放纵自恣。
出王：出入往还。王，通往。
游衍：游荡。后四句说天意明察，无时不在。

荡

厉王无道，召穆公伤周室大坏而作此诗。首章感慨政局昏乱，以下均托文王口吻，批商朝统治者种种失政，而自召祸乱，终于败亡，对厉王及其周围一群人提出严重警告。

荡荡上帝　下民之辟（bì）
疾威上帝　其命多辟（pì）
天生烝民　其命匪谌（fěi chén）
靡不有初　鲜克有终（xiǎn）

文王曰咨　咨女殷商（rǔ）
曾是强御（zēng）　曾是掊克（póu）
曾是在位　曾是在服
天降滔德　女兴是力（rǔ）

文王曰咨　咨女殷商
而秉义类　强御多怼（duì）

荡荡：光明坦荡貌。有解为骄纵放荡貌。
下民之辟：万民的君主。辟，君主。
疾威：暴戾、暴虐。
其命多辟：他的法令多而严苛。辟，刑、法。
匪谌：不诚信。
靡不有初：二句大意为，有善始而不能善终。克，能。
咨女殷商：感叹你们殷商。咨，嗟叹声。
强御：强横。　掊克：聚敛贪狠。
在服：在职，在任，在官。
滔德：慢德。指害人之政，害人之君。
女兴是力：你助长这些暴虐之风。
秉义类：依恃强族。义类，强族。
强御多怼：指强横招来众怨。怼，怨愤。

流言以对　寇攘式内

侯作侯祝　靡届靡究

文王曰咨　咨女殷商

女炰烋于中国　敛怨以为德

不明尔德　时无背无侧

尔德不明　以无陪无卿

文王曰咨　咨女殷商

天不湎尔以酒　不义从式

既愆尔止　靡明靡晦

式号式呼　俾昼作夜

文王曰咨　咨女殷商

如蜩如螗　如沸如羹

小大近丧　人尚乎由行

流言以对：以下四句大意为，谣言四起，强盗窃贼充斥于国内，你
祈神、祷告、诅咒，祸乱却仍然无穷无尽。对，遂也。攘，窃取。
侯，于是。作、祝，诅咒。届，极。究，穷。

炰烋：怒吼，咆哮。

敛怨以为德：多行民愤之事，反自以为德。

无背无侧：背无臣，侧无人。与下句"无陪无卿"皆指众叛亲离。

湎：沉迷于酒。

不义从式；不宜放纵自恣。

既愆尔止：你的行为已失当。愆，错误。止，行为。

靡明靡晦：大意为，还不分昼夜地胡来。

蜩、螗：皆蝉，螗为体较小之一种。这里以吵杂声喻政局混乱。

小大尽丧：大事小事都崩坏。

人尚乎由行：你却还是一意孤行。由行，由着性子而行。

内奰于中国　覃及鬼方

文王曰咨　咨女殷商
匪上帝不时　殷不用旧
虽无老成人　尚有典刑
曾是莫听　大命以倾

文王曰咨　咨女殷商
人亦有言　颠沛之揭
枝叶未有害　本实先拨
殷鉴不远　在夏后之世

奰：怒。
覃：延伸、波及。鬼方：远方。
曾是莫听：指不遵循旧制，不纳谏不听劝。
颠沛之揭：大树被连根拔除。颠沛，跌倒。揭，指树倒地根部翘起。
拨："败"之假借。
夏后：夏王，指夏桀。

抑

古解为卫武公自警兼以刺平王之作。全诗多谈论为政与为人的基本原则，语言颇精警。

抑抑威仪　维德之隅

人亦有言　靡哲不愚

庶人之愚　亦职维疾

哲人之愚　亦维斯戾

无竞维人　四方其训之

有觉德行　四国顺之

訏^{xū}谟定命　远犹辰告

敬慎威仪　维民之则

其在于今　兴迷乱于政

颠覆厥德　荒湛于酒

女虽湛乐从　弗念厥绍

抑抑：缜密而闲雅貌。

隅：当作"偶"，匹也。指外在的威仪还需内在的品德相配。

靡哲不愚：指哲人亦有糊涂的时候。哲人，聪明人。

庶人之愚：以下四句大意为，常人犯糊涂是正常的毛病，聪明人犯糊涂则会酿下重罪。戾，罪。

无竞维人：人君为政，莫过于得贤人。

觉：大、正直。

訏谟定命：二句大意为重大的国策要以法令的形式坚定地执行，长远的国家战略要按时颁布策告群臣。訏，大。谟、犹，谋。辰，按时。

其在于今：二句大意为，就当今的形式，国政混乱。兴：语词。

弗念厥绍：指不顾王朝的继承和延续。绍，继承者。

罔敷求先王　克共明刑

肆皇天弗尚　如彼泉流
无沦胥以亡
夙兴夜寐　洒扫庭内
维民之章
修尔车马　弓矢戎兵
用戒戎作　用逷蛮方

质尔人民　谨尔侯度
用戒不虞
慎尔出话　敬尔威仪
无不柔嘉
白圭之玷　尚可磨也
斯言之玷　不可为也

无易由言　无曰苟矣

罔敷求先王：二句大意为不广求先王遗训，怎能广施明政。敷，广。
肆皇天弗尚：于是上天不再眷顾。肆，于是。尚，佑助。
无沦胥以亡：指不要像那流泉一样相继而亡。沦胥，相率、相随。
用戒戎作：指用来戒备外族入侵。戒，戒备。戎作，西戎作乱。
逷：剔，治。
质：安定。
侯度：君侯制定的法度。
用戒不虞：以戒备灾祸的发生。
斯言之玷：此二句大意为讲出有毛病的话，无法收回。

无曰苟矣：不要说，我说话是随便说的。苟，随便，糊涂。

莫扪朕舌　言不可逝矣
无言不雠　无德不报
惠于朋友　庶民小子
子孙绳绳　万民靡不承

视尔友君子
辑柔尔颜　不遐有愆
相在尔室　尚不愧于屋漏
无曰不显　莫予云觏
神之格思　不可度思
矧可射思

辟尔为德　俾臧俾嘉
淑慎尔止　不愆于仪

莫扪朕舌：此二句大意为，虽然没人捂住自己的舌头，但话出口
就无法追回。扪，执持。朕，古人自称，后为皇帝专用。逝，往，
此指追回。
雠：应验，或回应。
绳绳：指子孙无穷无尽。或指子孙延续祖德。
友君子：善待君子。友，动词。
辑柔尔颜：此二句意为和颜悦色，不至有过错。辑，和。愆，过错。
相在尔室：以下四句大意为，独处一室，也要无愧于鬼神，不要说
不在明显的地方，就没人看见。屋漏，屋的西北隅，供神之处。
觏，看见。
神之格思：以下三句大意为，神明何时到来，不可预测，怎么可能
猜得到呢？格，至。矧，况。射，猜中。思，语助词。
辟：以身作则。俾：使。臧、嘉：善，美。
不愆于仪：不要在仪容举止上犯错。愆，过失。

543

不僭不贼　鲜不为则
投我以桃　报之以李
彼童而角　实虹小子

荏染柔木　言缗之丝
温温恭人　维德之基
其维哲人
告之话言　顺德之行
其维愚人
覆谓我僭　民各有心

於乎小子　未知臧否
匪手携之　言示之事
匪面命之　言提其耳
借曰未知　亦既抱子
民之靡盈　谁夙知而莫成

僭：超越本分。
贼：伤害。
鲜不为则：很少不会被当作榜样。
彼童而角：黄毛小子，角即总角。或解为小羊头上有角，指言之妄。
虹：同"讧"，溃乱。
荏染柔木：此二句大意为，那柔软坚韧的木料，安上弦线就可当琴。荏染，柔貌。缗，安弦线。
覆谓我僭：反而说我的话皆虚妄之词。覆，反。僭，错误。
匪手携之　言示之事：非但手把手教你，当面教你事情如何规划。
借曰未知　亦既抱子：若说你不懂事，但也是抱儿子的人了。借，假如。
民之靡盈：此二句大意为，人们都知道不能自满，谁会早知却又大器晚成？莫，通"暮"，晚。

昊天孔昭　我生靡乐

视尔梦梦^{méng}　我心惨惨^{cǎo}

诲尔谆谆^{zhūn}　听我藐藐^{miǎo}

匪用为教　覆用为虐

借曰未知　亦聿既耄^{mào}

於^{wū}乎小子　告尔旧止

听用我谋　庶无大悔

天方艰难　曰丧厥国

取譬^{pì}不远　昊天不忒^{tè}

回遹^{yù}其德　俾民大棘

梦梦：乱也。指昏乱。

惨惨：悲伤。

谆谆：恳切貌。即谆谆教诲。

藐藐：疏远貌。

虐：戏谑。

亦聿既耄：也老大不小了。有解为，骂我老糊涂。耄，老。

旧止：过去的典章制度。

取譬不远：二句大意为，不远处就有前车之鉴，上天不会有偏差。

取譬，选例子。

回遹其德：指品德败坏。回遹，邪僻。

棘：通"急"。指危急，百姓受难。

545

桑柔

芮伯刺厉王并批评同僚之作。诗中对厉王的贪酷和民生的艰苦有强烈的反映，并多陈为政之道。

菀彼桑柔　其下侯旬
捋采其刘
瘼此下民　不殄心忧
仓兄填兮
倬彼昊天　宁不我矜

四牡骙骙　旟旐有翩
乱生不夷　靡国不泯
民靡有黎　具祸以烬
於乎有哀　国步斯频

国步蔑资　天不我将
靡所止疑　云徂何往

菀：繁盛貌。　其下侯旬：意为树叶下面一片郁阴。旬，树荫遍布。
捋采其刘：意为树叶被采得稀疏。言树下之人失去庇护。刘，稀疏。
瘼：病、疾苦。殄：断绝。
仓兄填兮：悲伤由来已久。仓兄，通"怆怳"，悲伤失意貌。填，久。
倬：明大貌。　宁不我矜：倒文，即宁不矜我。矜，怜悯。
乱生不夷：四句意为，祸乱没平息，无国不遭映，百姓伤亡，人口渐稀，国土遭祸化为灰烬。夷，平息。泯，乱。黎，众。
国步斯频：国运危急。国步，国运。
蔑资：无资财。或解为祸乱未定。资，通"济"。
天不我将：即天不将我。将，助。
靡所止疑：以下二句大意为，居无定所，说走却又不知往哪里去。
疑，通"凝"，定。

君子实维　秉心无竞

谁生厉阶　至今为梗

忧心愍愍（yīn）　念我土宇

我生不辰　逢天僤（dàn）怒

自西徂东　靡所定处（chǔ）

多我觏痻（mín）　孔棘我圉（yǔ）

为谋为毖（bì）　乱况斯削（xuē）

告尔忧恤　诲尔序爵

谁能执热　逝不以濯（zhuó）

其何能淑　载胥及溺

如彼溯风　亦孔之僾（ài）

民有肃心　荓（píng）云不逮（dài）

君子：指国君、贵族等掌权者。实维：或解为请好好思考、省省。

秉心无竞：执心执政，不以力争，不相倾轧。

谁生厉阶：以下二句大意为，是谁导致了这场祸乱，至今贻害无穷。梗，病，指害人。

愍愍；忧伤貌。　土宇：国土房屋。

僤怒：大怒。僤，厚。

多我觏痻：倒句，即我觏多痻。觏，遭遇。痻，灾难。圉：边疆。

毖：周密谨慎。斯削：削弱、减轻。斯，语助词。

忧恤：忧国恤民。　序爵：依据群臣贤能赐予爵位。

谁能执热：以下二句大意为，谁能强顶酷暑，而不洗澡散热？

胥：皆、都。溺：失职。

僾：喘气、窒息。这里指逆风而行，呼吸很困难。

肃：进；进取。

荓云不逮：指无法使他们安居乐业、满足他们的进取心。荓，使。不逮，不及。

547

好是稼穑　力民代食

稼穑维宝　代食维好

天降丧乱　灭我立王

降此蟊贼　稼穑卒痒

哀恫中国　具赘卒荒

靡有旅力　以念穹苍

维此惠君　民人所瞻

秉心宣犹　考慎其相

维彼不顺　自独俾臧

自有肺肠　俾民卒狂

瞻彼中林　甡甡其鹿

朋友已谮　不胥以穀

人亦有言　进退维谷

力民代食：指农民劳动以供养官吏。

蟊贼：害虫。食苗根曰蟊，食节曰贼。　卒痒：指庄稼完全坏掉。

具赘卒荒：指整个国家一片荒芜。赘，接连、连续。

念：感动。一说止。

惠君：贤君。

宣：遍。犹：谋。

考慎其相：指谨慎选择辅佐他的卿相。

维彼不顺：以下四句大意为，而那些无道之君，只追求自己享乐，
一副自私的心肠让百姓狂乱迷失。不顺，悖理。

甡甡：同"莘莘"。众多也。

谮：通"僭"，不亲不信。胥：相。穀：善、友好。

进退维谷：原解进退两难。此处当解为进退只看利益。

维此圣人　瞻言百里

维彼愚人　覆狂以喜

匪言不能　胡斯畏忌
（fēi）

维此良人　弗求弗迪

维彼忍心　是顾是复

民之贪乱　宁为荼毒

大风有隧　有空大谷

维此良人　作为式穀

维彼不顺　征以中垢

大风有隧　贪人败类

听言则对　诵言如醉

匪用其良　覆俾我悖
（fēi）　　　（bèi）

嗟尔朋友　予岂不知而作

覆狂以喜：指愚人反而为眼前的利益狂喜。

匪言不能：此二句意为并非不能开口说，为何还会畏惧有所顾忌。

求：贪求。迪：进，指钻营。

忍心：指残忍之人。

是顾是复：指瞻前顾后、反复无常。顾、复，或理解为贪欲。

荼毒：乱，害。

隧：道、来路。一说迅疾。　大谷：大山谷。

式穀：用善。

中垢：指行阴暗龌龊之事。

贪人：贪图之人。败类：残害同类。

听言：忠言。对：通"怼"，怨恨。

覆俾我悖：反而使我遭逆悖。

549

如彼飞虫　时亦弋获^{yì}

既之阴女^{ān rǔ}　反予来赫

民之罔极　职凉善背

为民不利　如云不克

民之回遹^{yù}　职竞用力

民之未戾　职盗为寇

凉曰不可　覆背善詈^{lì}

虽曰匪予　既作尔歌

飞虫：飞鸟。此含贬义。　弋获：被射落擒获。

阴女：指洞悉你们的所作所为。阴，通"谙"，熟悉、掌握。

反予来赫：即反来赫予。赫，恐吓、威胁。

罔极：没有准则。

职凉善背：或可解为，掌权者背离善政。职，主。凉，通"谅"，信。

为民不利 如云不克：不利于人民的事，唯恐做不到。

回遹：邪僻。

职竞用力：指掌权者竞相使用暴力来遏制。

戾：善。或解为安定。

凉：作语助词。

覆背善詈：反而在背地里大骂我。善，大。詈，骂。

虽曰匪予 既作尔歌：虽然你们不认同我，但还是以此诗谴责你们。

云汉

宣王因连年旱灾不解，作此诗禳灾，既以之告神祈雨，亦抒写自己为旱灾危害而愁苦的心情。

倬彼云汉　昭回于天

王曰 於乎^{wū}　何辜今之人

天降丧乱　饥馑荐臻

靡神不举　靡爱斯牲

圭璧既卒^{zú}　宁莫我听

旱既大甚^{tài}　蕴隆虫虫

不殄禋祀^{tiǎn yīn}　自郊徂宫^{cú}

上下奠瘞^{yì}　靡神不宗

后稷不克^{jì}　上帝不临

耗斁下土^{dù}　宁丁我躬

旱既大甚　则不可推

兢兢业业　如霆如雷

倬：大、浩瀚。云汉：银河、天河。昭：光。回：运转。

辜：罪。

荐臻：接连而来。

靡神不举：以下四句意为，没有神灵没被祭祀，没有牲口不舍得祭献，祭神用的圭璧都已用尽，苍天为何还没听到我们的祈祷。

蕴隆虫虫：酷暑闷热貌。蕴，通"煴"。隆，盛。虫，通"爞"，旱热。

不殄：不断。宫：宗庙。

上下奠瘞：上祭天下祭地。置于地曰奠，埋于土曰瘞。指祭祀之全。

宗：恭谨。

后稷：周人先祖。不克：不保佑。

耗斁：损耗、败坏。宁丁我躬：大意为适逢灾难降于我身。丁，逢。

551

周余黎民　靡有孑遗（jié yí）

昊天上帝　则不我遗（wèi）

胡不相畏　先祖于摧

旱既大甚　则不可沮

赫赫炎炎　云我无所

大命近止　靡瞻靡顾

群公先正　则不我助

父母先祖　胡宁忍予

旱既大甚　涤涤山川

旱魃为虐（bá）　如惔如焚（yán）

我心惮暑（dàn）　忧心如熏

群公先正　则不我闻（wèn）

昊天上帝　宁俾我遯（dùn）

旱既大甚　黾勉畏去

则不我遗：指上天不再眷顾。遗，慰问、恩赐。
先祖于摧：指子孙断绝，无法祭祀祖先。
沮：阻止。
赫赫：旱气也。炎炎：热气也。
群公先正：先世之诸侯卿士。
胡宁忍予：指先祖神灵怎能让我们忍受如此苦难。
涤涤：荡尽，遍地如此。
旱魃：炎魔。惔：通"炎"。火烧。
闻：恤问。
遯：困，身陷灾难。
黾勉畏去：指勤勉祈神而灾难不去。

胡宁瘨我以旱　憯不知其故

祈年孔夙　方社不莫

昊天上帝　则不我虞

敬恭明神　宜无悔怒

旱既大甚　散无友纪

鞫哉庶正　疚哉冢宰

趣马师氏　膳夫左右

靡人不周　无不能止

瞻卬昊天　云如何里

瞻卬昊天　有嘒其星

大夫君子　昭假无赢

大命近止　无弃尔成

何求为我　以戾庶正

瞻卬昊天　曷惠其宁

瘨：灾难。憯：乃。

祈年孔夙：此二句意为指各种祭祀都不耽误。祈年，祈丰收的祭
祀。孔夙，很早，方社，祭四方之神。莫，通“暮”，晚。

虞：度、考虑。

散无友纪：指国家松散，民无法纪。友，有。

鞫：穷、困境。庶正：众百官。冢宰：指国家高级官员。

趣马、师氏、膳夫：指各种主职官员。左右：指国君亲近之臣。

周：周济，指群策群力。

卬：同“仰”，仰望。云如何里：我心如此忧愁。里，通“悝”。

嘒：众星貌。

昭假无赢：指祭祀祈求没有私心。

无弃尔成：指不要放弃你们的功劳。

戾：安定。曷惠其宁：何时赐我安宁。

崧高

宣王封申伯于谢，尹吉甫作诗送之。既颂美申伯功德，亦由此颂美宣王能建国亲诸侯。

崧高维岳　　骏极于天
维岳降神　　生甫及申 (lù)
维申及甫　　维周之翰 (gàn)
四国于蕃　　四方于宣

亹亹申伯 (wěi)　王缵之事 (zuǎn)
于邑于谢　　南国是式
王命召伯　　定申伯之宅
登是南邦　　世执其功

王命申伯　　式是南邦
因是谢人　　以作尔庸
王命召伯　　彻申伯土田
王命傅御　　迁其私人

崧：山高貌。岳：岳山，应为姜姓的发源地。一说指五岳。
骏：通"峻"，高。
甫、申：皆姜姓之国，即吕国、申国。周王室联姻家族，周王之舅氏。
翰：栋梁，国之柱石。
蕃、宣：蕃，通"藩"。宣，通"垣"。皆有屏障之意。
亹亹：勤勉貌。王缵之事：指传承勤王之祖志。缵，继续、传承。
谢：邑名。　南国：指周王朝南边的国家。式：法。引申为治理。
登：成为、建成。南邦：指谢邑。
庸：城。一说功。
彻：治理。
傅御：冢宰。一说申伯家臣之长。私人：家臣。或申国之民。

申伯之功　召伯是营

有俶其城　寝庙既成
（chù）

既成藐藐　王锡申伯
（miǎo）　　　（cì）

四牡蹻蹻　钩膺濯濯
（jiǎo）　　　（zhuó）

王遣申伯　路车乘马
　　　　　　　　（shèng）

我图尔居　莫如南土

锡尔介圭　以作尔宝
（cì）

往迈王舅　南土是保
（jì）

申伯信迈　王饯于郿

申伯还南　谢于诚归
（huán）

王命召伯　彻申伯土疆

以峙其粮　式遄其行
（zhì）（zhāng）　（chuán）

是营：为之营建。

有俶：一说厚貌，有美好之意。

藐藐：美貌。

锡："赐"之假借。

蹻蹻：强壮貌。

濯濯：光明貌。

我图尔居：指周王言，我考虑到你的住处。

介圭：大圭。古代玉制礼器。

往迈：去吧。迈，语助词。

信迈：再宿而行。

郿：地名。

谢于诚归：即诚归于谢，诚心要到谢邑去。倒文以协韵。

以峙其粮：储备粮食。粮，粮食。

式遄其行：指让申伯尽快启程。遄，迅速，往来貌。

555

申伯番番　　既入于谢
徒御啴啴
周邦咸喜　　戎有良翰
不显申伯　　王之元舅
文武是宪

申伯之德　　柔惠且直
揉此万邦　　闻于四国
吉甫作诵　　其诗孔硕
其风肆好　　以赠申伯

番番：勇武貌。
徒御：徒行者，御车者。啴啴：和乐貌。
戎：你们。
不显：大显。
宪：法则、榜样。指文武百官的榜样。
孔：很。硕：大。指诗意深切。
风：曲调。肆好：极好。
赠：增。

烝民

宣王命仲山甫去齐地筑城，尹吉甫作诗送之。诗中多方赞美仲山甫的德行与政绩，亦由此颂美宣王能任用贤者，使周室中兴。

天生烝民　有物有则
民之秉彝_{yí}　好是懿德_{hào}
天监有周　昭假于下_{gé}
保兹天子　生仲山甫

仲山甫之德　柔嘉维则

令仪令色　小心翼翼

古训是式　威仪是力

天子是若　明命使赋

王命仲山甫　式是百辟_{bì}

缵戎祖考　王躬是保_{zuǎn}

出纳王命　王之喉舌

烝：众。物：事物。则：法则。
彝：常理；常道。懿德：美德。
假：至。
仲山甫：宣王时的贤臣，封于樊。平民出身，樊姓始祖。
令：善、美好。
威仪：礼仪、礼节。力：指努力做到。
若：顺从。明命使赋：郑重任命他，让他颁布国家政令。
式是百辟：诸侯们的榜样。百辟，众诸侯。
缵戎祖考：二句大意为，传承你的祖德，保护君王身体安康。缵，
传承、继承。戎，你。

557

赋政于外　四方爰发

肃肃王命　仲山甫将之
邦国若否^{pǐ}　仲山甫明之
既明且哲　以保其身
夙夜匪解^{fěi xiè}　以事一人

人亦有言
柔则茹之^{rú}　刚则吐之
维仲山甫
柔亦不茹　刚亦不吐
不侮矜寡^{guān}　不畏强御

人亦有言
德輶如毛^{yóu}　民鲜克举之
我仪图之
维仲山甫举之　爰莫助之

发：响应、执行。
肃肃：庄严貌。
将：奉行。
若否：顺否、好坏。
匪解：不敢懈怠。
一人：指周王。
柔则茹之 刚则吐之：柔顺的就吃进去，坚硬的就吐出来。
矜寡：鳏寡柔弱。
德輶如毛：此二句大意为，品德轻如毛，一般人很难将它举起。
輶，轻。克，能。
仪图：忖度、思索。

衮职有阙　维仲山甫补之

仲山甫出祖　四牡业业
征夫捷捷　每怀靡及
四牡彭彭（páng）　八鸾锵锵（qiāng）
王命仲山甫　城彼东方

四牡骙骙（kuí）　八鸾喈喈（jiē）
仲山甫徂齐（fú cú）　式遄其归（chuán）
吉甫作诵　穆如清风
仲山甫永怀　以慰其心

衮职有阙：此二句大意为，周王有缺点，只有仲山甫能帮他弥补。
衮，天子衣。用以指天子。阙，缺失。
出祖：出去祭祀路神。
业业：高大貌。
捷捷：勤快敏捷貌。
每怀靡及：总是想着事情还未办完。
彭彭：蹄声。一说强壮有力貌。
八鸾：八个马铃。
城彼东方：去东方筑城。
骙骙：蹄声。一说马强壮貌。
喈喈：铃声。
式遄其归：望他早日归来。遄，速。
清风：清风化养万物，用以称颂有德才的人。
永怀：长思、多虑。

韩奕

写韩侯入朝觐见、受封、娶妻至归国的情形。既赞扬韩侯，亦由此颂美周宣王"能锡命诸侯"，重建了天子对于诸侯的高度权威。

奕奕梁山　维禹甸之

有倬其道

韩侯受命　王亲命之

缵戎祖考　无废朕命

夙夜匪解　虔共尔位

朕命不易

榦不庭方　以佐戎辟

四牡奕奕　孔修且张

韩侯入觐　以其介圭

入觐于王　王锡韩侯

淑旂绥章　簟茀错衡

奕奕：高大貌。

甸：治。

倬：光明而宽广。道：道路。

韩侯：指武王之子封于韩，非战国之韩。受命：受周王册封。

虔：诚敬。指对受封的爵位虔诚恭谨。

榦不庭方：指讨伐不朝周王的国家。榦，正、匡正。

戎辟：你君。周王自谓。

修：长。张：大。

淑旂绥章：以下六句，皆赐予韩侯的物品。旂，画有龙的旗。绥章，染鸟羽于旗杆首。玄衮，黑色龙袍。赤舄，红色鞋子。钖，马头上饰物。鞹，以皮革包裹。軛，车轼中段人所凭的横木，束以革。浅，浅毛的兽皮。幭，车轼上的覆盖物。金厄，以金为环，缠扼辔首。

玄衮赤舄　钩膺镂锡
gǔn　xì　　　lòu yáng

鞹鞃浅幭　鞗革金厄
kuò hóng　miè tiáo

韩侯出祖　出宿于屠

显父饯之　清酒百壶
fù

其殽维何　炰鳖鲜鱼
yáo　　　　páo

其蔌维何　维笋及蒲
sù

其赠维何　乘马路车
shèng

笾豆有且　侯氏燕胥
biān　　jǔ

韩侯取妻

汾王之甥　蹶父之子
guī fù

韩侯迎止　于蹶之里

百两彭彭　八鸾锵锵
liàng bāng

不显其光
pī

诸娣从之　祁祁如云

韩侯顾之　烂其盈门

屠：邑名。
显父：官名。一说人名。
殽：荤菜。
蔌：蔬菜。笋：竹笋。蒲：水草，此当泛指可食性水生植物。
笾豆：竹制盛器曰笾，木制盛器曰豆。且：语助词，或解为多。
侯氏：指韩侯。燕胥：安乐。
汾王：即厉王。甥：指外甥女。
蹶父：周王卿士（相当于宰相）。
百两：即百辆大车。两，通“辆”。不显：大显。
烂：灿烂，有光彩。盈门：满门。

561

蹶父孔武　靡国不到

为韩姞相攸　莫如韩乐

孔乐韩土　川泽訏訏

鲂鱮甫甫　麀鹿噳噳

有熊有罴　有猫有虎

庆既令居　韩姞燕誉

溥彼韩城　燕师所完

以先祖受命　因时百蛮

王锡韩侯　其追其貊

奄受北国　因以其伯

实墉实壑　实亩实藉

献其貔皮　赤豹黄罴

韩姞：蹶父的女儿。相攸：相看住所，指为女儿找好归宿。

訏訏：广大貌。

甫甫：指鱼众多貌。

噳噳：指鹿群聚貌。

令居：好地方、好住处。

燕誉：安乐欢喜。

溥：广大貌。

燕师所完：指燕国的民族所建成。

因：依靠。时：是、此。

追：西戎。貊：北狄。

奄受北国：此二句指全面节制北方各诸侯、部族，做他们的首领。

壑：深沟。

藉：一说税，一说耕地。

貔：白狐。一说古时的一种猛兽；一说即今天的大熊猫。

黄罴：熊的一种。疑为棕熊。

笋

竹之幼者，品种繁多，以佳品供菜蔬者多达八十余种，按季节可分
春笋、夏笋、冬笋等。至今仍是国人常用的食材。

猫

本篇所指非家猫，当指猫科动物中的猛兽，分布于我国的大型猫科
动物如豹、雪豹，中型猫科动物如金猫、云豹等。

江汉

召公虎受宣王之命平淮夷，功成复命，获得赏赐。最后颂扬天子能以文德洽四方，以免过于夸耀武功。

江汉浮浮　武夫滔滔
匪安匪游（fēi）　淮夷来求
既出我车　既设我旟（yú）
匪安匪舒　淮夷来铺

江汉汤汤（shāng）　武夫洸洸（guāng）
经营四方　告成于王
四方既平　王国庶定
时靡有争　王心载宁

江汉之浒　王命召虎（shào）
式辟四方（pì）　彻我疆土
匪疚匪棘　王国来极
于疆于理　至于南海

江汉：长江、汉水。　武夫：征战淮夷的士卒。
来求：指将淮夷讨伐。求，讨伐。
旟：绘有鸟隼的军旗。
铺：陈师以伐之。有另解为止，或解为病。
汤汤：浩浩荡荡。　洸洸：威武貌。
庶定：差不多已安定。庶，庶几。
时靡有争：此时已无战争。
式辟：开辟。式，发语词。
匪疚匪棘：不要伤民，不要急于求成。
王国来极：以王国的法令为标准。极，准则。

王命召虎　来旬来宣
文武受命　召公维翰 shào gàn
无曰予小子　召公是似
肇敏戎公　用锡尔祉 zhào cì

釐尔圭瓒　秬鬯一卣 lài zàn jù chàng yǒu
告于文人　锡山土田 cì
于周受命　自召祖命
虎拜稽首　天子万年

虎拜稽首　对扬王休
作召公考　天子万寿
明明天子　令闻不已 wèn
矢其文德　洽此四国

来：语助词。旬：巡视。宣：宣抚。
召公：文王之子，召虎之祖。翰，栋梁。
无曰予小子二句：不要说"我还年轻"，要继承召公的伟业。似，
通"嗣"，继承。
肇敏：勉励。戎公：你的功业。
釐：通"赉"，赏赐。圭瓒：即玉瓒，玉柄酒勺。
秬鬯：黑黍酒。卣：古代酒器，青铜制。
文人：一说掌封诰的官；一说文德之人。
于周：指到周京宗庙。
自召祖命：用其祖召康公受封之礼。
稽首：古时跪拜礼。
对扬：颂扬。王休：王的美德。
明明：勤勉。令闻：美好的声誉。
矢：同"施"，施行。洽：和洽、协和。

566

常武

述周宣王率师亲征淮夷、徐方，由出师至凯旋。

赫赫明明　王命卿士
南仲大(tài)祖　大(tài)师皇父(fǔ)
整我六师　以修我戒
既敬既戒　惠此南国

王谓尹氏　命程伯休父(fǔ)
左右陈行(háng)　戒我师旅
率彼淮浦　省(xǐng)此徐土
不留不处(chǔ)　三事就绪

赫赫业业　有严天子
王舒保作　匪(fěi)绍匪游
徐方绎骚　震惊徐方

赫赫：盛貌。明明：明察；明智。
卿士：西周掌管中央各官署的大臣，相当于后来的宰相。
南仲大祖：言王于大祖庙命南仲为卿士。
大师：太师，西周掌管军权的大臣。皇父：人名。
修我戒：指修整兵器。戒，兵器。
既敬既戒：警戒。惠此南国：指平定叛乱，使南国安定。
尹氏：尹吉甫。一说官名。程伯休父：程国的国君休父。
陈行：陈兵列队。
淮浦：淮河边。省：巡视。徐土：指徐国，淮夷中的大国。
不留不处：不停留不居住。三事：指立三卿。
业业：动貌。指行军前进。
王舒保作：王师缓慢安全行进。绍：迟缓。
绎骚：扰动、震动。

如雷如霆　徐方震惊

王奋厥武　如震如怒
进厥虎臣　阚如虓虎
　　　　　　hǎn　xiāo
铺敦淮濆　仍执丑虏
fén　　　　　　　lǔ
截彼淮浦　王师之所

王旅啴啴
如飞如翰　如江如汉
如山之苞　如川之流
绵绵翼翼　不测不克
zhuó
濯征徐国

王犹允塞　徐方既来
徐方既同　天子之功
四方既平　徐方来庭
徐方不回　王曰还归
　　　　　　xuán

王奋厥武：周王奋起彰显自己的武力。厥，其。
阚：虎怒貌。虓：虎叫。
铺敦：指陈兵整顿军队。濆：大堤。丑虏：对俘虏的蔑称。
截：切断。引申为整治。
翰：高飞。
绵绵：指军队之多。翼翼：盛。不测不克：不可预测不可战胜。
濯征：大加征伐。
犹：谋。允塞：确实周密。来：同"勑"。顺服。
同：会同，指来朝归顺。
来庭：来朝见。
568　不回：不违。不背信。

瞻卬

大臣指责周幽王宠信褒姒，招致大乱，国将危亡之诗。《毛诗序》称作者为凡伯，难以确认。诗中强烈表示祸乱"生自妇人"，对后世文学颇有影响。

瞻卬昊天　则不我惠
孔填不宁　降此大厉
邦靡有定　士民其瘵
蟊贼蟊疾　靡有夷届
罪罟不收　靡有夷瘳

人有土田　女反有之
人有民人　女覆夺之
此宜无罪　女反收之
彼宜有罪　女覆说之

哲夫成城　哲妇倾城

卬：同"仰"，仰望。则不我惠：倒文，即则不惠我。
孔填：很久。填，通"尘"。厉：恶、祸患。
瘵：病、灾。
蟊贼：啃食农作物的害虫。蟊疾：指害虫啃害。
夷届：平息。
罪罟不收：法网不捕，指坏人并没有被惩罚。罟，网。
夷瘳：病愈。
女：通"汝"，你。有：占有、夺取。
收之：逮捕之。
说之：开脱之。说，通"脱"。
哲夫成城：二句大意为，智慧的男人夺江山，聪明的女人毁江山。

懿厥哲妇　为枭为鸱（xiāo chī）

妇有长舌　维厉之阶

乱匪降自天　生自妇人

匪（fěi）教匪诲　时维妇寺

鞫（gào）人忮忒（zhì tè）　谮（zèn）始竟背

岂曰不极　伊胡为慝（tè）

如贾（gū）三倍　君子是识（zhí）

妇无公事　休其蚕织

天何以刺　何神不富

舍尔介狄　维予胥忌

不吊不祥　威仪不类

人之云亡　邦国殄瘁（tiǎn cuì）

懿：通"噫"。叹词。厥：其。枭、鸱：皆恶鸟。

厉之阶：祸乱滋生的台阶。

妇寺：女人和宦官。

鞫人忮忒：诬告别人，陷害他人。鞫，告。忮忒，害人。

谮始竟背：谗言前后矛盾。

岂曰不极：二句大意为，难道说她还不够坏，作下如此大恶。胡，大。慝，恶。

如贾三倍：二句大意为，像唯利是图的商人一样，却掌权主政。君子，贵族从政者。识，职。

妇无公事：二句大意为妇人不该干预国事，放弃养蚕织布之本职。

刺：责、惩罚。不富：不赐福。

介狄：强大的夷狄。

维予胥忌：大意为，却只对我们的忠言忌恨。

吊：慰问抚恤。祥：祥和安宁。不类：指不像一个君主的样子。

殄：尽。瘁：病。

天之降罔　维其优矣
人之云亡　心之忧矣
天之降罔　维其几矣
人之云亡　心之悲矣

觱沸槛泉　维其深矣
心之忧矣　宁自今矣
不自我先　不自我后
藐藐昊天　无不克巩
无忝皇祖　式救尔后

罔：同"网"。
几：危。
觱沸：泉涌貌。槛泉：正出泉，槛，通"滥"。
宁：难道。
无不克巩：指上天约束万物。克，能。巩，束。
忝：辱没。
式救尔后：以救你的后代。

蚕

即桑蚕、家蚕。参见107页"蛾"。

召旻

大臣指责幽王任用小人，召致祸乱，国家溃败不可收拾；又感慨如今不再有召公那样的大臣。《毛诗序》也指为凡伯作，无从确认。

旻天疾威　天笃降丧
瘨我饥馑　民卒流亡
我居圉卒荒

天降罪罟　蟊贼内讧
昏椓靡共　溃溃回遹
实靖夷我邦

皋皋訿訿　曾不知其玷
兢兢业业　孔填不宁
我位孔贬

如彼岁旱　草不溃茂

旻天：苍天。疾威：暴虐。笃：沉重。
瘨：病。一说降灾。
居圉：所处之地。圉，亦可解为边疆。卒荒：尽皆荒凉。
罪罟：罪网。
昏椓：昏、椓皆阉人。靡共：不供其职。溃溃：乱。回遹：邪僻。
靖：戡。戡，通"剪"，灭。夷：平。
皋皋訿訿：诽谤诋毁之状。玷：玉之斑点。喻人之污点。
孔填：很久。
孔贬：指职位一贬再贬。
岁旱：大旱的年份。溃茂：丰茂。

如彼栖苴

我相此邦　无不溃止

维昔之富不如时

维今之疚不如兹

彼疏斯粺　胡不自替

职兄斯引

池之竭矣　不云自频

泉之竭矣　不云自中

溥斯害矣　职兄斯弘

不烖我躬

昔先王受命　有如召公

日辟国百里　今也日蹙国百里

於乎哀哉　维今之人　不尚有旧

栖苴：栖地之水草。

溃止：溃败。

维昔之富不如时：二句大意为，昔日之富，今时不如；今日之病，不如此时之甚。

疏：糙米。粺：细米。　替：废。告退。

职兄斯引：指状况越来越糟糕。兄，同"况"。引，延长。

频：滨，水边，指池竭是从水边缘开始。比喻外无贤臣。

中：内。指井枯源于泉眼衰竭。比喻内无贤妃。

溥斯害矣：全国都遭受灾害。弘：广大、发展。

不烖我躬：大意指，难道我自身不受牵连。烖，灾。

辟国：开辟国土。蹙国：国土缩小。

574　不尚有旧：没有像往日召公那样的大臣。

《雅》卷终

颂 诗经

陕西新华出版传媒集团

三秦出版社

（颂）

《颂》是用于宗庙祭祀的乐歌，
演奏时与专门的舞蹈相配合。
又"颂"与"诵"通，且颂诗大
多不押韵，故演奏时更可能是用
"诵"而非"唱"的调子。颂有《周
颂》《鲁颂》《商颂》，共存 40 篇。

目 录 |

周
颂

《周颂》所存诗篇应创作于西周早期。

均为祭词，或描写祭祀之辞。

清庙

祭祀文王之乐歌。主要内容写后人决心秉承文王之德业。

於穆清庙
（wū）

肃雝显相
（yōng）

济济多士

秉文之德

对越在天

骏奔走在庙

不显不承
（pī）（pī）

无射于人斯
（yì）

於：叹词。穆：庄严、肃穆。清庙：清净之庙。周人宗庙。
肃雝：庄重雍和。显相：高贵显赫的助祭者。
秉文之德：秉持文王之德。
对越在天：指对这文王的在天之灵。
骏：迅速。在庙奔走以疾为敬。
不显不承：显赫地继承。不，通"丕"，大。
无射：不厌、不弃。射，同"斁"，厌。斯，语助词。

维天之命

祭祀文王之乐歌。赞美文王之德，表后人将努力践行之。

维天之命

於^{wū}穆不已

於^{wū}乎不显^{pǐ}

文王之德之纯

假^{jiǎ}以溢我

我其收之

骏惠我文王

曾^{zēng}孙笃^{dǔ}之

天之命：上天的旨意，或天之道。於穆不已：叹庄严肃穆无边。
於乎：叹词。不显：丕显，光明显赫。
假：嘉，指仁政。溢我：使我们安宁。溢，通"谧"，安定。
收：受。
骏惠：专心地顺从。
曾孙：自孙之子以下皆称曾孙。笃：笃行、厚行。专心实意地践行。

维清

祭祀文王之乐歌。言文王之法典乃周室之福祥。

维清缉熙

文王之典

肇禋

zhào yīn

迄用有成

维周之祯

清：清明。缉熙：光明的样子，辉煌。
文王之典：指文王制定的典章制度。
肇禋：开始祭祀。指周之兴始于文王。
迄：至。有成：谓有天下。

烈文

成王亲政时祭祖，礼毕敕戒诸侯。

烈文辟公 ^{bi}　锡兹祉福 ^{ci}

惠我无疆　子孙保之

无封靡于尔邦　维王其崇之

念兹戎功　继序其皇之

无竞维人　四方其训之

不显维德 ^{pi}　百辟其刑之

於乎 ^{wū}　前王不忘

烈文：烈言其功，文言其德，指文武兼备。辟公：诸侯。

锡兹祉福：二句大意为上天赐予这样的福祉，给我们无穷尽的恩惠。

封靡：大罪。指不要在你们的邦国犯下大错。

维王其崇之：指要尊崇文王。王：文王。崇：尊崇。

念兹戎功：戒诸侯念父祖之大功也。皇：辉煌，光大。

无竞维人：保持强盛莫过于招揽贤士。训：服从。

不显维德：保持显赫莫过于施仁德。

百辟：各位诸侯。刑：效法，指效仿先王。

天作

祭太王之诗。太王古公亶父率族人迁岐山，建立了周邦的基业。而后文王能承续，子孙当永保。

天作高山

大王荒之
（tài）

彼作矣

文王康之

彼徂矣岐
（cú）（qí）

有夷之行
（háng）

子孙保之

作：生。高山：指岐山。周人迁徙岐山后开始强大。
大王：太王，古公亶父。荒：大，引申为扩大治理。
作：经营。康：安定。
彼徂矣岐：去那岐山。
有夷之行：有了平坦的道路。

昊天有成命

郊祀天地之诗。言文王、武王受天之命，成王将竭力继承并安定天下。

昊天有成命

二后受之

成王不敢康

夙夜基命宥^{yòu}密

於^{wū} 缉熙

单厥心

肆其靖之

成命：明命。 二后：指文王，武王。

康：安乐享受。

基命宥密：指继承天命勤勉不懈。宥，有。密，勉。

缉熙：光明伟大。

单：同"殚"。竭尽。

肆：巩固。靖：太平、安定。

我将

于明堂祭祀文王以配天所用乐歌。

我将我享　维羊维牛

维天其右之

仪式刑文王之典

日靖四方

伊嘏文王　既右飨之

我其夙夜　畏天之威

于时保之

将：烹。享：祭献。

右：佑助。

仪、式、刑：三字大概同义，即效法的意思。

靖：安定。

伊：发语词。嘏：伟大。

于时：于是。

羊

山羊是人类最早驯化的野生动物之一，我国夏商时代就有养羊文字的记载，《诗经》中有十二篇诗歌提到羊。先秦时代，羊也是重要祭品之一。

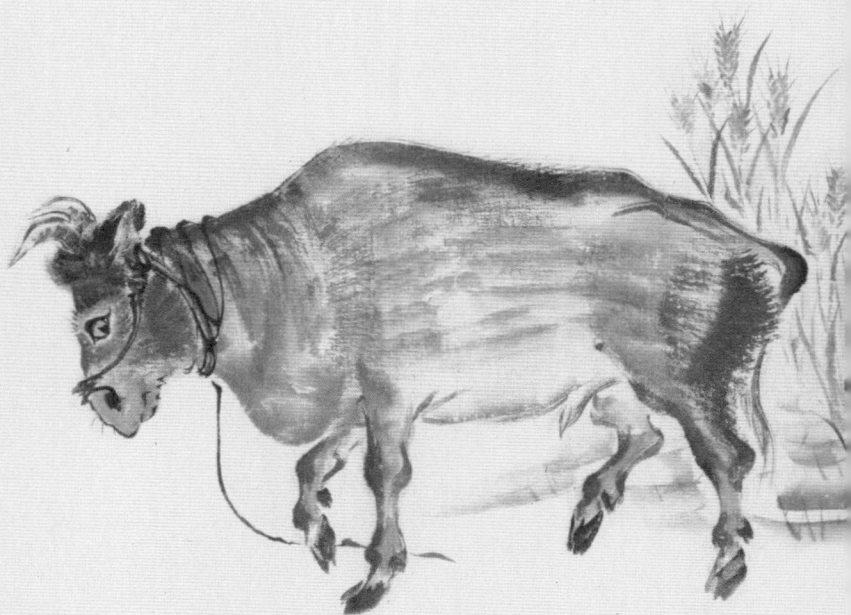

牛

《诗经》中的牛应为北方之黄牛，在其它诗篇中还有其它称谓如
犉、牺等。牛由野牛驯化而来，在我国有超过五千年的驯化史，是
我国古代用于祭祀的最主要祭品，在"诗经"时代已广泛应用于农
业生产和交通运输。

时迈

武王巡视诸侯途中，祭祀山川众神所用之乐歌。

时迈其邦　昊天其子之

实右序有周

薄言震之　莫不震叠

怀柔百神　及河乔岳

允王维后

明昭有周　式序在位

载戢干戈　载櫜弓矢

我求懿德　肆于时夏

允王保之

时：语助。迈：行，有巡察、视察之意。邦：各诸侯国。

昊天其子之：上天把我当成儿子。

右序：都表示助。

薄言：语助词。震：指武力震慑。

震叠：震动、恐惧。

及河乔岳：指遍及山河。乔岳，高山。

王：武王。后：天下之君。赞武王不愧天下之君。

明昭：明见。

序在位：指百官依其贤能各司其职。

戢：收藏兵器。

櫜：指收弓入囊。此二句皆指罢兵息武。

懿德：美德。

肆：施。时夏：此时的我国。

执竞

祭祀武王。以成王、康王的功业告之，表明后继有人。

执竞武王　　无竞维烈

不显成康（pī）　上帝是皇

自彼成康　　奄有四方

斤斤其明

钟鼓喤喤（huáng）　磬筦将将（guǎn qiāng）

降福穰穰（ráng）

降福简简　　威仪反反

既醉既饱　　福禄来反

执竞：执服强者，指征服商王。
无竞维烈：无人比他更英明神武。
不显：丕显。成康：成王、康王。
皇：美。一说君。
奄有：尽有。
斤斤：明察也。一说辉煌的功业。
喤喤：声音大而和谐。
磬、筦：两种乐器。将将：音乐声。
穰穰：众多貌。
简简：盛大貌。
反反：慎重貌。
反：反复。

思文

祭祀后稷以配天，歌颂他创立农业、遗惠后人。

思文后稷

克配彼天

立我烝民
<small>zhēng</small>

莫匪尔极

贻我来牟
<small>móu</small>

帝命率育

无此疆尔界

陈常于时夏

文后稷：有文德的后稷。

克配彼天：能配享于天。与上天同祭祀。

立：粒之假借，指种粮食养人。烝民：万民。

极：至，指最大的恩惠。

来牟：来为小麦，牟为大麦。

率育：普遍养育。

陈常于时夏：布农政于华夏。指种植无疆界。

臣工

诗中写王者敕诫众臣、农官勤勉供职，又命众人准备好收割用的镰刀，表明他对农业的重视。但此诗用于何种祭礼则众说不一。

嗟嗟臣工　　敬尔在公

王釐尔成　　来咨来茹

嗟嗟保介　　维莫之春

亦又何求　　如何新畬

於皇来牟　　将受厥明

明昭上帝　　迄用康年

命我众人

庤乃钱镈　　奄观铚艾

嗟嗟：叹词。臣工：诸臣官。群臣百官。
敬尔在公：敬谨你们在公家的职位。公，公职、公事。
釐：赐、嘉奖。成：成就、功劳。
咨：谋。茹：度。
保介：保护田界之人。农官。
莫之春：暮春、晚春。
新畬：开垦了三年的熟田。
皇：美好。来牟：小麦、大麦。
将受厥明：将抽其芒。
庤乃钱镈：二句大意为，备齐锄锹农具，查看所有农具。庤，储备。钱，农具名，类似铁铲。镈，锄田去草的农具。铚，农具名，一种短小的镰刀。艾，一种镰刀。

591

来、牟

来为小麦，牟为大麦。一年或越年生禾本，原产于中东，在黄河流域的栽培已超过五千年历史。人类主食之一，现在的大麦多用于啤酒酿制、动物饲料、少量食用或入药，而精制面粉则主要来源于小麦。

噫嘻

成王举行藉田亲耕之礼，祈告天帝求丰年的乐歌。

噫嘻成王　　既昭假^{gé}尔

率时农夫　　播厥百谷

骏发尔私　　终三十里

亦服尔耕　　十千维耦^{ǒu}

噫嘻：叹词。昭假：招请。假，通"格"，降临。
尔：或以为成王之神灵。
骏发：抓紧开发。
私：私田。
终：终极。
亦：作语助词。
服：从事。
十千：言农人之多。
耦：两人合执一耜并肩而耕。

振鹭

周天子祭祀仪式中有夏、商二王之后助祭，这是祭礼中唱给上述贵宾的诗。

振鹭于飞　于彼西雝

我客戾止　亦有斯容

在彼无恶　在此无斁

庶几夙夜　以永终誉

振：群飞貌。雝：泽。

戾止：到来。亦有斯容：指有白鹭这样的容貌。

无斁：无厌。没有人讨厌。

庶几夙夜：此二句大意为，劝勉我客早晚勤勉，永保美誉。

鹭

今名鹭鸶，鹳形目，鹭科。品种繁多，白鹭是最常见的一种。栖息于平原、丘陵、湖泊、水田、水塘、沼泽、河流等地带，喜三五只集群活动，晚上栖息成百上千只集群。以小鱼虾、昆虫为食，也吃少量谷物。长江以南各省皆为留鸟，分布于北方区域的为候鸟。

丰年

秋冬祭祀天地及众神，感谢他们保佑丰收。

丰年多黍多稌

亦有高廪　万亿及秭

为酒为醴　烝畀祖妣

以洽百礼　降福孔皆

稌：稻。一说专指糯谷。
廪：米仓。亿、秭：万万为亿，亿亿为秭，这里指收获之多。
醴：甜酒，这里指用粮食酿成酒。
烝畀：进献。祖妣：祖先，男祖曰祖，女祖曰妣。
以洽百礼：指汇集百样祭物。洽，合也。孔皆：很普遍。

有瞽

写乐队准备完毕，将把乐舞进献给先祖。当是祭祖仪式的一部分。

有瞽有瞽　　在周之庭

设业设虡　　崇牙树羽

应田县鼓　　鞉磬柷圉

既备乃奏　　箫管备举

喤喤厥声　　肃雝和鸣

先祖是听

我客戾止　　永观厥成

瞽：盲人。古代乐师都是盲人。周之庭：周王宗庙之庭。
业：悬钟鼓木架横梁上的大版。虡：挂钟鼓的架子。
崇牙：设在业上，形状像牙齿。树羽：在崇牙上设的五彩鸟羽。
应、田、县鼓：各种鼓。应，小鼓。田，大鼓。县鼓，悬鼓。
鞉、磬、柷、圉：皆乐器名。
箫：排箫。管：乐器名，竹制，六孔。
戾止：到来。成：乐曲一终为一成。

潜

祭祀中，进献各种鱼类。

猗与漆沮　潜有多鱼
　　　　　　sēn

有鳣有鲔　鲦鲿鰋鲤
zhān　wěi　tiáo cháng yǎn

以享以祀　以介景福

猗与：叹词。漆沮：二水名。

潜：椮。积柴于水中，使鱼止息，便于集中捕捉。

鳣：鳇鱼，一说大鲤。鲔：鲟鱼。

598　　鲦：白鲦。鲿：黄颊鱼。鰋：鲇鱼。

鳇

今名鳇鱼，鲟科鳇属，最大的淡水鱼类之一，大者可达1000千克。不作长距离洄游，多栖息于大江夹心层，肉食性。目前仅分布于我国黑龙江流域。

鲦

今名白鲦，又名青鳞子、鲷子鱼，鲤科鲦属。栖于河流或水库等大水
体的中上层，杂食性，主要以浮游生物为食。动作迅速、善跳跃。

鮠

今名黄颡鱼，鲇形目鮠科小型鱼类，多生活于江河缓流、静水之底
层。适应能力强，肉食性。

鳠

今名鮠鱼，也叫鲶鱼，鮠科鱼类的总称，栖息于江河、湖泊、沟渠的中下层水体，肉食性，昼伏夜出。肉质细嫩少刺，是优良贵重的食用鱼之一。

雝

王者宗庙祭祀结束时，收起祭器的仪式过程中所用乐歌。所祭对象为谁众说不一，从诗中内容看当是成王祭文王与武王。

有来雝雝（yōng）	至止肃肃
相维辟公（bì）	天子穆穆
於荐广牡（wū）	相予肆祀
假哉皇考	绥予孝子（suí）
宣哲维人	文武维后
燕及皇天	克昌厥后
绥我眉寿	介以繁祉
既右烈考	亦右文母

有来：指助祭者来时。至止：已到达宗庙。

相：指助祭。辟公：诸侯。

於：叹词。荐广牡：进献一头大公牛。

相予：助我。肆祀：陈设祭品祭祀。

假：伟大。皇考：对已逝父亲的尊称。绥：安抚，这里指保佑。

宣哲维人 文武维后：大意为，群臣聪明仁智，君主文治武功。

燕：安。指国家安定。

克昌：能昌盛。厥后：其后，子孙后代。

绥：给，助。眉寿：健康长寿。

介：助、佑。繁祉：多福。

右：侑，指劝侑神灵享用祭品。烈考：皇考。文母：皇妣。

载见

诸侯朝见成王，并于武王庙助祭。

载见辟王 　　曰求厥章
　bì

龙旂阳阳 　　和铃央央
　qí

鞗革有鸧 　　休有烈光
tiáo　qiāng

率见昭考 　　以孝以享

以介眉寿 　　永言保之

思皇多祜
　　hù

烈文辟公 　　绥以多福

俾缉熙于纯嘏
　　　　　gǔ

载见辟王：二句指诸侯朝见刚继位的周王，求看新朝典章。载，
始。厥，其。

旂：旗。阳阳：明貌。

和、铃：车轼前的铃叫和。旗上的铃叫铃。央央：铃声。

鞗革：辔首。鸧：金饰貌。

休：美。烈：光。

率见昭考：率领大家拜祭先王。

孝、享：皆为祭献之意。

永言：长久。

祜：福。

烈文辟公：文武兼备的诸侯们。

绥：赐予。

俾：使。缉熙：光明。纯嘏：大福。

有客

周天子饯送来朝诸侯所奏的乐歌。

有客有客　　亦白其马
有萋有且　　敦琢其旅
(jū)　(duì)

有客宿宿　　有客信信
言授之絷　　以絷其马
(zhí)

薄言追之　　左右绥之
既有淫威　　降福孔夷

亦白其马：指客骑白马而来。赞客之马。
有萋有且：描述从者之盛。
敦琢：雕琢。引申为随从们得体高贵。旅：众随从。
宿宿：宿而又宿，指住两夜。
信信：两宿为信，指住四夜。
絷：马索。在上句中为名词，下句中作动词用。套住马表示留客。
薄言：语词。追之：追客使还，极尽殷勤。一说送行。
左右：周王左右近臣。绥之：安抚之、宽慰之。
淫威：大威。淫，大。淫威与降福有恩威并用意。
孔夷：很大。

武

歌颂周武王克商取得胜利的乐歌。

於皇武王　无竞维烈

允文文王　克开厥后

嗣武受之　胜殷遏刘

耆定尔功

於：叹词。皇：伟大。
无竞维烈：指武王功业无人能比。烈，业。
允：语助词。文：文德。　克开厥后：能开创万世基业。
嗣武受之：子嗣武王继承了他的基业。
胜殷遏刘：战胜了殷王朝，平息了战争。刘，杀戮。
耆：致，致使。言武王伐纣，致定其功。

闵予小子

嗣王于宗庙拜谒父、祖之神位。古解成王祭祀武王、文王。

闵予小子　遭家不造
mǐn

嬛嬛在疚
qióng

於乎皇考　永世克孝
wū

念兹皇祖　陟降庭止

维予小子　夙夜敬止

於乎皇王　继序思不忘

闵：通"悯"，可怜。小子：周王自称。
不造：不幸。嬛嬛：孤独貌。
陟降：升降、上下。指先王神灵升降于庙庭。
敬止：谨慎。
继序：继承遗业。

访落

嗣王于宗庙中谋政于群臣。古解为成王之诗。

访予落止　率时昭考

於乎悠哉　朕未有艾
^{wū}

将予就之　继犹判涣

维予小子　未堪家多难

绍庭上下　陟降厥家
^{zhì}

休矣皇考　以保明其身

访予落止：指继位之初谋政于群臣。访，访问。落，开始。一说访
为"方"义，谓"方予之初"，即我继位之初。

率时昭考：指遵循先王德政。率，遵循。昭考，一说指武王。

朕未有艾：指我不能达到。艾，阅历，指没有经验如先王般理国。

将予就之：指众臣扶持我继位。

判涣：分散、徘徊。一说跋扈义。

未堪：经不起。

绍：继。此字或为"昭"。

厥家：群臣。

以保明：保佑。

敬之

与前篇对应，臣下向嗣王进诚。后半部分则是嗣王答辞。
古注解为成王之诗。

敬之敬之　天维显思

命不易哉

无曰高高在上

陟降厥士　日监在兹
　zhì

维予小子　不聪敬止

日就月将　学有缉熙于光明
　bì　　　　　　　　xíng
佛时仔肩　示我显德行

敬：警惕慎重。　显：明察。思：语助词。
命不易：赢得天命不容易。
高高在上：指天高不及察看下方。
陟降厥士：指上天往来视察万事。士，事。
不聪敬止：不聪达不戒慎。此句或自谦或反问句。
日就月将：指日积月累，勤勉谨慎。
缉熙于光明：渐积广大以至于光明。
佛：通"弼"，辅。
仔肩：责任。一说为保贤，仔，疑为"保"之讹。肩，通"贤"。
示我显德行：指示我彰显美好的德行。

小毖

嗣王自诫，求忠臣辅助自己为政。古解为成王之诗。

予其惩而毖后患
莫予荓蜂　自求辛螫
肇允彼桃虫　拚飞维鸟
未堪家多难　予又集于蓼

予其惩而毖后患：我要惩前毖后。
莫予荓蜂二句：大意为，没人使蜂毒我，是我自讨苦吃。荓，使。
辛螫，蜂刺人的辛辣痛。或以为辛苦。
肇允：开始相信。桃虫：鹪鹩，一种小鸟。
拚飞维鸟：飞起来就是一只大鸟。拚，通"翻"，拚飞，翻飞。
集：陷。蓼：苦蓼，蓼喻辛苦，指又陷于苦难。

蜂

大黄蜂，又名马蜂，膜翅目胡蜂科，为大型蜂。营巢于树木或屋檐
下，尾端有能自由伸缩的毒针，毒性大。大黄蜂可用于人工养殖。

桃虫

今名鹪鹩，雀形目，鹪鹩科。栖息于山地、溪谷的草丛、灌丛。善于营巢，故有"巧妇"之名。一般不高飞，活泼胆怯，动作敏捷。以小型昆虫、蚁虫等为食，偶食浆果。

载芟

全诗从春耕写到秋收乃至酿酒祭祖，井然有序。但在《颂》中用于何种祭祀仪式则不易确认。《毛诗序》说是天子于春天藉田时向社稷（土地神与五谷神）祈福的乐歌。

载芟载柞（shān zé）　其耕泽泽（shi）
千耦其耘　徂隰徂畛（cú xí　zhěn）
侯主侯伯　侯亚侯旅
侯强侯以
有嗿其馌（tǎn　yè）　思媚其妇
有依其士（yīn）
有略其耜（sì　chù）　俶载南亩
播厥百谷　实函斯活
驿驿其达（yì）　有厌其杰
厌厌其苗　绵绵其麃（biāo）

芟：除草。柞：伐树。　泽泽：土地润泽貌。

耦：二人并耕。千耦言其多。耘：除草。

徂：往。隰：湿地。畛：田间小路。

侯：发语词。主：家长。伯：长子。

亚：仲叔。旅：子弟。

强：身体强壮助耕之人。以：雇用之人。

嗿：众人吃饭声。馌：送到田间的饭菜。

思媚其妇：言那柔顺美好的妇人。思，发语词。

有依其士：意指慰劳她耕种的男人。依，通"殷"，爱悦。

略：犁头锋利貌。耜：犁铧。

俶：始。载：指耕作。南亩：向阳地。

实：种子。函：含，被泥土覆盖。活：活生生的样子。

驿驿其达：谷皆出生之貌。

厌：美，形容禾之苗壮。杰：最先长大的苗。

厌厌：茂盛貌。　绵绵：详密貌。一说不绝貌。麃：穗。

载获济济　有实其积

万亿及秭

为酒为醴　烝畀祖妣
　　　　li　　　bǐ　bǐ

以洽百礼

有飶其香　邦家之光
　bi

有椒其馨　胡考之宁

匪且有且　匪今斯今
　cǐ

振古如兹

有实：有粮食。积：堆积。

万、亿、秭：皆计量单位，言多。

烝畀：进献。

飶：祭品中食物的芬香。

椒：祭品中酒的醇香。馨：芳香。

胡考：高寿。

匪且有且 匪今斯今：不期有此，不期有今。且，此。

振古如兹：自古如此。

良耜

秋冬报答社稷仪式上的乐歌。诗中多描写农事。

畟畟良耜　俶载南亩

播厥百谷　实函斯活

或来瞻女　载筐及筥　其饟伊黍

其笠伊纠　其镈斯赵　以薅荼蓼

荼蓼朽止　黍稷茂止

获之挃挃　积之栗栗

其崇如墉　其比如栉　以开百室

百室盈止　妇子宁止

杀时犉牡　有捄其角

以似以续　续古之人

畟畟：深耕入地貌。耜：犁头。

俶载南亩：以下三句见上篇。

瞻女：看你。指来观看你们耕田。女，汝。

筥：圆形筐。

饟：用食物款待。

纠：编织。

镈：锄头。赵：铲除。

薅：拔除。荼、蓼：两种野草。

挃挃：收割作物的声音。

栗栗：众多貌。

崇：高。墉：城墙。

比：整齐排列。栉：如篦齿般排列紧密。

百室：百家米仓。

犉：黑唇的黄牛。牡：公牛。

捄：通"觓"，兽角弯曲貌。

以似以续：嗣前岁，续往事也。

古之人：祖先。或指社稷之神。

615

蓼

今名水蓼，一年生草本，生长于田边、河边等浅水湿地。一种常见的野草，茎叶辛辣，可作调味料去腥，根、果实可入药。

黍、稷

历来对黍稷的物种确定多有争议，本图所绘采用二者为同种农作物而不同品种的说法，即黏者为黍，不黏者为稷。还有其它多个品种，比如以种植先后或种子颜色作区分。先秦至唐宋时的人将其作为主食。后因其它更经济农作物的出现，栽种面积逐渐减少，现已不易寻得。另有认为稷为粱，即小米。

丝衣

王者在举行正祭的次日又有"绎祭",绎祭中有"宾尸"之礼,即宴请代表受祭者的"尸"。这首诗就是举行用于"宾尸之礼"时使用的乐歌。

丝衣其紑（fóu）　载弁俅俅（biàn）

自堂徂基　自羊徂牛

鼐鼎及鼒（nài）（zī）

兕觥其觓（sì gōng）（qiú）　旨酒思柔

不吴不敖　胡考之休

丝衣:祭服。紑:衣服光明整洁貌。
弁:贵族着礼服时佩戴的帽子。俅俅:恭顺貌。
基:门槛。
鼐:大鼎。鼒:小鼎。
兕觥:酒器。觓:兽角弯曲貌。
吴:大声说话,喧哗。敖:傲慢。

胡考:长寿。休:美好。

酌

歌颂武王伐商的功绩。

wū shuò
於铄王师　遵养时晦

时纯熙矣　是用大介
chǒng
我龙受之　蹻蹻王之造
jué

载用有嗣　实维尔公允师

铄：辉煌。　遵养时晦：即遵时养晦，指遵循时势修身养性。
时：待时。纯熙：大明。　大介：大动干戈。
龙：宠。
蹻蹻：武貌。王之造：指勇武的军队是周王（文王）所成就。
载用有嗣：有继承者。
实维尔公允师：继前人之事是法也。师，法则。　　　　　619

桓

歌颂武王取代殷商而安定天下。

绥万邦　娄丰年　天命匪解
桓桓武王　保有厥士
于以四方　克定厥家
於昭于天　皇以间之

绥：安定。　娄：通"屡"，经常。
匪解：不懈。　桓桓：威武。
厥：其。士：事，功业。或疑为土，国土。
于以：乃有。
间：代，指取代殷有天下。

赉

武王克商之后大封诸侯于文王之庙。

文王既勤止　我应受之
敷时绎思　我徂维求定
时周之命　於绎思

赉：予，赐予。

敷时绎思：布文王之德，使之延续下去。敷，布，铺展。绎，延续。思，语助词。

徂：往。指往征。

时周之命：承周之命。

般

武王巡视诸侯途中祭祀山川众神之诗。

於(wū)皇时(shì)周　陟(zhì)其高山
隳(duò)山乔岳　允犹翕(xī)河
敷天之下　裒(póu)时之对
时(shì)周之命

於皇时周：啊！辉煌伟大的周邦。於，叹词。
陟：登。
隳山：狭长的山。乔岳：高山。
允犹翕河：指群山依傍着黄河。或解为，沇水、沈水汇入黄河。
翕：合。
敷天之下：普天之下。
裒时之对：聚集此地以合祭。裒：众、聚集。另有解为裒时即丕敬。对即答，表答谢、颂扬之意。
时周之命：承周之天命。

鲁
颂

鲁国始封之君为周公之子伯禽。成王
因周公有大功于周，赐伯禽以天子之
礼，故有《鲁颂》。但"鲁颂"诗篇
的体制及风格与《周颂》不同。唐人
孔颖达曾说："此虽借名为《颂》，
而实体《国风》，非告神之歌。"所
存四篇皆为春秋时期作品。

駉

诗用重叠的方法写各种骏马奔驰在原野上。古注认为这是通过写军马来赞颂鲁国的国君鲁僖公，说他能行善政而使国家富强。

駉駉牡马　在坰之野
jiōng jiōng

薄言駉者

有骄有皇　有骊有黄
yù lí

以车彭彭
páng

思无疆　思马斯臧

駉駉牡马　在坰之野

薄言駉者

有骓有駓　有骍有骐
zhuī pī xīng

以车伾伾
pī

思无期　思马斯才

駉駉：马健壮貌。

坰：野外牧马之地。

薄言：语助词。

骄：黑身白胯的马。皇：黄白杂色的马。

骊：纯黑色的马。黄：黄赤色的马。

以车：用马驾车。彭彭：马奔跑发出的声响。

思：语助词。无疆：奔跑无止境。或喻马之多。

马斯臧：马匹品种之优良。

骓：苍白杂毛的马。駓：黄白杂毛的马。

骍：赤黄色的马。骐：青黑色相间的马。

伾伾：有力的样子。

无期：指马匹繁衍无止。

马斯才：马之有才。

駉駉牡马　在坰之野

薄言駉者

有驒有骆　有骝有雒

以车绎绎

思无斁　思马斯作

駉駉牡马　在坰之野

薄言駉者

有骃有騢　有驔有鱼

以车祛祛

思无邪　思马斯徂

騅：青色而有鳞状斑纹的马。骆：黑身白鬣的马。
骝：赤身黑鬣的马。雒：黑身白鬣的马。
绎绎：跑得很快的样子。
无斁：犹言无数，喻马多。一说奔跑起来不会厌倦，喻马善奔。
马斯作：马之堪用。
骃：浅黑间杂白色的马。騢：赤白杂毛的马。
驔：黑身黄脊的马。鱼：两眼长两圈白毛的马。
祛祛：强健的样子。
无邪：犹言无边，喻马多。因孔子言"思无邪"，致此句多解。
马斯徂：马之善奔。

马

人类对马的驯化已有四千年以上的历史，商周时期，马匹已广泛应用于交通运输及军事活动。《诗经》中以大小高矮及马匹毛色之别对马的不同称谓多达二十四种，涉及诗篇三十余首，是《诗经》中出现最多的动物。

有駜

君臣宴饮之诗。君子勤勉于公务，亦宴饮之欢乐。

有駜有駜　駜彼乘黄
夙夜在公　在公明明
振振鹭　鹭于下
鼓咽咽　醉言舞
于胥乐兮

有駜有駜　駜彼乘牡
夙夜在公　在公饮酒
振振鹭　鹭于飞
鼓咽咽　醉言归
于胥乐兮

有駜有駜　駜彼乘駽
夙夜在公　在公载燕
自今以始　岁其有
君子有穀　诒孙子
于胥乐兮

駜：马肥壮貌。乘黄：四匹黄马。一车四马曰乘。
公：官府。明明：通"勉勉"，努力貌。
振振鹭 鹭于下：或描写舞者执羽扇群舞之貌。振振，群飞貌。
于：通"吁"，感叹词。胥：皆、都。
駽：铁青的马。岁其有：年年丰收。
穀：义含双关，字面指五谷，兼有福善之意。诒：留给。

627

泮水

鲁僖公饮于泮宫并举行受俘仪式，此诗赞颂他有德有威。

思乐泮水　　薄采其芹
鲁侯戾止　　言观其旂
其旂茷茷　　鸾声哕哕
无小无大　　从公于迈

思乐泮水　　薄采其藻
鲁侯戾止　　其马蹻蹻
其马蹻蹻　　其音昭昭
载色载笑　　匪怒伊教

思乐泮水　　薄采其茆
鲁侯戾止　　在泮饮酒
既饮旨酒　　永锡难老
顺彼长道　　屈此群丑

思：发语词。泮水：水名。薄：语助词。芹：即水芹菜。
戾止：到达。言：语助词。旂：绘有龙形图案的旗帜。
茷茷：飘扬貌。鸾：车铃。哕哕：铃和鸣声。
无小无大：指随从官员不分尊卑。公：即诗中鲁侯。于迈：以行。
蹻蹻：马强壮貌。昭昭：指声音洪亮。
色：指和颜悦色。
匪怒伊教：不怒对下臣，而是谆谆教诲。
茆：即今莼菜。
旨酒：美酒。锡：同"赐"。难老：长寿意。
顺彼长道：二句大意为，顺着这条大道，征服叛乱的淮夷。

穆穆鲁侯　敬明其德

敬慎威仪　维民之则

允文允武　昭假烈祖
　　　　　　（gé）

靡有不孝　自求伊祜
　　　　　　　（hù）

明明鲁侯　克明其德

既作泮宫　淮夷攸服

矫矫虎臣　在泮献馘
　　　　　　　（guó）

淑问如皋陶　在泮献囚
　（gāo yáo）

济济多士　克广德心

桓桓于征　狄彼东南
（huán）

烝烝皇皇　不吴不扬
（zhēng）

不告于讻　在泮献功
　（xiōng）

角弓其觩　束矢其搜
　（qiú）

穆穆：举止庄重貌。

允：信，确实。

昭假：招请来，指请来列祖的神灵。

孝：同"效"，效法。伊祜：此福。

明明：同"勉勉"。

淮夷：淮水流域不受周王室控制的民族。攸：乃。

矫矫：勇武貌。馘：杀敌割下敌尸的左耳以记功。

淑问：善于审问。皋陶：相传尧时负责刑狱的官。

桓桓：威武貌。狄：征服。

烝烝皇皇：众多盛大貌。吴：喧哗。扬：高声。

讻：讼，指因争功而产生的互诉。

角弓：两端镶有兽角的弓。觩：弯曲貌。

束矢：五十支一捆的箭。搜：多。

戎车孔博　徒御无斁^{yì}

既克淮夷　孔淑不逆

式固尔犹　淮夷卒获

翩彼飞鸮^{xiāo}　集于泮林

食我桑黮^{shèn}　怀我好音

憬^{jǐng}彼淮夷　来献其琛^{chēn}

元龟象齿　大赂南金^{lù}

孔博：很宽大。

徒：指步兵。御：驾御马车，指战车上的武士。斁：厌。

式固尔犹：坚定执行鲁公的谋略。式，语助词。固，坚定。犹，谋。

鸮：鸟名，即猫头鹰，古人认为是恶鸟。

桑黮：即桑葚。怀：归，赠送。好音：好听的声音。

憬：觉悟。琛：珍宝。

　元龟：大龟。象齿：象牙。赂：通“璐”，美玉。

芹

今名水芹，多年生草本。常在水田沟渠旁和潮湿处成群集生，在"诗经"时代，是古人常用的野菜之一。大约汉代开始进行人工栽培，成为重要蔬菜，全草及根可入药。另，今之芹菜是由另一种野生的旱芹栽培而来。

茆

今名莼菜，多年水生宿根草本。性喜温暖，生于水质清洁的湖泊、池塘、沼泽中。嫩叶可食，至今仍是珍贵蔬菜之一，目前仅分布于太湖流域、湖北西部及重庆市石柱县。

桑

桑树，落叶乔木或灌木。原产我国，对土壤适应性强，周代已经普
遍栽培，《诗经》中提到桑的诗篇多达20首31句。桑叶可养蚕，
桑葚可食，树皮可入药，木材可制器具，栽种桑树也是古代重要的
经济生产指标。

龟

龟科动物种类繁多，本篇所指当为我国最常见的中华草龟，卵生两栖爬行动物。主要栖息于江河、湖泊、水库、池塘等水域，有冬眠习性。杂食性，以肉食为主。龟长寿，龟壳在古代常用于书写载体及占卜之用，《诗经》中其他诗篇中的"龟"多指占卜用的龟甲。

閟宫

以鲁僖公作閟宫为由头，彰扬鲁国的特殊地位，歌颂僖公的文治武功，赞美他能恢复周公时代的疆土。表达了诗人希望鲁国恢复其在周初时尊长地位的强烈愿望。

閟宫有侐　实实枚枚

赫赫姜嫄　其德不回

上帝是依　无灾无害

弥月不迟　是生后稷

降之百福

黍稷重穋　稙稺菽麦

奄有下国　俾民稼穑

有稷有黍　有稻有秬

奄有下土　缵禹之绪

后稷之孙　实维大王

居岐之阳　实始翦商

閟宫：神宫。周人始祖、后稷之母姜嫄的庙。侐：清静貌。

实实：广大貌。枚枚：建筑琢磨细致貌，或肃穆无人貌。

依：依凭，姜嫄依上帝足迹而生后稷。

黍稷重穋：四种谷物名，见《豳风·七月》注。

稙稺：两种谷物，早种者曰稙，晚种者曰稺。菽：豆类作物。

奄有：全部拥有。下国：天下之国。

俾：使。稼穑：指务农，"稼"为播种，"穑"为收获。

秬：黑黍。

缵：继。绪：业绩。

大王：即"太王"，周之远祖古公亶父。

岐：山名，在今陕西。阳：山南。翦：灭。

至于文武　缵大王之绪

致天之届　于牧之野

无贰无虞　上帝临女

敦商之旅　克咸厥功

王曰叔父　建尔元子

俾侯于鲁

大启尔宇　为周室辅

乃命鲁公　俾侯于东

锡之山川　土田附庸

周公之孙　庄公之子

龙旂承祀　六辔耳耳

春秋匪解　享祀不忒

皇皇后帝　皇祖后稷

享以骍牺　是飨是宜

降福既多

周公皇祖　亦其福女

文武：周文王、周武王。

致天之届：大意为替天行道。届，诛讨。

贰：二心。虞：误、欺骗。

敦：治服。旅：军队。　克：能。咸：成、备。

叔父：指周公旦，成王叔父。王，指成王。元子：长子。

锡：同"赐"。　土田附庸：赐予耕地及周边小国作为附庸。

周公之孙　庄公之子：均指鲁僖公。

承祀：主持祭祀。辔：御马缰绳，四马六辔。耳耳：和顺貌。

匪解：不懈。忒：差错。

骍：赤色。牺：纯色牺牲。宜：肴，享用。

周公皇祖：即皇祖周公，此倒句协韵。

秋而载尝　夏而楅衡（bì）

白牡骍刚　牺尊将将（qiāng）

毛炰胾羹（páo zì gēng）　笾豆大房（biān）

万舞洋洋　孝孙有庆

俾尔炽而昌　俾尔寿而臧（zāng）

保彼东方　鲁邦是常

不亏不崩　不震不腾

三寿作朋　如冈如陵

公车千乘（shèng）　朱英绿縢（téng）　二矛重弓

公徒三万　贝胄朱綅（zhòu qīn）

烝徒增增（zhēng）　戎狄是膺（yīng）

荆舒是惩　则莫我敢承

俾尔昌而炽　俾尔寿而富

黄发台背　寿胥与试

尝：秋季祭祀之名。楅衡：牛栏。

骍刚：赤色公牛。牺尊：牛形酒樽。将将：器物相碰声。

毛炰：带毛涂泥燔烧。胾：大块的肉。羹：肉汤。

笾：竹制盛器。豆：木制盛器。大房：大的盛肉容器，亦名夏屋。

万舞：舞名。洋洋：盛大貌。

臧：善。

三寿作朋：古代祝寿语。三寿，上寿百二十，中寿百年，下寿八十。

朱英：矛上用以装饰的红缨。绿縢：将两张弓捆扎在一起的绿绳。

二矛：古代每辆兵车上有两支矛。重弓：古代每辆兵车上有两张弓。

公徒：鲁公带领步兵。

贝胄：贝壳装饰的头盔。朱綅：头盔上编缀贝壳的红线。

烝徒：众布卒。增增：多貌。　膺：击。

荆：楚国的别名。舒：国名，在今安徽庐江。　承：抵抗。

黄发、台背：皆高寿的象征。

寿胥与试：可相比于高寿之人。

俾尔昌而大　俾尔耆而艾^{qí}

万有千岁　眉寿无有害

泰山岩岩　鲁邦所詹^{zhān}

奄有龟蒙　遂荒大东

至于海邦　淮夷来同

莫不率从　鲁侯之功

保有凫绎^{fú}　遂荒徐宅

至于海邦　淮夷蛮貊^{mò}

及彼南夷　莫不率从

莫敢不诺　鲁侯是若

天锡公纯嘏^{cì gǔ}　眉寿保鲁

居常与许　复周公之宇

鲁侯燕喜　令妻寿母

耆、艾：皆指高寿。

岩岩：山高貌。　詹：通"瞻"。

龟、蒙：二山名。　荒：同"抚"，有。大东：指最东的地方。

淮夷：淮水流域不受周王室控制的民族。同：会盟。

凫、绎：二山名，凫山、绎山。

徐：即徐国。宅：居处。

蛮貊：泛指北方一些周王室控制外的民族。

南夷：泛指南方一些周王室控制外的民族。

诺：应诺、听从。　若：顺从。

公：鲁公。纯嘏：大福。

常、许：鲁国二地名。宇：这里指疆域。

令妻：贤妻。寿母：高寿的母亲。

宜大夫庶士　邦国是有

既多受祉（zhǐ）　黄发兒齿（ní）

徂徕之松（cú）　新甫之柏

是断是度（duó）　是寻是尺

松桷有舄（jué）（xì）　路寝孔硕

新庙奕奕

奚斯所作　孔曼且硕

万民是若

宜：适宜。

祉：福。　兒齿：高寿的象征。老人牙落后又生新牙，谓之兒齿。

徂徕：山名，今山东泰安东南。　新甫：山名，今山东新泰西北。

度：通"剫"，伐木。　寻、尺：皆度量单位，此作动词用。

桷：方形椽。　舄：大貌。　路寝：指庙堂后面的寝殿。

新庙：指閟宫。　奕奕：美好貌。

奚斯：人名，鲁国大夫。　曼：长。　若：顾。指顺万民之意。

贝

古人以贝壳当作货币，或作为饰品，从甲骨文上"贝"字造型来
看，这些贝壳当取之于海洋贝类生物。

商
颂

武王伐纣后，将纣王之子武庚封于殷
都。后武庚叛乱，周公平叛后将纣王
庶兄微子启封于商旧都商丘，建立宋
国，以承商祀。研究者多认为《商颂》
实为"宋颂"，或以为"宋颂"与"商
颂"有传承关系。

那

祭祀商开国君主成汤。向祖先表示尊崇并求取庇护。

猗与那与　置我鞉鼓
奏鼓简简　衎我烈祖
汤孙奏假　绥我思成
鞉鼓渊渊　嘒嘒管声
既和且平　依我磬声
於赫汤孙　穆穆厥声
庸鼓有斁　万舞有奕
我有嘉客　亦不夷怿
自古在昔　先民有作
温恭朝夕　执事有恪
顾予烝尝　汤孙之将

猗、那：美盛之貌。与，同"欤"，叹词。
置：植、竖立。鞉鼓：鞉鼓有两种，一种立鼓，一种摇鼓。
简简：象声词，鼓声。衎：乐。　烈祖：有功业的祖先。
汤孙：商汤之孙。奏假：祭享。假，"格"的假借。
绥：赠予，赐予。思：语助词。成：成功。
渊渊：象声词，鼓声。
嘒嘒：象声词，吹管的乐声。管：一种竹制吹奏乐器。
磬：一种玉制打击乐器。
於：叹词。赫：显赫。
穆穆：和美庄肃。
庸：同"镛"，大钟。有斁：即"斁斁"，乐声盛大貌。
万舞：舞名。有奕：即"奕奕"，舞蹈场面盛大之貌。
亦不夷怿：不亦乐乎。夷怿：怡悦。
执事：行事。有恪：即"恪恪"，恭敬诚笃貌。
顾：光顾。烝尝：冬祭为烝，秋祭为尝。　将：献给。

烈祖

祭祀成汤。从祖先的福德到祭祀的过程，最后祈祷祖先之神降福于后人。

嗟嗟烈祖　有秩斯祜 （hù）
申锡无疆（cì）　及尔斯所
既载清酤（gū）　赉我思成（lài）
亦有和羹　既戒既平
鬷假无言（zōng gé）　时靡有争
绥我眉寿　黄耇无疆（gǒu）
约軝错衡（qí）　八鸾鸧鸧（qiāng）
以假以享（gé）　我受命溥将（pǔ）
自天降康　丰年穰穰
来假来飨（gé）　降福无疆
顾予烝尝（zhēng）　汤孙之将

嗟嗟：赞叹词。　有秩：秩秩，大貌。祜：福。
申锡：再三赐予。　及尔斯所：遍及其所。
清酤：清酒。　赉：赐予。思：语助词。
和羹：调好的菜汤。　戒：齐备。平：成。
鬷假：集合大众祈祷。　时靡有争：指祭祀中静穆无人喧哗。
绥：赐。眉寿：高寿。　黄耇：指长寿。
约軝错衡：描写来助祭诸侯车辆装饰之盛。见《小雅·采芑》注。
鸾：通"銮"，饰于马车上的铃。鸧鸧：同"锵锵"，象声词。
假：同"格"，至也。享：祭。　溥将：大而长。
顾：光顾，光临。指先祖之灵光临。烝尝：冬祭曰烝，秋祭曰尝。
汤孙：指商汤王的后代子孙。　将：奉祀。

643

玄鸟

祭祀殷高宗武丁的乐歌。从殷商先祖降生的神话说到成汤
征服四方，然后说武丁能发扬光大前人德业。

天命玄鸟　降而生商　宅殷土芒芒

古帝命武汤　正（zhēng）域彼四方

方命厥后　奄有九有

商之先后　受命不殆　在武丁孙子

武丁孙子　武王靡不胜

龙旂（qí）十乘（shèng）　大糦（chī）是承

邦畿（jī）千里　维民所止　肇域彼四海

四海来假（gé）　来假（gé）祁祁　景员维河

殷受命咸宜　百禄是何（hè）

玄鸟：黑色燕子。传说有娀氏之女简狄吞燕卵而怀孕生契，契建商。
商：指商的始祖契。 宅：居住。芒芒：同"茫茫"，广大的样子。
古帝：上帝。武汤：即成汤，汤号曰武。 正：通"征"，征服。
方：通"旁"，普遍。厥：其。后：指各部落的酋长首领。
奄：拥有。九有：九州。
先后：指先君，先王。 命：天命。殆：通"怠"，懈怠。
武丁：即殷高宗，汤之九世孙，商之明君。 武王：应指武丁。
旂：旗。乘：四马一车为乘。 糦：同"饎"，酒食。承：进献。
邦畿：封畿，疆界。
止：停留，居住。
肇域四海：始拥有四海之疆域。
来假：来朝。假，通"格"，到达。 祁祁：纷杂众多之貌。
景员维河：广大辽阔的疆域被黄河围绕。景：大。
644　咸宜：指大家都认为很适宜。百禄：多福。何：通"荷"，承受。

玄鸟

燕子，雀形目，燕科。候鸟，春夏繁殖季节栖居于人类活动区，农家屋檐下营巢，以蚊、蝇及农田昆虫为食。善飞行，动作敏捷而轻巧，繁殖结束后逐渐集成大群，第一次寒潮到来前南迁越冬。

长发

祭祀成汤及其他列祖，主要歌颂成汤的功业。

濬哲维商 ^{rui}　长发其祥 ^{fā}

洪水芒芒　禹敷下土方

外大国是疆　幅陨既长 ^{yuán}

有娀方将 ^{sōng}　帝立子生商

玄王桓拨 ^{huán}

受小国是达　受大国是达

率履不越 ^{shuài}　遂视既发

相土烈烈　海外有截

帝命不违　至于汤齐

汤降不迟　圣敬日跻

濬哲：明智。濬，"睿"的假借。长发：长久兴发。
芒芒：茫茫，水盛貌。敷：治。下土方："下土四方"的省文。
外大国是疆：远方大诸侯国都是商的疆域。幅陨：幅员。长：广。
有娀：古国名。这里指契母有娀氏之女。将：壮，大。
帝立子生商：有娀氏之女生契，契被奉为商的始祖。
玄王：商之始祖契。桓拨：神武英明。
受小国：接受小国的归顺。达：通、顺利。
率履：遵循礼法。不越：不越轨。
遂视既发：考察巡视后施政。视，巡视。发，施。旧解多歧。
相土：人名，契的孙子。烈烈：威武貌。
海外：四海之外，言边远之地。
有截：截截，整齐的样子，指各侯国被治理得很整齐。
汤：成汤，帝号天乙，商王朝的建立者。齐：齐一，一样。
降：降生。跻：上升。

昭假迟迟　上帝是祗

帝命式于九围

受小球大球　为下国缀旒

何天之休

不竞不絿　不刚不柔

敷政优优　百禄是遒

受小共大共　为下国骏厖

何天之龙　敷奏其勇

不震不动　不戁不竦

百禄是总

武王载旆　有虔秉钺

如火烈烈　则莫我敢曷

昭假：招请神灵。迟迟：久久不息。

帝命式于九围：上天命令九州之国皆来效法。

受：通"授"，授予。球：通"捄"，表法。

下国：下面的诸侯方国。缀旒：表率、法则。

何：同"荷"，承受。休："庥"的假借，庇荫。

絿：急。

敷政：施政。优优：温和宽厚。遒：聚。

共：通"拱"，表法。一说通"供"，为祭名或祭物。

为下国骏厖：为下国魁率。骏，马中之骏。厖，鳞虫中之龙。

龙："宠"的假借，恩宠。敷奏：施展。

戁、竦：恐惧。总：聚。

武王：成汤之号。载：始。旆：旌旗，此作动词。

有虔：强武貌。秉钺：执持长柄大斧。

曷：通"遏"，阻挡。

647

苞有三蘖^{niè}　莫遂莫达

九有有截　韦顾既伐

昆吾夏桀^{jié}

昔在中叶　有震且业

允也天子　降予卿士

实维阿衡^ē　实左右商王

苞：树之根本。蘖，旁生的枝桠嫩芽。喻桀之党众。

遂：生。达：长。

九有：九州。截：整齐。

韦、顾、昆吾：皆国名，夏桀的与国。

中叶：中世。成汤时。

震：威力。业：功业。

允：信然。

实维：是为。阿衡：即伊尹，奴隶出身，辅佐成汤征服天下。

左右：在王左右辅佐。

殷武

在殷高宗武丁寝庙落成的祭典上所用的乐歌，颂扬高宗能继承成汤而建树中兴之业。

挞彼殷武　奋伐荆楚
罙入其阻　裒荆之旅
shēn　　　pōu
有截其所　汤孙之绪

维女荆楚　居国南乡
nǚ
昔有成汤　自彼氐羌
莫敢不来享　莫敢不来王
曰商是常

天命多辟　设都于禹之绩
bì
岁事来辟　勿予祸适
bì　　　　　zhé
稼穑匪解
xiè

挞：勇武貌。殷武：即殷高宗武丁。
荆楚：即荆州之楚国。
罙：同"深"。阻：险阻。
裒：俘获。指俘虏楚国军队。
有截其所：所到之处皆被整治。截，整治。
汤孙：指商汤的后代武丁。绪：功业。
女：同"汝"，你。
南乡：南方。
常：通"尚"，尊敬、崇尚。
天命多辟：上天命令各诸侯国君。
禹之绩：大禹治水的地方。绩，"迹"之假借。
来辟：来朝见。
勿予祸适：就不会加罪身。适，表责备、谴责。
稼穑匪解：不要懈怠农事。

649

天命降监　下民有严^{yǎn}

不僭不滥^{jiàn}　不敢怠遑

命于下国　封建厥福

商邑翼翼　四方之极

赫赫厥声　濯濯厥灵^{zhuó}

寿考且宁　以保我后生

陟彼景山^{zhì}　松柏丸丸

是断是迁　方斲是虔^{zhuó}

松桷有梴^{jué}^{chān}　旅楹有闲^{yíng}

寝成孔安

严：同"俨"，敬谨。
封建：大建。
商邑：指商朝的国都西亳。翼翼：都城盛大貌。
极：准则。
濯濯：形容威灵光辉鲜明。
断：砍。迁：搬运。
斲：同"斫"，砍。虔：削。此指用刀削木。
桷：方形的椽子。梴：木长貌。
旅楹：排列的楹柱。有闲：闲闲，柱子粗大貌。
寝：寝庙。孔：很。

松

松树，常绿乔木，品种繁多，对气候和土壤适应能力极强，耐阴、抗旱。松树是重要的建筑用材，在古代，松油是常用的照明原料，松叶则是常用的引火燃料。松树还具有重要的观赏价值，以及坚定、贞洁、长寿的象征意义。

柏

今名侧柏，泛称柏树，常绿大乔木。木材有脂而香、坚直、肌细、质重，保存期长，属于上等木料。叶、果实皆可入药，侧柏也是我国特产，寿命长。

《颂》卷终

后 记

　　这是我和果麦一些年轻朋友合作的一个《诗经》读本。虽然作为策划者这些朋友没有在书上署名，但他们做了不少工作。

　　这个读本的设想，就是满足当今普通读者诵读欣赏的需求，希望它读起来比较轻松，容易理解，又富于美感。《诗经》本就是一部歌谣的集子，虽然有些作品比较庄重，但大多数是富于生活气息的，向我们说着日常的欢喜与忧伤。

　　在文本处理上，这个本子采用随文注音的方式，让所有的读者都能即时诵读。所谓"读书"，最本质的需求就是能够读吧。然后每首诗都有题解，让读者明白诗篇的主旨。注释从简，但也求全，并适当保留重要的异说，为读者提供不同视角的解读。同时也不再直译，以免破坏原诗中优美的意境。

二百余幅精美插图则能实现"多识鸟兽草木之名"的目的。

以前我在一个进修班上讲过"《诗经》与中国文化传统"这样一个题目，现在就把讲演纪录加以简化，作为对《诗经》这部书的介绍。它并不全面，但阐述了我认为比较重要的几个问题。

一、《诗经》概况及性质

《诗经》是我国第一部诗歌总集，共收入自西周初期（公元前十一世纪）至春秋中叶（公元前六世纪）约五百年间的诗歌，现存三百零五篇。原名《诗》，后来成为儒家经典，被称为《诗经》。

对于《诗经》的性质，我们可以从三个层面来阐述：

一是《诗经》收录了我国现存最古老的诗歌，是中国诗歌的正源，也是中国文学的总源头。从这一点上来说，它对我们民族文化有非常高的意义，这本书里，我们能体会我们先人的人生态度、生活方式、情感特征。

其次，在后来的两千多年里，它又是儒家的经典，从儒家的立场上来看，理想的政治、理想的社会，以及君子应该具有的修养是什么样子，可以通过《诗经》来认识。儒者为了宣扬他们主张的政治理想和伦理哲学，会对《诗经》的作品加上额外的解释，这种解释不一定是《诗经》本义，而是儒学家们会把他们认为重要的内容加入到《诗经》中，借阐发经典来宣扬他们的主张。因此，儒家的解经之说会跟《诗经》原义发生偏离。但不管怎样，《诗经》作为儒家经典，承载了很重要的文化讯息。

再进一步说，《诗经》也不仅仅是儒家的经典，因为它产生的年代远远早于儒家发展成为一个学派的时候。如果把孔子当作儒家创始人，他就是用《诗经》作教材教育学生，对孔子来说，《诗经》已经是很古老的东西了，这些诗当然不可能按照儒家的思想学说来形成。所以从第三个层面说，它是中国文化的一部"元典"。

"元典"就是一个民族在它的文化特征形成的时期出现的具有标志性的经典，可能这些元典本身非常简单，但后人在学习、阐释、研究这些书时会不断加入一些内容，实际上就是把本民族的核心价值灌注在一些经典当中，这就成为塑造一个民族的文化面貌，塑造一个民族精神和灵魂的东西。因此它体现着一个民族文化基本的价值观、人生态度，或者说关于民族文化一些重要的特质。元典影响了一个民族漫长的发展过程，具有特别崇高的价值。所以我们不能将《诗经》与一般的诗歌总集等同而论。只有从这个角度去认识《诗经》，才能把它的意义和价值看清楚。

二、《诗经》的用途及文化特点

《诗经》收录的这些诗，来源和应用场所各有不同。比如《颂》是专门用于宗庙祭祀的音乐；《雅》的成分就比较复杂一点，它既有宗庙祭祀的乐歌，也有在高层政治场合，比如君主会见群臣这种场合时使用的一种具有礼仪性质的诗歌，也有普通的歌谣。"雅"这个概念本来是一个地名，指西周的王畿，就是都城和都城周围的地区，这样的地方叫做雅。在这个地方产生的诗歌统称为《雅》。那么《大雅》《小雅》可能在用途和音乐特征上有些不同吧；至于《风》就是各个地区的歌谣，《风》里面的作品，民间性会比较强一点。

《诗经》里的作品，在古代都是可以歌唱的，简单来说都是古代的歌词。可以诵，可以唱，可以配舞蹈。是不是三百篇都可以配舞蹈，现代学者的看法不一，但是这三百零五篇的诗歌在古代和音乐舞蹈的关系都非常密切。

这些诗，在古代大体上有三个用途：一是各种礼仪以及各种祭祀场合专用的一些乐歌，如祭祖先、祭神，丰收之后祭天等一类活动，或者是一些重要的政治场合，如朝会之类专门典礼上使用的诗歌，这种诗歌当然都是属于社会上层的。其二，另有相当一部分诗歌是社会统治阶级当中的一些重要人物，他们对于社会问题及政治问题所表达的一种看法，对于社会政治的不满或对君主的不满，可以通过诗歌表现出来，这种诗歌具有政治批评的性质。第三，则是娱乐性的诗歌，所谓娱乐性的诗歌就是表现人们日常生活中的喜怒哀乐，抒发感情，这类诗歌在《诗经》中占据大多数的篇幅。

　　后来《诗经》又渐渐成为贵族教育当中的文化教材，学习《诗经》是贵族人士必须具有的文化素养。如孔子说："不学《诗》，无以言""诵《诗》三百，授之以政，不达。使于四方，不能专对，虽多亦奚以为？"不学《诗经》就不会用典雅的方式来说话，就不能很好地管理政务。作为一个外交使者，也必须懂得《诗经》。再如"《诗》可以兴，可以观，可以群，可以怨，迩之事父，远之事君，多识于鸟兽草木之名"，就是说通过读《诗经》能触发人的感动，可以了解社会，可以使人相互亲近，可以用来进行政治批评，懂得怎样对待长辈，如何对待君主，还可以认识、关注大自然的各种生物。

简化来看，孔子说读《诗经》的主要作用，大概有三方面：一是把它当作语文课本来看，学会高雅的语言；二是把它当作政治和道德性的教材；三是可以增长自然知识，就是当作自然教材来用。

在孔子看来，《诗经》具有一种庄重文雅的情调，有利于人的修养。确实，我们读《诗经》也能感受到，它的情绪总体来说是温和的，所谓"乐而不淫、哀而不伤"。

并不是说古人没有写过感情强烈的诗，这与《诗经》的流传过程有一定关系。从公元前十一世纪到公元前六世纪产生了巨量作品，后来由周王室的人把它们收集起来，主要在贵族社会和上层社会流传，逐渐把那些不符合贵族修养和趣味的诗淘汰了，成为现在保存下来的样子（据说现存最终版本是经过孔子的编纂）。可以使人温和敦厚的，处于克制而比较安宁的情感状态。如果说《诗经》的三百篇要用一句话来概括，那就是孔子所言"思无邪"，也就是说它的情感表现都是正当的，没有偏邪的东西。

但在后人看来，《诗经》的东西也不是都那么严肃，宋代的学者认为《诗经》还有很多淫诗，这大概就是宋朝学者和孔子的区别。先秦时代还没有过于僵化的礼教束缚，学者们心胸更开阔一些，眼界也大一些，宽容一些，在孔子看来男孩女孩在一起嘻嘻哈哈做一点越礼的事，也没有什么了不起，但在朱熹看起来就很不好。这也说明在儒学发展过程中，出现了心胸比较狭隘的人，让人活得不快乐。

简单来说，《诗经》显示了中华民族形成时期的文化特点，以及在它漫长的发展过程中对这个民族的塑造作用。以前在讨论《诗经》时，更多地说它反映的是一种阶级斗争，这个解说方法是不符合《诗经》本身特点的，它主要流传于贵族社会，是贵族文化的教材，是贵族修养的依据。当然，我们如今再读这本书的时候，不一定是想做贵族，但其中的韵味、情调、感情还是让人觉得很美好。

三、《诗经》的内容要点

上帝与祖先

《诗经》中多次出现"上帝"这个概念，它有时也被称为"天"，指的是高居于人类之上的具有主宰力量的神。但是从中国文化发展过程来看，宗教意识渐渐淡薄，因此"上帝"的力量也在逐渐削弱。从《诗经》的描述来看，那时候是两种力量并存，一个是祖先，特别是周的开国君主周文王，文王死了之后他的灵魂是跟上帝在一起，跟上帝共同主持人间的事务；另外一个当然是"上帝"（或谓"天"）。而如果从祖先的亡灵与天帝共处来看，人们更信赖的一方不是"上帝"，而是祖先之灵。

我们在《诗经》中可以看到"上帝"的德行是不稳定的，有时候干好事，而有时候不作为，有时候他糊里糊涂，有时候又性情不可捉摸。如《大雅·瞻卬》"瞻卬昊天，则不我惠。孔填不宁，降此大厉。邦靡有定，士民其瘵。蟊贼蟊疾，靡有夷届。罪罟不收，靡有夷瘳"，说的就是：哎呀！仰望老天爷，老天爷不肯好好对待我们，造成了长久的不安宁，降下了如此大的灾难，老百姓都遭受了危害，那些害人虫、坏毛病都没有平定的一天，那些有罪的人不除掉，就永远没有安宁。

老天爷有时候会犯糊涂，如果有"上帝"的话他怎么会容忍世界上这么多的不公平，正如老子言"天地不仁以万物为刍狗"。落实到实用主义，我们对"上帝"对神的依赖是动摇的。

但《诗经》中描述到祖先功业的时候，语气都充满了崇敬。"上帝"可以指责，但对祖宗不可以。我们在《诗经》中不可能看到对祖先的不敬之词，像《大雅》有一组诗分别歌颂后稷、公刘、古公亶父、周文王、武王，大略描述了周族从形成到周王朝建立为止的历史，歌颂了这些伟人创业的事迹，表现了周人精神上的自豪与光荣。而《周颂·维天之命》则说，天命运行不已，文王的纯德宏大而显明，它足以安定我们的国家，后人只要好好地继承和实行文王的美德，那么一切都会是美好的。

整个中华文化的特点是宗教意识比较淡薄，在西方人看来可能会觉得很惊讶。我们不是没有宗教，从殷商时代我们就可以看到对"天"的信仰。其实整个周朝都有对天的崇拜和信仰，只是到后来宗教意识越来越薄弱。这个趋势最早就是从《诗经》中体现的，"天"的意志多少被降低了；而对于祖先亡灵的歌颂，它有一种把人的德行放在第一的意味，认为人的因素才是决定性的，更看重人的力量，人的主观能动性，而不是被动地被"上帝"、上天主宰。歌颂文王之灵，也并非是歌颂文王神化的力量，而是他伟大的德性，足以安定邦国。这种变化对于整个中国的历史来说有很深长的意味。

"美"与"刺"

这也是中国文学有一个特点,关切政治得失。"美"是赞扬,"刺"是批评,体现在《诗经》中,构成了中国文学的传统。

现在讲文学的政治功能,有些人强调更多的是对官方的赞美。但在《诗经》里面美、刺是并存的,并且刺比较多,把对政治的批评看成是自己的责任,有时候这种批评很强烈,甚至是很严厉的。

前面提到歌颂祖先的诗篇,歌颂祖先同时也是赞美美政,本身也表明了追求良善政治的意图。此外,《诗经》中歌颂政治的诗还赞美了理想的君臣之道。如《小雅·鹿鸣》是一首天子宴群臣嘉宾时唱的诗,代表天子对群臣的态度:"呦呦鹿鸣,食野之苹。我有嘉宾,鼓瑟吹笙。吹笙鼓簧,承筐是将。"我有嘉宾,我就让人奏起乐歌,使他们高兴。古人宴请客人时,送礼的不是客人而是主人,表示他的善意。"人之好我,示我周行。"因为我的客人对我那样好,指点我光明的道路。作为天子,这样的话是很谦卑的态度。然后赞美他的客人。"呦呦鹿鸣,食野之蒿。我有嘉宾,德音孔昭。"他们的美德非常明晰。"视民不恌(佻),君子是则是效。"他们给老百姓做的榜样是不轻浮的，会成为大家的好榜样。有时候我们说以德治国，那首先官员就要以德治身。

"我有旨酒，嘉宾式燕以敖。"我这里有酒，让客人们快乐地享用。我们能在众多诗篇里感受到《诗经》文雅、温厚、谦卑的气息。

但在政治诗中，"刺"者还是远多于"美"者，因为一切政治总有让人不满意的地方，对于政治来说，批评总是比赞美更有实用性，它对于政治有一个寻求改良的促进作用。所以在《诗经》里面刺诗很多，批评的对象也各种各样，从君主到大臣都有。

如《大雅·十月之交》，语气非常严厉，把日食、地震看作是上天对统治者的警告，是政治出现严重问题的征兆。诗里面写道，"烨烨震电，不宁不令。百川沸腾，山冢崒崩。高岸为谷，深谷为陵。哀今之人，胡憯莫惩！"整个河流都沸腾起来了，岸崩裂了，就是说高地陷落为谷地，深谷抬升为山丘。这样大的变化，这么严重的警告，那么为什么现在的人还不警戒呢？"惩"在这里是警戒的意思。这是上层人物对最高统治者的一种严厉指责。

还有不少是从老百姓角度来说话，表现对统治者的怨恨和抛弃。"硕鼠硕鼠，无食我黍！三岁贯女，莫我肯顾。"这里的"贯"是"豢养"

之"豪"的一个同音字。大老鼠啊大老鼠，不要吃我的庄稼啦，我养活你三年啦，你还不肯对我留一点情。"逝将去女，适彼乐国。乐国乐国，爰得我直。"我养活了你好多年，你也不肯给我做一点点好事，哎呀我就要离开你啦，我要到那个快乐的地方去，到那个快乐的国家去，才能得到我应该得到的东西。在《魏风·硕鼠》中我们可以看到一种对政治黑暗的不平和愤恨。有高层的对君主的愤怨，也有中下层的对统治者的愤怨。

《诗经》在中国文化中是一个儒家经典，具有不可质疑的正统地位，所以也就成为后人学习的榜样。后来很多诗人都留下大量批评诗，如杜甫、白居易等，都沿承着《诗经》以来的传统。

战争与和平

战争，是人类生活当中不可避免的事件，一个民族、一个国家在维护自身发展需要的时候，总是很难避免跟外族、外敌进行对抗，以及内部分崩离析而带来的战乱。但另一方面，战争是最具有破坏性的行为，最大的破坏是对民众普通生活的威胁。所以读《诗经》的时候我们可以感受到诗人们对战争的一种态度，这里体现了中国文化的传统，即中国人是不好战的。

如果从我们历史上看，中国那么古老、那么悠久，在历史上有过衰弱期，但更多时候保持着非常强大的状态，那么为何不向外拓展、向外殖民呢？以中国历史上强大的力量，在周边拓展并形成自己的殖民地大概不是很难做到，但就中国的文化传统而言，历来对战争采取一种很谨慎的态度。

《诗经》里的作品，有两种类型，一部分从官方立场说话，记叙周王朝历史上一些重大战事，像周文王、周武王开国的战争，宣王"中兴"过程中的征伐战争。在歌颂这些战争时，首先强调自己这一方的正义立场和王者德性，强调德性，强调"以德服人"，而不是"以力服人"。在《诗经》的歌颂里面，很少描述战场上的搏杀景象，可以肯定地说没有狂热的好战语言。总体而言，它对战争是持一种克制态度。

此外还有一种以普通老百姓、将士角度来描绘，表示同仇敌忾的激情，如《无衣》中大家一起上战场，相互扶持，的确是激情的，但也并不是一种很狂热的情绪。诗里说，不要说你没有衣服，我的衣服就是你的衣服，当我们需要上战场的时候，我们同心协力完成我们的责任。这个就算是《诗经》里面写战争最有激情的了，说的是战士之间的兄弟之情，也有人说这讽刺了统治者穷兵黩武而忽略民间疾苦。《诗经》里不喜欢歌颂战争，更没有热烈庆祝胜利的描写。

《诗经》更多表现的是对战争的厌倦，对和平生活的眷恋。最有名的是《小雅·采薇》，它描写的是战场上战士的辛劳，以及渴望还乡而不得的伤感："采薇采薇！薇亦作止。曰归曰归！岁亦莫止。"说回去啊回去啊，一年就到尽头了。"靡室靡家，猃狁之故。"没有一个家呀，都是因为猃狁（北方游牧民族）的缘故。"不遑启居，猃狁之故。"没有办法安居，就是因为这些外族入侵的缘故。

将士对于战争产生的原因认识得很清楚，也不是不愿意承担作为战士的责任，但他们更渴望的是在一个和平环境里安居乐业。战争本来就是一件令人悲哀的事情，没有什么值得赞美的，《诗经》里处处流露着这种情感。《采薇》的最后一段很有名，"昔我往矣，杨柳依依；今我来思，雨雪霏霏。行道迟迟，载渴载饥；我心伤悲，莫知我哀！"以前我去的时候正是杨柳依依，让人感受到杨柳的温柔美丽，如今我归来了是一片雨雪，缓慢地走在路上又饿又渴，唉，谁知道我的悲哀。

《卫风·伯兮》则写一位妻子对出征丈夫的怀念，同样诗里也隐含着对死亡的畏惧。展现了诗人矛盾的态度，一方面赞美为国捐躯的丈夫，认为他是国家的忠臣，也值得获取妻子的忠诚，但总是逃不过死亡的影子，死亡是不值得赞美的，战争因此也不值得赞美。

再如《王风·君子于役》，这里的"役"是不是兵役我们不是很清楚，但古代的役主要就是兵役。这首诗是非常简单同时也非常优美的一首，中国诗歌的一些重要特征在这首很简单的诗歌里显示出来。"君子于役，不知其期，曷其至哉？"丈夫出门服役，不知什么时候才能回来，到底什么时候才能回来呢？"鸡栖于埘，日之夕矣，羊牛下来。"鸡回到窝里去了，太阳落下了，牛和羊从山坡上缓缓地下来了。诗人的感情不是直接叙述出来，而是换成一个景象，让人从这个景象中体会。这里牵涉到中国人对于幸福的态度，在中国人心目中幸福就是平凡安宁的生活，就是黄昏的时候鸡回窝、牛羊回家，丈夫回到妻子身边，不是一定要升官发财。中国诗歌的特点就是比较倾向于用意境来表达，而不是用述说。这些看起来平淡的意境中，有很深的意味。最后"君子于役，苟无饥渴！"不回来也就罢了，在外面不要挨饿，过得好一点。《诗经》让人感动就是感动在很简单的地方。

恋爱与婚姻

恋爱与婚姻总会归结到爱情，而爱情则是文学永恒的主题，也是人生最美好的感情。《诗经》中这一主题的作品大概可以分为两类：一类主要写恋爱的情怀，显得活泼而富于浪漫色彩，另一类则明确指向婚姻关系，因而较多地考虑到道德性的因素。

如《召南·野有死麕》写一位猎手在林中与一位少女邂逅的浪漫故事，这在《诗经》里算是比较野性一点的文字。《诗经》里面对女性的描写都是有限制的，用词温厚文雅，这也是《诗经》的特点。"野有死麕，白茅包之。有女怀春，吉士诱之。林有朴樕，野有死鹿，白茅纯束。有女如玉。舒而脱脱兮，无感我帨兮，无使尨也吠。"郊野里躺着一头被猎手射死的獐子，用白茅把它包裹起来，大概是因为英俊勇敢的猎手要把它当作礼品送给这女孩。女孩有想法，心动，那个男猎人就去引诱她，这个女孩长得真是漂亮，"如玉"就是温雅的样子。女孩批评他了（男孩好像有点毛手毛脚），你不能文雅一点吗，你把狗都弄得叫起来了，这就是一个很漂亮的野地里的故事。跟它很相似的，也是写幽会的还有《邶风·静女》，"静（娴雅）女其姝，俟我于城隅。爱而不见，搔首踟蹰。静女其娈，贻我彤管。彤管有炜，说怿女美。自牧归荑，洵美且异。匪女之为美，美人之贻。"漂亮娴雅的女孩跟我约好在城角见面，她躲藏起来就是不出现，把人烦恼得要命，这个娴静的女孩送给我一个红颜色的笛管。这根笛管很有光泽，看着它就想到你，为你的美丽而感动，从野地里带回一把茅草，实在是漂亮得不行，你有多么漂亮，美人送的东西都是美的。

广为传颂的经典作品《秦风·蒹葭》中，芦苇一片深青色，到了秋天，白露已经变成霜，我所说的那个人在水的另一边，被什么东西阻隔着，逆流往上去找她，道路险阻并且漫长，顺水去找她，她好像在水中央，就是怎么也不能走到她身边去。后面三段都是一样的，这就是《诗经》的特点，通过反复的咏叹来不断递进和加深。你怎么找也找不到她，你只能看得见。非常美妙的诗意和感情，似乎告诉我们世界上最美好的东西在我们无法走到的地方。这首诗近三千多年流传下来不知感动了多少人，以后也会有一代一代的人被它感动。《诗经》的诗歌很多是这样的，我们读着的时候就觉得它很单纯美妙，有一种好像前一辈子就已经读过它的感觉。

说到婚姻的诗，《诗经》宣扬以德相配、以礼义自持，而求得家庭和睦，并把这种夫妇之德视为社会和谐的基础，这种诗特别能够体现中国文化的传统精神。《诗经》的第一首是《关雎》，孔子说它"乐而不淫，哀而不伤"，不管是快乐还是哀伤都不过度。在孔子看来不过度是很重要的，因为一旦过度人就会失去理性。这种理性克制是中国文化的精髓。那么体现在这首诗里，"关关雎鸠，在河之洲。窈窕淑女，君子好逑。参差荇菜，左右流之。窈窕淑女，寤寐求之。求之不得，寤寐思服。悠哉悠哉！辗转反侧。"雎鸠鸟在水边鸣和，美丽贤惠的女孩子是君子的好配偶，这样的女孩子令人想念。追求这个女孩子得不到，哎呀痛苦得在床上辗转难眠。这首诗其实有几个特点：一、它明确地指向婚姻，因为它后面很明确地描述这个女孩子被娶回家的情形。二、它在表现这种追求的时候是很矜持和有分寸的。"参差荇菜，左右采之。窈窕淑女，琴瑟友之。参差荇菜，左右芼之。窈窕淑女，钟鼓乐之。"这个女孩娶回家了，用音乐跟她亲近，然后两个人感情就渐渐走到一起了，最后打起鼓敲起钟让她快乐。读这首诗的味道，快乐不过度，悲哀也不过度，有一种感情的克制状态，以及把爱情和婚姻联系在一起的德性的要求。

《桃夭》则是一首送新娘出嫁的诗，"桃之夭夭，灼灼其华。之子于归，宜其室家。"桃树

671

长得很健旺，亮晃晃的是它的花，女孩出嫁了，希望她能跟夫家人相处得好。"桃之夭夭，有蕡其实。"桃树上结了好大的果实。"之子于归，宜其家室。桃之夭夭，其叶蓁蓁。之子于归，宜其家人。"但愿她出嫁嫁得好。

婚姻就是这样，有热烈的时候也有破碎的时候，《诗经》里面有一类诗譬如《氓》《谷风》都写出了被抛弃的妻子内心的沉痛。这种"弃妇诗"是中国文学里非常持久的主题，从《诗经》一直到后来的"弃妇文学"，就像陈世美、秦香莲这一类故事。古代，女性对家庭的依赖性更重，因此婚姻失败给女方带来的痛苦远大于男方，而关于爱情和婚姻，"士之耽兮，犹可说也。女之耽兮，不可说也"，是说男人沉湎于爱情，转眼就可忘记。而女人沉湎于爱情则往往无法自拔，最终遭受痛苦的还是女人。所以述说"弃妇"的悲哀，也是强调男子对家庭的责任。

在婚姻和恋爱的诗歌中，可以看到活泼的浪漫情怀和对美好生活的向往，还有青年男女之间不过分的调情、戏谑，当然也有忧思和伤感。

《诗经》是古老的，同时又是年轻的，"诗经"时代正是中华文明史上的一个青春期，它非常有生气。

从这个读本来说，在整体的编校理念上也更多地体现优雅而活泼的元素。希望既能让读者认识《诗经》这部伟大的经典，又能从中获得美感与快乐。

骆玉明

2017 年 10 月

细井徇

号东阳，日本江户时代儒学家，曾为僧为医。

约于十九世纪四十年代组织京都画师，共同编撰绘制
《诗经名物图解》。

骆玉明

复旦大学中文系教授、博士生导师。

与章培恒先生共同主编《中国文学史》引起学术界的
震动。所著《简明中国文学史》由欧洲著名学术出版
机构"荷兰博睿学术出版社"（Brill）出版，成为
首次引起西方学术界关注和重视的中国大陆学人文学
史著作。

代表作品：

《老庄随谈》

《世说新语精读》

《南北朝文学》

《美丽古典》

《诗里特别有禅》

诗 经

解注 _ 骆玉明　　撰绘 _ [日] 细井徇

产品经理 _ 余雷　　装帧设计 _ 余雷

技术编辑 _ 顾逸飞　　责任印制 _ 刘淼　　出品人 _ 吴畏

营销团队 _ 毛婷 阮班欢 孙烨

果麦

www.guomai.cc

以 微 小 的 力 量 推 动 文 明

图书在版编目（ＣＩＰ）数据

诗经 / 骆玉明解注；（日）细井徇撰绘 . — 西安：
三秦出版社，2017.12（2022.5 重印）
ISBN 978-7-5518-1699-1

Ⅰ.①诗… Ⅱ.①骆…②细… Ⅲ.①古体诗 – 诗集
– 中国 – 春秋时代②《诗经》– 注释 Ⅳ.① I222.2

中国版本图书馆 CIP 数据核字 (2017) 第 304510 号

诗经

骆玉明 解注　　[日]细井徇 撰绘

出版发行	陕西新华出版传媒集团　三秦出版社
社　　址	西安市雁塔区曲江新区登高路 1388 号
电　　话	（029）81205236
邮政编码	710003
印　　刷	北京盛通印刷股份有限公司
开　　本	840mm×1092mm　1/32
印　　张	21.75
字　　数	400 千字
版　　次	2018 年 1 月第 1 版
	2022 年 5 月第 31 次印刷
印　　数	523 001–533 000
标准书号	ISBN 978-7-5518-1699-1
定　　价	138.00 元

网　　址　http://www.sqcbs.cn

如发现印装质量问题，影响阅读，请联系 021–64386496 调换。